KB269089

적들의 사랑 이야기

적들의 사랑 이야기

적들의 사랑 이야기

원재길 장편소설

민음사

차례

첫번째 이야기

추행(醜行) 시대

〈붉은 솔대〉는 태어나는 순간부터 얼굴이 막 떠오른 태양 빛깔이었다. 산문이 열리고 머리부터 모습을 드러낼 때, 삼할미는 아이가 죽어서 핏덩어리가 되어 쏟아지는 줄 알았다.[1] 더운물로 허겁지겁 얼굴을 감싼 삼을 벗겨내다가 아이를 놓치며 외쳤다.

「진짜 엄청나게 붉다!」

그 뒤로 〈붉다〉라는 그림씨가 줄곧 이 아이의 이름을 꾸미게 되었다. 사람들은 솔대 얘기가 나오면 무엇보다 먼저 붉은빛을 떠올렸다. 새콤달콤하게 잘 익은 능금은 솔대 능금, 빨갛게 잘 익은

---

1) 산문(産門)은 해산할 때의 산모의 음부를 뜻하며 해탈문(解脫門) 또는 포문(胞門)이라고도 한다. 산문이 벌어진 순간이 지름은 태아의 머리 지름과 같아서 대체로 10센티미터가 넘는다. 이 순간의 고통이 엄청나기에 작게 낳아서 크게 기르라는 말이 생긴 듯하다. 태아를 감싼 막과 태반을 삼이라 하며, 삼할미는 아기를 받아서 삼을 벗기고 자르는 일을 하는 늙은 조산사이다.

산딸기 역시 덜 익은 것과 가르는 뜻에서 솔대 산딸기로 불렀다.

붉은 솔대는 앞으로 장구한 세월 사랑을 나눌 여인을 젖먹이 때 처음 보았다. 둔덕마다 민들레와 양지꽃과 개나리가 달큼한 향기로 나비와 벌을 희롱하는 봄날 한낮, 움집 삼십여 채가 둥지를 튼 바닷가 언덕 마을에서 벌어진 일이었다. 어린 솔대는 갈판[2]에 앉아 두 발로 갈돌을 굴리며, 볼이 터지도록 돼지 오줌통에 담긴 말젖을 힘껏 빨고 있었다. 할아버지가 볼을 톡톡 두드려 손자를 어르면서 집안의 시조에 대해 들려주었다.

「까마귀, 물고기, 꿩, 거북, 뱀처럼 알에서 태어나셨다는구나. 여름날 소나기를 타고 바닷가 개펄에 알이 떨어진 걸 용이 물어다가 품었더니, 꼭 백 날이 지나서 시조께서 세상에 나오게 되셨대」

순간 깜짝 놀란 솔대는 손에서 젖병을 놓치며 뒤로 벌렁 나가떨어졌다. 할 줄 아는 말이라곤 맘마와 응가와 찌찌밖에 없었지만 알아듣지 못하는 말은 거의 없는 아이였다. 갈판을 떠난 솔대는 비탈을 네댓 바퀴 떼굴떼굴 굴러 웅덩이에 거꾸로 처박혔다. 뒷산 계곡에서 잡은 메기와 잉어, 붕어를 풀어 기르는 못이었다. 느긋하게 낮잠을 즐기던 팔뚝만한 물고기들이 질겁하여 한꺼번에 물 위로 튀어올랐다.

물 속 진흙 바닥에 머리가 꽂혀 버둥대는 솔대에게 가장 먼저 달려간 건 갈미였다.

---

2) 갈판은 곡식을 찧거나 빻을 때 쓰는 돌판으로서 일종의 절구이며, 갈돌은 갈판과 짝을 이룬 공이이다. 갈판의 생김새는 둥글넓적하고 갈돌은 한 손으로 감아쥐기에 알맞은 크기이다.

「아이고머니나, 아이고머니나!」

그녀는 두 팔을 앞으로 길게 뻗으며 비명을 질렀다. 밭에서 잡풀 다발을 뽑던 솜씨로 아들을 웅덩이에서 쑤욱 빼냈다. 진흙 범벅이 된 아들의 얼굴을 가죽 치맛자락으로 닦으면서도 같은 소리를 되풀이했다.

「머니나, 머니나, 아이고머니나!」

얼마간 죽은 듯이 꼼짝도 하지 않던 솔대가 갑자기 재채기하자 콧구멍에서 작은 물고기와 달팽이들이 터져 나왔다. 솔대는 콧물을 줄줄 흘리는 얼빠진 낯으로 눈을 가늘게 떴다. 뿌옇게 아시랑이 오르는 햇살 속에서 무언가 눈에 잡히는 게 있었다. 한 길 높이로 온몸이 허공에 뜬 어떤 여인이었다. 여인은 결 고운 갈색 머리를 길러 뒷덜미에서 묶었고, 분홍빛 도는 앙증맞은 노루귀 꽃으로 장식한 사슴 가죽옷을 입고 있었다.

솔대에게 미소를 날리며 여인이 속삭였다.

「당신은 언젠가는 나와 사랑에 빠지게 될 거예요. 잘 기억해 둬요. 내 이름은 옹낭이에요」

지금껏 솔대는 열다섯 달 보름을 살았는데, 그녀보다 눈이 크고 맑으며 잇바디가 고른 여자를 본 적이 없었다. 고개를 가로 젓고 입술을 푸르르 떨며 눈을 똑바로 떴을 때, 여인은 어디로 갔는지 보이지 않았다.

오후 내내 솔대의 어머니 갈미는 넙치 밑바닥처럼 얼굴이 헬쑥했다. 하마터면 물의 신한테 막내를 빼앗길 뻔했다는 생각에 줄곧 손발을 떨었다. 도토리 껍질을 까다가 공이를 잘못 내리쳐 손가락을 다쳤고, 잘 구운 토기를 움집으로 들일 땐 바닥에 떨어뜨려 잘게 조각냈다.

바닷가 씨족들의 세계에서 그녀는 누구보다 꿈을 많이 꾸는 걸로 이름났다. 남자들은 터놓고 말은 안해도, 꿈나라와 지상을 옆집 드나들듯 가볍게 오르내리는 갈미를 높이 우러러보았다. 여자들도 갈미가 나타나면 눈을 반짝이며 속삭였다.

「어머, 저기 꿈의 꼭지[3]가 오시네」

열다섯 나이에 시집와서 서른 살에 솔대를 낳기까지, 그녀는 꿈을 꾼 일과 줄줄이 아이를 낳은 일을 빼면 딱히 기억나는 게 없었다. 하룻밤에 여느 사람이 평생 꾸어도 못다 꿀 만큼 많은 꿈을 꾼 적도 있었다. 그런 다음날은 온종일 다른 이들에게 꿈 얘기를 들려주다가 다시 밤을 맞기 일쑤였다. 갈미는 특히 집안의 막내인 솔대 앞에서 곧잘 꿈 보따리를 펼쳐 보였다.

「너른 풀밭에서 칠천 명쯤 되는 사람이 들소와 돼지 수백 마리를 잡아 잔치를 벌였어」

둥그런 눈으로 붉은 솔대는 젖니를 모두 드러내며 벌쭉벌쭉 웃었다.

「어떤 이들은 들소 오줌통을 모아 어마어마하게 큰 풍선을 만들었지. 각자 풍선을 타고 하늘로 올라가서 누가 가장 멀리 날아가나 겨루기 시작했어」

이 대목에서 갑자기 아랫배가 탱탱해진 솔대는 오줌을 흠뻑 쌌다. 그러거나 말거나 어머니는 얘기를 멈추지 않았다.

---

3) 머리꼭지(정수리)를 줄인 말로서 최고봉을 의미한다. 국가 성립 이전의 이야기여서 왕이 존재하지 않지만, 요즘 쓰는 말로 갈미를 〈꿈의 여왕〉으로 불렀다고 보면 된다.

「또 어떤 사람은 수염고래 삼백 마리가 끄는 집채만한 배에 올라탔어. 그 배를 타고 바다 멀리 구렁이들이 똬리를 틀어 만든 섬을 찾아 떠났는데, 도중에 무슨 일이 있었는지 아니?」

막내가 연못에 빠진 날, 하루 일을 마치고 저녁때 잠자리에 든 뒤에도 갈미는 몸에서 경련이 가라앉지 않았다. 오로지 남편이 자신을 따뜻하게 감싸주었으면 하는 마음뿐이었다. 그래서 옆에 누운 남편의 귓불을 빨며 손으로 가슴통을 쓰다듬었다. 하지만 남편은 그날 새로 잡아온 말을 길들이느라 이미 녹초가 돼 있었다. 송장처럼 팔다리를 길게 뻗고 털끝 하나 움직이지 않았다. 침을 꼴깍 삼키며 갈미가 속삭였다.

「그냥 잘 거예요?」

남편은 대꾸 없이 턱이 빠지게 하품하더니 곧 곯아떨어졌다. 잔뜩 골난 갈미는 찬바람을 일으키며 휙 돌아누웠다.

「바보, 멍청이, 빙충이!」

한밤에 잠이 깬 남편은 엉금엉금 밖으로 기어나갔다. 게슴츠레한 눈으로 바다 저쪽 하늘의 이지러진 달을 바라보고 오줌을 누었다. 이런 시간에 무슨 볼일이 있는지 끼룩거리며 달을 겨누어 바삐 날아가는 기러기가 보였다. 그때 그는 잠들 즈음에 아내가 바랐던 게 무언지 퍼뜩 알아차렸다.

움집 속으로 돌아들어가서, 바닥에 엎드려 잠든 아내의 가죽치마를 벗겨 올렸다. 꺼져가는 희미한 화덕 불빛에 모래 알갱이가 묻은 궁둥이가 드러났다. 손바닥으로 모래를 털고 한 입 뜯어먹을 듯이 궁둥이에 깊이 이빨을 박았다. 곧이어 윗몸을 일으키며 두 손으로 아내의 옆구리를 감아쥐었고, 그녀의 샅 고랑에 말불

버섯 끝을 댔다.

잠결에 남편이 뒤에서 들어오는 걸 느낀 갈미는 머리 위로 가
죽옷을 마저 벗어던지고 무릎을 꿇었다. 얼마 지나지 않아서 그
녀는 결혼 생활을 통틀어 어느 때보다 강렬한 쾌감을 맛보았다.
자칫 머리가 터질 듯한 불길한 느낌에 손바닥으로 입을 막고 한
껏 숨을 삼켰다. 윗니로 아랫입술을 질끈 눌렀지만, 절정에 오르
는 찰나 그만 길게 신음을 토해 냈다.

「아아아아아아아아!」

맞은쪽 구석의 어둠 속에서 잠이 깬 딸아이가 물었다.

「엄마, 어디 아파?」

갈미는 온 넋이 솟구치는 중이어서 뭐라고 대꾸할 겨를이 없었
다. 여러 번에 걸쳐 배꼽에서 엄지발가락 끝으로 짧고 빠른 경련이
달려갔다. 나긋나긋하게 뼈마디가 풀어진 갈미는 기절하듯이 다
시 잠에 빠져들었고, 꿈의 여왕답게 곧바로 새로운 꿈을 꾸었다.

지금까지 그녀는 다섯 아이를 낳았다. 살아남은 아이만 다섯
명이라는 얘기였다. 그 아이들을 배던 날마다 갈미는 태몽을 꾸
었다. 앞의 두 아이는 뱀이 허리를 휘감는 꿈, 산에서 약초를 가
득 캐서 돌아오는 꿈을 받아 세상에 태어났다. 어떤 꿈에선 대낮
에 번갯불이 번쩍이더니 하늘에서 미꾸라지가 쏟아졌다. 갓난아
기가 아장아장 걸어와 젖을 무는 태몽을 꾼 건 네 해 전이었고, 붉
은 솔대를 밸 땐 어린애들이 시냇물에서 발가벗고 물장구치는 꿈
을 꾸었다.

갈미는 오늘밤 꿈에서 등딱지에 황금빛 점이 별무리처럼 무수
히 박힌 거북떼를 보았다. 거북들에게 에워싸여 향고래를 타고

용궁으로 들어가서, 메기들의 아버지[4]이자 용들의 임금을 만났다. 용왕은 서남쪽 바다 건너에 산다는 코끼리처럼 코의 길이가 스무 뼘이 넘었다. 얼굴은 뒷산에서 가끔 마을로 내려와 가축을 채가는 호랑이를 닮았고, 정수리부터 뒷목과 등골을 타고 보랏빛 털로 덮인 꼬리에 이르는 부위는 말과 비슷했다.

희멀건 앞가슴에 뱀처럼 가로로 칸칸이 초록빛 줄무늬가 난 용왕은 백상어 지느러미 뼈를 지팡이삼아 쥐고 있었다. 그걸로 갈미의 이마를 툭 건드렸다.

「낳는 김에 하나 더 낳지 그래?」

뒤이어 정동김 한개와 젖먹이들이 갖고 노는 딸랑이를 내밀었다. 딸랑이는 독수리 똥집에 흑진주를 넣어 만든 것이었다. 엉겁결에 그것들을 받아든 갈미는 뭍으로 돌아오면서 화끈거리는 뺨을 손으로 거듭 쓰다듬었다.

「이 나이에 또? 아, 이게 무슨 일이람」

서른한 살은 아이를 낳기에 많은 나이는 아니었다. 하지만 그녀는 아이를 또 갖고 싶은 마음이 새끼발톱 때만큼도 없었다. 큰딸아이가 지난해에 다른 씨족으로 시집가서 아이를 낳았으니 갈미는 이미 할머니가 된 처지였다.

새벽에 깨어난 갈미는 눈을 말똥말똥 뜨고 누워서, 아이를 가질 때마다 입덧이 남달랐던 일을 떠올렸다. 세 번 죽은 아기를 낳은 일, 젖먹이가 뱃속이 꼬이고 살갖이 새까맣게 타들어가는

---

4) 우리나라 전역에서 메기를 용왕의 아들로 묘사한 민담이 전해 내려온다. 성긴 수염이 난 모습이 비슷하기 때문으로 여겨진다. 괜찮은 매운탕감 이상의 대접을 받지 못하는 메기들의 입장에선 큰 축복이 아닐 수 없다.

병에 걸려 죽은 일도 생각났다.

지난 일을 돌아보던 갈미는 주먹을 쥐고 눈을 질끈 감았다.

〈더는 안 돼. 이젠 아이들에게서 풀려나고 싶어!〉

그녀는 간밤 꿈이 태몽이 틀림없다고 생각했다. 움집을 들락날락하며 아침밥을 준비하는 중에도 어제에 버금가는 불안으로 안절부절못했다. 아침을 먹는 자리에서도 말없이 눈만 끔벅거렸다. 아내의 고민을 모르는 남편은 간밤 일을 떠올리며 엉뚱한 소리를 지껄였다.

「십 년 전에 덜 익은 보리떡을 먹고 된통 체한 적 있었잖아. 그때 얹혔던 속이 쑤욱 내려가는 느낌이더라구. 정말 좋았어!」

밥을 몇 술 뜨는 둥 마는 둥 하고 집을 나선 갈미는 종일 바다를 오른쪽에 끼고 걸었다. 걸음이 빨라서 줄곧 귓전으로 바람 소리가 쌩쌩 스쳐갔다. 그녀가 남쪽 바닷가의 다른 마을에 이른 건 서녘 하늘로 태양이 훌쩍 기운 때였다. 결혼한 지 열서너 해가 지났는데도 아기를 갖지 못하여 걱정이 이만저만하지 않은 여자가 그곳에 살고 있다고 했다.

갈미는 산란기의 물고기 배처럼 장딴지에 단단히 알이 밴 발을 질질 끌며 마을로 들어섰다. 곧장 씨족장을 만나러 갔다.

「도토리 한 줌에 태몽을 팔고 싶어요. 어젯밤에 꾼 싱싱한 태몽이에요」

태몽은 파는 쪽에서 부르는 게 값이었다.[5] 그러나 갈미로선 서둘러 태몽을 팔아치우고 싶은 마음뿐이었다. 비싼 값을 불렀다간 거래가 이루어지지 않을까 저어하여 거저나 다름없는 값을 불렀던 건데, 씨족장은 몹시 기뻐하면서도 한편으론 걱정스러운 눈치였다. 집게손가락으로 여러 그루 상수리나무가 둘러친 움집을 가리켰다.

「우리 며늘아기인데요. 다가가는 데 약간 어려움이 있을 거요」

움집 앞에 이른 갈미는 멈칫했다. 어디선가 갈돌로 곡식을 가는 소리 같기도 하고, 불두덩이 뜨거워진 암말이 우는 것 같은 소리가 들려왔다. 장마 때 골짜기에서 흙탕물 달리는 소리처럼 여겨지기도 했다. 고개를 갸웃대며 건뜻 주위를 둘러본 갈미는 움집 문을 두드리고자 주먹을 쥔 손을 들어올렸다. 그때 문이 저절로 열렸다.

집 안쪽으로 머리부터 들이미는 순간, 문이 도로 닫히면서 갈미는 호되게 이마를 받혔다. 손으로 이마를 감싸고 뒷걸음치다가 엉덩방아를 찧었고, 한참 지나서야 제정신이 돌아왔다. 보아하니 움집 문은 일정한 사이를 두고 닫혔다가 열리기를 되풀이하고 있었다. 누군가 안에서 고리를 잡고 문을 여닫는 듯했다.

「얘기 좀 나눠요! 장난치지 말고요!」

버럭 소리치며 흙먼지를 털고 일어난 갈미는 다시 앞으로 성큼

---

5) 우리의 옛이야기에서 꿈을 팔고 사는 일을 흔히 볼 수 있다. 가장 잘 알려진 건 김유신의 두 누이의 경우이다. 〈어느 날 꿈에서 보희는 서악에 올라가 오줌을 누었는데 오줌이 서라벌 안을 가득 채웠다. 이튿날 아침에 아우 문희에게 꿈 이야기를 들려주었더니, 즉시 문희는 「내가 그 꿈을 살게요」 하고 말했다. 「대가로 무얼 줄래?」 「비단치마면 될까요?」 「좋아. 그렇게 하자」 문희가 옷깃을 벌리고 꿈을 받을 때 보희는 「어젯밤 꿈을 너에게 준다」고 말했고, 동생은 비단치마로 꿈 값을 치렀다〉. 이후에 문희는 김춘추와 결혼하였으며, 김춘추가 왕좌에 오르매 문명황후가 되어 훌륭한 인물을 많이 낳았다. 모두가 길몽을 산 결과라고 『삼국유사』에서 일연은 적고 있으니, 함부로 길몽을 팔지 말 일이다.

나섰다. 문이 열리는 찰나 재빨리 어깨로 문을 밀고 움집 속으로 달려들어갔고, 뒤이어 쾅 하고 문이 닫혔다. 그제야 그녀는 밖에서 들었던 소리가 무언지 알아냈다. 누군가 코를 골며 내는 소리였다. 소리의 파동이 어찌나 센지 갈미는 어둠 속에서 내리 비틀거렸다.

파동이 밀려올 땐 뒤로 비틀거렸고, 코 고는 이가 숨을 들이쉴 땐 앞으로 휘청댔다. 들창으로 새어드는 노을 빛에 서서히 시야가 트였다. 갈미는 바닥에 납작 엎드려 조금씩 나아갔다. 머리칼과 옷자락이 거칠게 펄럭거렸다. 가까스로 움집 복판에 이른 갈미는 저만치 구석에 두 다리와 양팔을 시원스레 벌리고 누운 여자를 발견했다. 반드시 태몽을 꾸고야 말겠다는 각오로 십 년째 밤낮 안 가리고 잠만 자며 살아온 여자였다.

그녀나 남편 모두 몸이 잘 발라먹은 생선 가시처럼 바짝 말랐다. 하루도 안 거르고 잠자리를 같이한 탓이었다. 지금껏 그녀는 모두 쉰 번, 남편은 일흔 번 넘게 코피를 쏟는 난리를 치렀다. 그러나 목숨을 건 몸싸움은 전혀 보상을 받지 못했고, 매번 여자는 제날짜에 달거리를 시작했다. 태몽을 꾸게 만든다는 굼벵이 볶음과 멧돼지 똥 튀김, 호랑이 불알 육회를 밥보다 많이 먹었다. 이 또한 아무런 효과를 보지 못했다. 오히려 탈이 생겨나서, 언제부턴가 여자는 머리털이 뭉텅뭉텅 빠지면서 잠자는 내내 코를 골았다.

「이봐요! 잠은 밤에 몰아서 자고 어서 일어나봐요!」

갈미가 고래고래 외쳐댔지만 여자는 코 고는 걸 멈출 뜻이 없어 보였다. 하는 수 없이 갈미는 손에 잡히는 대로 아무거나 집

어 던졌다. 힘껏 날린 걸레는 여자의 얼굴 앞까지 날아갔다가 날
숨을 만나 그대로 돌아와서 갈미의 콧잔등을 때렸다. 빗자루는
날아가던 중에 부웅 솟구치더니 천장에 부딪혀 지푸라기를 날리
며 벽 모퉁이로 추락했다.

급기야 갈미는 바구니에서 산비둘기와 꿩의 알을 하나씩 꺼내
던졌다. 알은 잇달아 갔던 길을 돌아왔고, 알에 얻어맞는 바람에
갈미는 곧 옷이 흠뻑 젖었다. 낙담한 갈미는 부루퉁한 낯으로 마
지막 알을 던졌는데, 그 알은 마침 숨을 들이쉬는 여자의 얼굴로
가속도가 붙으며 날아가서 코허리를 때렸다.

「……억!」

야릇하게도 여자는 네댓 박자 늦게 비명을 지르며 깨어났다. 손
바닥으로 코를 덮고 자리에 일어나 앉는 여자에게 갈미가 외쳤다.

「태몽 줄 테니까 잔말 말고 가져요!」

여자는 무슨 소리인지 몰라 어안이 벙벙한 낯이었다. 갈미가
같은 소리를 외치자 손가락으로 귓구멍을 후벼팠다. 돌조각처럼
딱딱한 귀지, 나방과 개미와 거미의 시체가 잔뜩 쏟아져 나왔다.

느닷없이 헐값에 태몽을 사게 된 여자는 갈미가 돌아가자마자
옷을 다 벗고 제자리 달리기와 팔굽혀펴기로 몸을 풀었다. 바깥
일을 마치고 돌아온 남편을 궁둥배지기로 가볍게 쓰러뜨려 목을
졸랐다.

「여보, 살다 보니 이런 일이 다 있네요! 도토리 한 줌에 태몽
을 샀어요!」

「진짜야? 얼씨구 좋구나!」

내외는 마주보고 일어서서 한바탕 덩실덩실 어깨춤을 추었다.

이번엔 남편이 아내를 번쩍 들어 바닥에 메어치곤 몸을 날렸다.[6] 두 사람은 밤새 번갈아 두 손을 번쩍 쳐들고 만세를 부르면서, 한 아이의 순결한 넋과 튼튼한 몸을 땅으로 불러들이는 의식을 치렀다. 황홀한 몸싸움이 끝나기 무섭게 다시 잠든 여자는 간밤에 갈미가 꾼 꿈을 처음부터 끝까지 그대로 꾸었다.

열 달이 지나 그 마을에선 사내아이 하나가 세상에 태어났다. 그 아이는 유난히 얼굴이 희어서 〈흰 바랄〉로 불렸다. 어머니가 다른 여자한테서 산 태몽이긴 해도, 어쨌든 용궁 꿈을 빌려 났으므로 흰 바랄은 용왕의 아들로 통했다. 소나기가 퍼붓거나 회오리바람이 부는 날이면 바랄은 기름진 음식을 한 상 푸짐하게 받아 먹었다. 바깥 풍경이 마치 용이 몸을 뒤틀며 하늘땅을 오르내리는 것처럼 보였기에 이런 호사를 누린 것이었다.

특식을 드는 바랄 곁에서 어른들이 바다 쪽으로 절하며 용왕의 축복을 빌었다.

「올해도 물고기를 많이 보내주시고, 물에 빠져 죽는 이가 없도록 신경 좀 써주십시오」

흰 바랄은 왼쪽 옆구리에 길쭉한 혹을 달고 태어났다. 태몽에 나온 청동검과 크기와 모양새가 같았다. 혹은 갈수록 푸른빛을 띠더니, 바랄이 세 돌이 지났을 때 송골매가 새겨진 진짜 청동검으로 변하여 옆구리에서 뚝 떨어졌다.[7]

---

6) 여자가 남편을 쓰러뜨릴 때 사용한 궁둥배지기는 몸을 비틀어 궁둥이를 돌려서 대고 다리로 감아 넘어뜨리는 기술이다. 남자는 들어올려배지기, 즉 들배지기 기술을 구사했던 것인데, 지나칠 정도로 자주 몸싸움을 벌이다 보니 내외 모두 자연스레 씨름 기술이 늘었다.

바랄은 가죽 칼집을 만들어 칼을 넣어서 허리에 차고 다녔다. 냇물에서 미역 감을 때나 잠자리에 들 때나 잠시도 허리에서 검을 풀지 않았다. 사냥할 때도 검은 놔두고 돌칼을 썼으며, 뒷밭에서 수수와 보리, 조, 피, 기장 따위를 가꾸다가 잡초를 벨 경우도 마찬가지였다.

바랄네 사람들은 뒷산 너머와 바닷가 북쪽에 다른 씨족이 산다는 걸 잘 알고 있었다. 그러나 바다 건너에도 사람 사는 땅이 있으리라고는 여기지 않았다. 바다가 끝나는 곳엔 폭포가 있고 그 밑엔 지옥이 있다고 어른들은 말했다. 그들은 지옥에서 가장 끔찍한 고문을 즐기는 귀신은 머리가 말처럼 생겼다고 믿었다. 한 어른이 바랄에게 물었다.

「말 대가리 귀신[8]한테 걸리면 어떤 고문을 받게 될 것 같니?」

「손바닥을 열 대쯤 맞거나, 한나절 두 손 들고 무릎 꿇고 앉아서 견디는 것 정도겠지요」

그 어른은 「헹, 헹헹헹!」 하고 코방귀를 뀌더니, 죽창으로 항문을 찔러서 내장을 거쳐 머리꼭지에서 뾰족한 창끝이 드러나게 하는 고문 얘기를 들려주었다. 순간 바랄은 가뜩이나 흰 얼굴이

---

7) 비파형 동검은 기원전 8세기경, 세형 동검은 기원전 4세기경부터 한반도에서 쓰이기 시작했다. 배경이 석기 시대로 여겨지는 이 이야기 속에 청동검이 등장한다는 건 매우 흥미로운 일이다. 두 가지 추측이 가능하다. 바랄이 시대를 앞선 인물임을 말해 주는 장치로 볼 수 있고, 바랄네 씨족이 이미 청동기 문화가 시작된 다른 지역과 교류가 있었음을 시사한다고 볼 수도 있다.

8) 이후에 불교에서 등장하는 마두나찰(馬頭羅刹)과 흡사하다. 이 나찰의 존재를 믿는 문화권에선 말을 어떤 짐승보다 귀하게 여기며 말고기 먹는 걸 삼간다. 우리나라도 같은 문화권에 속한다.

더욱 하얗게 바뀌면서 기절하여 쓰러졌다. 자리에 누워 시큼한 젖빛 땀을 벌벌 흘리며 며칠을 앓았고, 불가사리와 멧돼지 꼬리를 섞어 끓인 보리죽을 먹은 뒤에야 겨우 기운을 차렸다.

아버지는 아들에게 「집안 대대로 말을 받드는 까닭은 잘 모르겠으나」 하고 입을 열어 충고했다.

「무슨 일이 있어도 말고기를 먹어선 안 돼. 말한테 반말을 해서도 안 돼. 말을 얕잡는 얘기를 입에 올리거나, 말 앞에서 방귀를 뀌는 일도 있어선 안 돼」

말 타는 자세를 닮았다 하여 바랄네 어른들은 잠자리에서 남편이 아내의 뒤에서 들어가는 것마저 삼갔다. 그리고 어린애를 등에 업는 일도 없었다. 마을에 말이 세 마리 있었지만 아무도 타지 않았고, 가장 살진 물고기와 잘 익은 곡식을 정성껏 빻아서 먹였다. 열흘마다 더운물로 몸을 씻겼으며, 한겨울엔 머루 즙으로 물들인 큰사슴 가죽옷을 입혔다.

열다섯 살 때 바랄은 씨족장 후계자로 뽑혔다. 다른 소년들보다 잘나서거나 튼실해서가 아니었다. 아버지가 씨족장이며 바랄 자신이 집안의 맏아들이기 때문이었다. 나이가 찼으므로 어른들은 이제 그가 짝을 찾을 때가 되었다고 생각했다. 근친혼을 피하는 전통대로 다른 씨족에서 아내를 맞아들여야 했다. 부모가 아들을 불러 일렀다.

「날 잡아서 구혼 여행을 떠나도록 하거라」

바랄은 이런저런 핑계를 대가며 계속 집 나서기를 미루었다. 생판 모르는 이들과 부딪칠 일이 두려웠고, 낯선 여자들을 눈앞에서 상대하여 그들 가운데 하나를 고르는 일도 여간 걱정스럽지 않았다. 온 산에 여느 해보다 곱게 단풍든 어느 가을날, 바랄은 찬물을 너무 많이 마셔 배탈났다며 움집에 박혀 있었다. 막대기를 들고 문을 활짝 열며 나타난 건 아버지였다.

「거짓으로 배탈났다고 그러는 거지? 밴댕이보다 속이 좁고 참새보다 겁이 많은 녀석아. 결혼하는 게 그렇게 무섭냐? 엄살부리지 말고 어서 나서도록 해!」

바랄은 부랴부랴 괴나리봇짐을 꾸려서 메고 움집을 빠져나갔다. 막 마을 뒷산 오솔길로 발을 들어놓으려 할 때였다. 별안간 바다 쪽에서 함성이 들려와서 돌아보니, 젊은이들이 바닷가로 달려가며 와아 하고 외치고 있었다. 바랄은 몸을 틀어 언덕을 돌아 개펄로 내려갔다. 연꽃처럼 생긴 배가 빙글빙글 돌며 물살에 밀려 개펄에 와닿는 게 보였다.

배에서 어떤 여자가 놀란 얼굴로 뭍을 쳐다보고 있었다. 바랄이 다가가자 다른 사내들이 길을 터주었다. 여인에게서 뿜어져 날아오는 빛 때문에 바랄은 제대로 눈을 뜰 수 없었다. 손으로 얼굴을 가리고 손가락 사이로 여자를 살폈다. 소처럼 크고 땡글땡글한 눈, 오똑한 코와 갸름한 뺨은 이곳 여자들과 사뭇 달랐다. 옅은 보랏빛 꽃물을 들인 부드러운 사슴 가죽으로 감싼 가슴, 그리고 깡똥한 치마 밑으로 드러난 허벅지는 넉넉하면서 탱탱한 살집을 뽐내고 있었다.

바랄은 복사꽃과 밤꽃 향이 짙은 여인의 냄새에 취해 좌우로 비틀거렸다. 가쁜 숨을 몰아쉬며 속으로 외쳤다.

〈바로 저 여자야! 무슨 일이 있어도 반드시 저 여자와 결혼할 거야!〉

　그 여인의 이름은 옹낭이었다. 머나먼 남쪽 간즈 하구에서 배를 타고 물놀이를 즐기다가 돌개바람에 휘말려 바다로 나가 이백여 나날을 떠돌았다.[9] 바보갈매기가 부리로 물고 가다가 하품하는 바람에 떨어뜨린 알, 뿌리가 뽑혀 떠다니는 바닷말, 죽은 지 얼마 안 되는 물고기로 주린 배를 채웠다.

　뱃사공은 보름 전에 무얼 잘못 먹었는지 손에서 노를 놓치며 쓰러졌다. 미처 삭이지 못한 쥐가오리 내장을 모두 토한 뒤에, 고향의 따뜻한 저녁밥을 그리는 슬픈 노래를 한 자락 뽑고 죽었다. 곧이어 웬만한 어른 덩치에 버금가는 대머리 신천옹[10] 한떼가 날아와 시체를 쪼아먹었다. 어떤 새는 발톱으로 뱃사공의 염통을 후벼파다가 옹낭을 돌아보고 씨익 웃으며 사람 목소리를 냈다.

　「무섭지롱?」

　이후로 그녀는 홀로 한낮의 따가운 햇살과 거센 물결과 싸웠고, 밤에는 어둠 속을 불어가는 서늘한 바람을 견디며 두려움과 고독에 진저리쳤다. 지금 이 순간에도 여전히 잔뜩 겁에 질린 얼굴이었다.

　옹낭은 술주정뱅이처럼 비틀거리며 딸꾹질하는 바랄을 뚫어지게 쳐다보았다. 다른 사내들은 눈빛이 짐승 피처럼 검붉었다. 살갗이 나무 껍질보다 까칠했고 움직임 하나하나가 거칠기 짝이 없

---

9) 외모나 말씨, 차림새에 미루어 옹낭은 고대 인도 여자이다. 간즈는 갠지스 강을 줄인 말이다. 옹낭은 캘커타 아래쪽 갠지스 삼각주에서 물놀이하다가 풍랑을 만났던 것이다.

10) 신천옹(信天翁)은 알바트로스과의 바닷새로 활짝 펼쳤을 때 날개 길이가 2미터에 이른다. 거위와 비슷하게 생겼으나 보다 덩치가 크고 살이 많이 쪘다. 부리가 쓸데없이 크고 분홍빛을 띤 것이 어찌 보면 우스꽝스럽다.

었다. 그런데 허리에 청동검을 찬 사내는 그들과 달리 얼굴이 희었고 눈빛이 여간 맑지 않았다. 표정에선 부들부들하고 따사로운 마음씨가 엿보였다.

바랄이 흐느적거리며 어지럼증과 싸우는 걸 지켜보던 사내들은 더는 견디기 힘든 듯 몸을 비비 꼬았다. 마침내 그들은 입술을 떼며 다시 수군댔다.

「자, 어서 끝내버리자」

돌도끼와 활을 쳐든 사내들이 옹낭에게 바짝 다가섰다. 어른들은 바다에서 뭍으로 밀려온 짐승은 모조리 해치워야 뒤탈이 없다고 가르쳤다. 그들이 일러준 대로 옹낭을 죽이려는 것이었다. 가장 몸집이 크고 우락부락하게 생긴 사내가 팔죽지를 잡아 그녀를 배에서 강제로 끌어내렸다. 그녀의 팔뚝에 혓바닥으로 끈끈한 침을 발라서, 껍질을 벗기고자 그 위에 칼날을 댔다. 그때 한 손을 번쩍 들며 바랄이 소리쳤다.

「잠깐 기다려!」

정신을 되돌리고자 고개를 흔들면서 두어 발짝 나아가 덧붙였다.

「우리와 생김새가 좀 다르지만 사람인 게 분명해. 성깔 고약한 암컷인지 아닌지 지켜본 뒤에 죽여도 늦지 않아」

움집에서 바랄의 어머니와 여러 친척 여자들이 옹낭을 돌봐주었다. 그녀는 혼자선 밖으로 나갈 엄두가 나지 않았다. 이내 옹낭에게 빠져든 마을 사내들이 매일 움집 주위를 맴돌았기 때문이었다. 몇몇은 쉬지 않고 움집을 돌다가 어지러워서 먹은 걸 다 게웠고, 나머지도 입맛과 일할 맛을 깨끗이 잃었다.

소년 하나가 밭에서 김 매던 중에, 옹낭의 알몸을 상상하며 용두질하여 수숫대에 물을 뿌리다가 어른들에게 들켰다.

「금방 무슨 짓을 한 거지?」

「무럭무럭 잘 자라라고 거름을 준 거예요」

「이 녀석아, 말이 되는 소릴 해야지!」

박달나무 몽둥이로 볼기를 맞던 소년은 고통과 쾌감이 뒤섞인 표정을 지었다. 씨족장인 바랄의 아버지가 고개를 갸우뚱했다.

「좋으냐?」

「예, 좋아요」

다시 몽둥이를 높이 들자 소년이 재빨리 말을 바꾸었다.

「족장님도 참. 매 맞는 게 좋을 리 있겠어요?」

한동안 옹낭은 「끼룩끼룩 까르르까르르」 하고 괴상한 기러기 울음소리를 내며 살았다. 바랄의 고모한테서 말을 배웠는데, 차츰 말이 늘면서 자기 나라 말에 대한 기억이 되살아났다. 옹낭은 이곳 말과 자기 고향 말을 나란히 이어서 썼다. 인사할 때는 「아쿠탈타」를 덧붙여 「안녕하세요아쿠탈타」 하고 말했고, 배에서 꼬르륵 소리가 날 땐 「배고파요파를리마리나」 하고 말했다.

그처럼 짧은 말은 알아듣는 데 큰 어려움이 없었지만, 조금이라도 얘기가 길어지면 사정이 전혀 달라졌다.

「다음에올라리유 산나물하루카 캐러코리치 나갈폴라 땐타오 저도모라니 같이칼라라 가요루미」

옹낭이 이곳에 온 지 두 계절이 지나서 봄으로 접어들었다. 바랄은 며칠 뒷산에서 꿩알을 깨뜨려 먹으며 짤막한 문장을 혀에 붙이고자 진땀을 뺐다.

「나와 결혼해 줘요」

어느 날 그는 두 주먹을 불끈 쥐고 산을 내려와 옹낭이 묵는 움집으로 들어갔다. 그런데 너무 조바심 낸 나머지 입에서 다른 말이 새어나왔다.

「나와 이혼해 줘요」

주먹으로 자기 옆머리를 때린 뒤에야 얼추 말이 되는 얘기를 건넬 수 있었다.

「결혼해 줄라요? 나하고라고?」

옹낭은 바랄이 자신에게 청혼하리라곤 미처 생각지 못했다. 좋은 사람이라고 여길 뿐이었지 그에게서 남자를 느낀 적이 없었다. 하지만 청혼을 물리칠 땐 움집 밖으로 쫓겨날지 모른다는 느낌이 들었다. 이는 다른 사내들한테 좋은 먹이감이 된다는 걸 뜻했다. 고개를 푹 숙인 옹낭은 눈을 깜박이며 속으로 중얼거렸다.

〈결혼하느냐 추행당해서 죽느냐, 그것이 문제로다.〉

다음날 아침에 바랄이 다시 찾아왔다. 입 속이 바짝 타들어간 바랄은 거듭 마른침을 삼켰다. 핏기와 물기가 말끔히 사라진 얼굴엔 버짐이 가득했다.

「옹낭, 두번째이자 마지막으로 묻겠소. 나와 결혼해 주겠소?」

옹낭은 불안에 휩싸인 낯으로 그를 멍하니 바라보다가 일단 목숨을 건지고 보자는 쪽으로 생각을 정리했다. 자기 고향의 의식대로 바닥에 아랫배를 붙이고 엎드렸다. 흙 냄새를 맡으며 몰래 한숨을 내쉬고, 그의 발가락 끝에 세 번 입맞춤으로써 청혼을 받아들였다.

한달이 지나서 결혼식이 열렸다. 새벽에 시작된 잔치는 밤늦게까지 이어졌다. 모닥불을 피우고 멧돼지 통구이를 먹으며 모두 신나게 엉덩춤을 추었다. 뒷산 골짜기로 달이 떠올랐을 때, 시어머니가 아까부터 하품을 해대는 옹낭에게 살며시 다가갔다.
「얘, 그만 들어가서 자야지?」
시어머니한테 꼬집힌 옆구리를 쓰다듬으며 옹낭이 먼저 신방에 들었다. 얼마 지나서 바랄이 헛기침 소리를 내며 문을 열었고, 슬쩍 미소지으며 한복판 화덕에 장작불을 지핀 움집 안으로 발을 들였다. 바랄을 발견한 옹낭이 갑자기 큰소리로 비명을 질렀다.
「꺄악!」
뒷산 까마귀 모두를 기죽게 만들 만한 비명 소리에 바랄은 깜짝 놀랐다. 잠자리에서 남자를 처음 대하기 때문에 저러나 보다 하는 생각이 스쳤다. 미소가 깨끗이 사라진 얼굴로 꿀꺽 침을 삼키며 입을 열었다.
「밤이 깊었으니 이제 잡시다」
옹낭에게서 눈을 떼지 않은 채 바랄은 천천히 가죽옷을 벗었다. 이윽고 청동검 하나만 허리에 찬 알몸이 되어 가까이 다가앉았다. 순간 그녀는 눈을 꾹 감고 다시 젖 먹던 힘을 다해 울어댔다.
「꺄, 꺄악꺄악!」
적잖이 머쓱해진 바랄이 한 손으로 샅을 가리고 다른 손을 앞으로 내밀었다.
「이럴 게 뭐가 있소? 우린 부부잖아요. 내가 옷을 벗겨주리다」
팔뚝에 손을 대자 옹낭은 꼴까닥 소리를 내며 기절해 버렸고, 다음날 한낮에야 정신이 돌아왔다. 수심이 가득한 얼굴로 자신을 내려다보는 바랄과 눈이 마주치자 옹낭은 어금니를 악물었다. 힘겹게 몸을 일으켜 앉으며 그에게 사과했다.

「죄송해요아후랄로, 죄송해요아후랄로」

옹낭은 엄지와 검지로 그의 손을 쥐고 위아래로 흔들었다. 두 사람은 손뼉을 부딪치며 사이좋게 노는 어린아이들 같은 모습으로 변했다.[11] 그제야 바랄은 오늘밤엔 제대로 일을 치를 수 있으려니 해서 마음이 좀 가라앉았다.

자신이 밤에도 칼을 차고 있어서 놀랐던 게 아닌가 하여, 해거름에 바랄은 앞에서 보이지 않게 허리 뒤로 칼을 돌려서 찼다. 문을 열고 불을 밝힌 움집으로 들어서는데 옹낭이 동그랗게 뜬 눈으로 바라보았다. 그녀의 눈치를 살피며 바랄은 옷을 벗었다. 그런데 그가 벌거숭이가 되자 그녀는 어제처럼 또 비명을 질렀으며, 손으로 양쪽 귀를 막고 온몸을 사시나무처럼 떨었다.

바랄은 재빨리 허리띠를 풀어 칼을 움집 저쪽으로 던졌다. 그러나 비명은 조금도 누그러지지 않았다.

「왜 그래요? 낮에 미안하다고 한 건 거짓이었소?」

옹낭이 앞으로 손을 내밀었다. 그녀의 검지 끝은 어느 결에 잔뜩 오그라든 바랄의 개불버섯을 가리키고 있었다. 바랄이 손바닥에 버섯을 얹어서 흔들었다.

「이거 말이오?」

즉시 옹낭이 고개를 끄덕였다. 청동검과 달리 버섯은 몸에서 떼었다가 붙이는 게 불가능했기에, 바랄은 다시 쩔쩔매는 얼굴로 신방을 빠져나오고 말았다.

「나는 저 여인을 이 세상 누구보다 사랑하는데, 어찌하여 저

---

11) 요즘 어린이들이 〈가을 바람 찬바람에 날아가는 저 기러기〉 하고 노래하며 즐기는 이른바 〈쎄쎄쎄〉 놀이와 비슷한 동작이다.

여인은 내 사랑을 뿌리치는 걸까요?」

마당에 앉아 밤하늘을 올려다보고 밤을 지새우며 별님에게 물었다. 별님은 답변 대신에 밤잠이 없는 갈매기 여럿을 날려 보냈다. 갈매기들은 아래로 낮게 내려와서, 바랄의 얼굴을 겨냥해 한꺼번에 물똥을 푸짐하게 떨어뜨렸다.

밝을녘에 움집에서 나온 옹낭은 바랄 앞으로 다가서서 낯을 붉히며 깍짓손을 쭉 뻗었다. 잠시 뒤에 깍지를 풀더니 바랄의 손을 잡고 흔들었다. 바랄은 그녀를 뿌리치고 바로 자리를 떴고, 도로 움집으로 들어간 옹낭은 정성껏 전복죽을 만들어 그릇에 담아 들고 나왔다. 저장고에서 일하는 바랄 곁에 붙어서서 숟갈로 죽을 떠 입술에 갖다댔다. 바랄은 떨떠름한 낯으로 입을 약간 벌려 죽을 받아먹었다.

그가 밭을 갈러 나가려 할 때였다. 옹낭이 우럭 뼈로 머리를 빗겨주며 활짝 웃었다.

「진짜오울루 예쁘네요파찰차!」

대낮에 옹낭이 바랄한테 하는 행동은 여느 새색시와 다를 바 없었다. 그러나 밤마다 젖 먹던 힘을 다해 까마귀 소리를 외치는 일은 깜박 잊고 지나가는 일 없이 되풀이되었다. 적잖이 꺼림칙한 느낌에 부모가 아들을 불러 물었다.

「새아기가 매일 밤 까마귀 소리를 내는 이유가 뭐냐?」

바랄이 속마음을 숨기고 수줍어하는 척했다.

「너무 좋아서 그러나 봐요」

옹낭은 낮에 음식을 만들고 토기를 빚던 중에 자주 바닷가로 나갔다. 둘레가 훤히 트인 언덕에 앉아 멀리 수평선 끝을 바라보며 코를 킁킁댔다.

〈고향을 떠나온 게 까마득한 옛날 일처럼 여겨져. 부모님과 형제, 친구들, 모두 어떻게 지내고 있을까?〉

머릿속으로 한 사내가 그려졌다. 고향에 두고 온 약혼자, 같이 뱃놀이를 즐기다가 갑작스레 불어닥친 돌개바람 때문에 헤어진 남자였다. 뜨거운 카레가 식은 팥죽으로 바뀌더라도 다른 사람의 품에 안기지 말기로 그와 다짐했던 일을 옹낭은 떠올렸다.[12] 남서풍이 불어올 때면 간간이 고향 소식이 실려왔다.

어느 날 옹낭은 바람 속에서 약혼자의 눈물 냄새를 맡았다. 그가 신음하며 내는 소리가 눈물 냄새에 묻어 있었다.

「갑사기 그내 가버렸으니 나 어떻세 해」

곁에서 그를 구슬리려 애쓰는 어떤 여자의 목소리가 뒤따랐다.

「죽은 자식 불알 만지기[13]라는 말도 몰라요? 다 잊고 나와 결혼

---

12) 카레 curry는 〈소스〉라는 뜻을 지닌 타밀어 〈kari〉가 어원으로, 영국인들이 인도의 전통적인 양념류를 두루 섞어서 만든 자극성이 강한 향신료이다. 특유의 노란색은 강황이 내는 빛깔이며, 그밖에 커민과 고수열매, 고추, 후추, 칠리, 정향, 계피, 호로파, 육두구, 생강, 겨자씨, 회향열매, 양귀비씨, 올스파이스, 아니스, 월계수 마른 잎 등이 재료로 들어간다. 인도의 고유한 양념 혼합물은 〈마실라〉라고 부른다. 한편, 팥은 예로부터 중국과 우리나라와 일본에서만 재배해 온 곡식이다. 우리나라에선 민무늬토기 문화 유적지인 회령군 오동에서 팥이 출토된 바 있어, 청동기 시대 또는 그 이전부터 팥을 먹었다는 걸 알 수 있다. 자극성에서 극단을 이루는 카레와 팥죽을 견준 위의 비유에서도 옹낭이 어느 곳 출신인지 드러난다.

13) 이미 글러버린 일을 놓고 미련이 남아서 자기 머리를 쥐어박으며 세월을 보내는 걸 나무라는 비유이다. 비슷한 표현으로 〈임금님 불알 만지기〉라는 말이 있다. 이는 죽기로 작정하면 누구의 불알인들 만지지 못하겠느냐는 의미로서, 세상 무서운 줄 모르고 날뛰는 자를 야유할 때 쓴다.

해 주세요」

사내가 쌀쌀맞게 받아쳤다.

「이 손 놓지 못해요? 다시는 내 사랑을 모독하지 말아요!」

결혼한 지 여섯 달이 지날 때까지, 옹낭은 다른 문은 다 열면서 몸의 문 하나만은 단단히 빗장을 지르고 지냈다. 결국 어느 봄날 저녁때 바랄은 입을 꾹 다물며 마음을 굳혔다. 산딸기 술을 두 잔 따라 들고 움집으로 들어갔을 때, 옹낭은 도토리를 안쪽 저장고 토기에 옮겨담고 있었다. 바랄이 바짝 다가앉아서 술잔을 내밀었다.

「마셔요. 산딸기 즙이에요」

옹낭이 두 손으로 잔을 받아 들었다. 그녀가 잔에 입술을 대는 순간 바랄이 재빨리 덧붙였다.

「한번에 쭉 마셔야 맛을 한껏 즐길 수 있어요. 자, 같이 단숨에 마십시다」

그가 시키는 대로 옹낭은 산딸기 술을 한 방울도 남기지 않고 들이켰고, 곧 술기운이 오르면서 낮에 있었던 온갖 일을 시시콜콜히 늘어놓았다. 어느 순간부턴 눈동자를 빙글빙글 돌리며 쿡쿡거렸다.

「하아, 진짜 웃기네? 왜 이렇게 웃음이 나온담?」

한참 고개를 갸웃대고 웃더니 천장을 올려다보고 눈을 깜박이며 외쳤다.

「야호, 기분 좋다!」

그녀가 정신을 잃고 뒤로 드러눕자 바랄이 소리쳤다.

「바로 이때다!」

허겁지겁 자기 옷을 벗어 던지고 그녀의 사슴가죽 치마를 벗겼
다. 바랄네 씨족에선 남녀노소 모두 속옷 없이 가죽옷 하나만 입
고 지냈다. 그런데 옹낭은 치마 속에 양가죽 속옷을 입고 있었다.
취해 쓰러져 자면서도 두 손으로 속옷을 움켜쥐고 놓지 않았다.
바랄은 그 손을 떼어내려고 겨드랑이를 간질였지만 소용없었다.

하는 수 없이 바랄은 난생 처음 청동검을 쓰기로 했다. 칼을
꺼내 속옷을 위에서 아래로 길게 잘라 샅의 속살이 드러나게 만
들었다. 여전히 옹낭은 복판이 갈라져 찢어진 옷자락을 양손으로
꼭 쥔 모습이었다. 윗옷까지 다 벗겨낸 바랄은 그녀의 젖을 입에
물면서, 자기 몸의 한 조각을 옹낭의 샅 고랑으로 넣었다.

오랜 나날 욕정을 참은 탓이었다. 삽입하기 무섭게 사정하면서
순식간에 모든 일이 끝나고 말았다. 온몸을 덮치는 허탈감 속에
서 바랄은 옹낭의 몸을 떠나 옆으로 굴러떨어졌고, 퍼뜩 제정신
이 돌아오면서 얼떨떨한 표정이 되었다.

〈아, 이런! 내가 무슨 짓을 한 거지?〉

주먹으로 가슴팍을 쥐어박으며 밖으로 달려나갔다. 뒷산 적송
밑에 숨어 움집을 지켜보며, 쉴새없이 두근대는 가슴에 손을 얹
고 밤을 꼬박 새웠다.

새벽에 움집에선 옹낭의 울음소리가 새어나왔다. 날이 밝은 뒤
까지 울음이 이어졌다. 한낮에도 옹낭은 움집에서 나오지 않고
울었고, 다시 하룻밤이 지나서 이튿날 밝을녘에 움집을 채운 눈
물이 밖으로 넘쳐흐르기 시작했다. 바랄이 달려들어가서 눈물에
빠져 죽기 직전의 옹낭을 업고 나왔다. 입술을 맞대고 숨을 빨아
들이자 그녀는 입에서 왈칵 눈물을 토하며 깨어났다.

온몸이 축 늘어진 옹낭을 끌어안으며 바랄이 울먹였다.

「미안해요. 이토록 슬퍼할 줄은 몰랐어요」

옹낭은 끙 소리를 내며 일어나서 비척비척 바닷가로 걸어나갔고, 이후로 아예 일손을 놓고 매일 언덕에서 먼바다를 바라보며 살았다. 끼니때마다 바랄이 먹을 걸 갖다주었지만, 그가 돌아가면 음식을 모조리 갈매기들에게 던져주었다. 넋 나간 얼굴로 잠자코 앉아 있다가 바람이 불면 코를 킁킁댔다. 그녀가 살던 고장에선 이제 아무 냄새도 날아오지 않았다.

〈무슨 난리라도 벌어진 걸까?〉

남서풍 속엔 피붙이 냄새도 약혼자 냄새도 없었으며, 집 냄새나 가축 냄새도 나지 않았다. 향신료를 듬뿍 친 매콤한 음식 냄새도 묻어 있지 않았다. 그러던 어느 날, 하늘 높이 두 조각 뭉게구름이 밀려왔다. 각각 남자와 여자 형상을 띤 구름이었다. 두 구름은 깔깔거리며 서로 쫓고 쫓기다가 하나로 합쳐졌고, 신음 소리를 내며 요란하게 제자리에서 뒹굴었다. 비로소 옹낭은 약혼자가 자신을 버리고 다른 여자와 결혼했다는 걸 알아차렸다.

낙담한 옹낭은 그날 밤부터 까탈부리는 일 없이 고분고분하게 바랄의 몸을 받아들였다. 자기 몸이 조금도 달아오르지 않는 것에 대해 그녀는 그지없는 슬픔을 느꼈으며, 자신의 몸 곳곳을 골똘히 연구하는 바랄을 내려다보며 가엾고 불쌍하다는 느낌에 젖어들었다. 구슬땀을 흘리며 젖을 빠는 그의 머리를 쓰다듬던 중에, 옹낭은 자신이 아들에게 젖을 먹이는 어머니처럼 여겨졌다.

「많이 먹거라. 어서 쑥쑥 커야지」

그녀가 뭐라는 건지 알아듣지 못한 바랄은 계속 바삐 몸을 움직였다. 자신을 사랑하지 않는 여자에게 몰두하는 남자. 그리고 그런 남자에게 몸을 맡기곤 멍하니 그의 동작을 바라보는 여자. 이들의 고독보다 더한 고독은 이 땅 어디에도 없으리라고 옹낭은 확신했다.

성장하는 동안 윗마을의 붉은 솔대는 웅덩이에 거꾸로 처박혔던 날 본 여인을 떠올리지 않은 날이 없었다. 상사병이 깊어질 때면 진달래꽃 모양의 띠가 목 주위에 나타나서, 목에 화환을 두르고 다니는 멋쟁이로 오해받거나 집안 어른들을 걱정에 빠뜨렸다. 어떤 날은 저녁때 아버지에게 헛소리했다.

「옹낭, 진지 드시래요」

세상에 태어날 때 솔대 집안 아이들은 다섯 갈래 가운데 한쪽 길을 걷도록 앞날이 정해졌다. 어부가 되어 바다에 나가서 고기를 잡는 일, 밭을 일구어 곡식을 가꾸는 일, 사냥과 채집, 위와 같은 바깥일에 쓸 도구를 만드는 일, 사냥꾼들이 잡아온 야생마와 들소와 멧돼지를 길들이는 일 등이었다. 솔대에겐 마지막 일이 맡겨졌다. 또래보다 덩치가 크고 뼈가 굵었으며 눈빛이 똘똘했기 때문이었다.

솔대네 말은 다 자라더라도 뒷덜미 높이가 열서너 살 아이의 키를 넘지 않았다. 다른 씨족 말보다 퍽 작아서 볼품이 없었다. 하지만 사납고 날래기로 따지자면 여느 씨족 말에 뒤지지 않아서, 이런 말을 길들이는 일은 사냥이나 농사에 견주어 곱절로 어려웠다. 숨통과 허파가 곪는 병에 걸리지 않게 돌보는 일도 만만찮았고, 숨쉴 때마다 몹시 괴로워하며 귀에 거슬리는 소리를 내면 어떤 약도 듣지 않았다.[14]

그런데 열 살이 되기도 전에 솔대는 어른들을 놀라게 했다. 특히 식욕이 없거나 먹성이 까다로운 말을 잘 다루었다. 아무리 빌빌대는 말도 솔대에게 맡기면 한두 달 안에 털이 반들반들해졌고 눈동자도 한결 반짝거렸다. 직접 꿀을 베어다가 박쥐 똥과 대구 지느러미를 섞어 푹 고아 먹였던 건데, 그러면 하나같이 네 다리와 목과 생식기에서 힘이 뻗쳤다.

솔대가 가장 아낀 말은 뭉게구름처럼 흰 털을 뽐내는 백마였다. 눈이 유난히 커서 함박눈이라는 이름을 붙였다. 솔대는 자주 함박눈을 타고 뒷산에 올라 바다를 바라보며 의문을 띄웠다.

〈이 땅은 얼마나 넓은 걸까? 저 바다 끝엔 무엇이 있을까?〉

얼굴에 발그레한 빛을 띠며 늘 같은 물음을 보탰다.

〈옹냥은 어디에 사는 걸까?〉

솔대는 이따금 한낮에 말을 타고 마을을 벗어나 해거름까지 산속을 돌았다. 열두 살 무렵엔 잰걸음으로 사흘 걸리는 곳을 다녀왔고, 열네 살 땐 걸어서 닷새 걸리는 거리를 반나절에 오갔다. 어찌나 빨리 달리던지 그가 말을 타고 지나쳐도 알아채는 이가 없었다.

---

14) 우리나라 말은 크게 향마(鄕馬)와 호마(胡馬)로 나눌 수 있다. 부여와 고구려와 옥저에서 말을 길렀다는 것이 가장 오래된 기록이다. 그 이전에 언제부터 이 땅에서 말을 사육하기 시작했는지는 정확히 알 수 없다. 호마는 몽골과 여진에서 들여온 종자이며, 제주도 개벽 설화에 등장하는 조랑말은 향마의 대표격이다. 말을 타고 과일나무 밑을 지나갈 수 있을 정도로 덩치가 작아서 조랑말을 과하마(果下馬) 또는 삼척마(三尺馬)라고도 불렀다. 솔대네 말도 이런 경우이며, 숨쉴 때마다 말이 시끄러운 소리를 내는 병은 후두가 감염되었을 때 나타나는 천명증(喘鳴症)이다.

어느 해 가을엔 사냥 솜씨가 뛰어난 마을에 들렀다. 마침 사내들은 모두 사냥 나가고 없었다. 곳곳에 햇빛에 말리고자 짐승 가죽을 펼쳐놓아서 발 디딜 틈이 없었다. 그곳 여자들은 열매 즙으로 물들인 가죽옷을 입었으며, 붉은 흙으로 뺨을 칠했고 이마에 솔잎을 붙였다.

「어머머머머! 이상한 사람이 나타났어!」

그들은 솔대를 발견하곤 비명을 지르며 움집 속으로 달아났다. 얼마 만에 문틈으로 내다보더니 하나 둘 밖으로 나왔다. 한 여자가 다가와서 말의 허벅지를 손바닥으로 훑으며 자지러지게 웃었다. 또 어떤 여자는 솔대의 발등을 툭 건드리고 뒷걸음질치며 깔깔거렸다. 미소짓는 얼굴로 솔대는 그들을 하나씩 유심히 살폈으나 그곳에도 옹낭은 없었다.

한여름날 옹낭은 바랄과의 사이에서 첫아이를 낳았다. 얼굴이 희고 예쁘장한 여자애였다. 여러 달 그녀는 허리가 끊어지는 아픔 속에 자리에 누워 지냈다. 소슬바람이 불어올 때 겨우 기운을 차리고 일어나서 오랜만에 바닷가 언덕으로 나갔다. 풀밭에 두 다리를 뻗고 앉아 길게 숨을 들이쉬었는데, 불현듯 바닷가 북쪽에서 불어오는 바람에서 낯선 사내의 냄새가 느껴졌다. 그 냄새엔 한 여자에 대한 오랜 그리움이 묻어 있었다. 옹낭은 감탄을 금치 못했다.

〈크기와 너비와 무게가 엄청난 그리움이구나! 내가 이곳에서 고향을 떠올리며 느꼈던 그리움은 감히 견줄 수 없을 정도야!〉

콧방울을 벌렁거리며 옹낭은 다시 힘껏 바람에 실려오는 냄새를 들이마셨다. 냄새에서 옹낭은 백마를 타고 개펄을 달려오는 사내의 모습을 읽어냈다. 냄새 속에서 사내가 중얼거렸다.

「오늘도 나는 온종일 당신을 그리워했소. 옹낭, 어디 계시는 지요?」

옹낭은 윗마을에 붉은 솔대라는 청년이 살며, 말 부리는 솜씨와 외모가 뛰어나다는 얘기를 들은 적이 있었다. 마을의 젊은 여자 중에 솔대를 한번 만나보고 싶어하는 이가 적지 않았다. 정신이 아뜩해진 옹낭이 속삭였다.

「솔대가 틀림없어. 소문으로 전하는 얼굴 생김새나 용처럼 가늘고 날카롭게 접힌 눈초리, 아침 태양처럼 붉은 낯빛, 훤칠한 허우대가 서로 똑같아! 내 이름을 부르는 걸 보니 솔대가 나에 대해 알고 있었구나!」

다시 불어온 쌉싸래한 바람 속에서 사내의 냄새가 더욱 짙어졌다. 잔허리에 손을 대고 풀밭에서 일어난 옹낭은 저 멀리 달려오는 백마를 보았다. 서로 얼굴을 알아볼 만큼 사이가 좁혀졌을 때 백마는 달리는 속도를 뚝 떨어뜨렸고, 눈길이 마주친 두 사람의 눈에서 불똥이 튀었다. 말을 멈춰 세운 사내가 땅으로 훌쩍 뛰어내렸다. 손 뻗으면 닿을 거리까지 걸어와서 외쳤다.

「옹낭이 맞지요? 내 나이 두 살이면 그대 또한 어린애였을 터인데, 어떻게 그때 이렇게 성숙한 뒤의 그대 모습을 본 건지 모르겠소! 당신을 다시 만나게 되다니 이게 꿈은 아니겠지요?」

옹낭이 의아해하며 물었다.

「젖먹이 때 나를 처음 보았단 말인가요? 놀라운 일이네요. 내가 분명한가요?」

솔대가 지체 없이 고개를 끄덕였고, 옹낭은 그의 확신에 찬 눈빛에 빨려들면서 금세 낯이 발개졌다. 한 발짝 나서며 손을 들어 솔대의 코와 뺨과 입술을 쓰다듬었다. 그때 저 멀리 바다에서 물거품을 일으키며 삼각 파도가 일기 시작했고, 낮게 내려온 분홍빛 구름이 이 끝에서 저 끝으로 한달음에 달려갔다. 개펄에선 늙은 거북 수십 마리가 주름진 목을 길게 뽑고 그들을 바라보며 눈을 끔뻑거렸다.

일대가 격정에 휩싸인 가운데 얼마나 시간이 흘렀는지 알 수 없었다. 일순간 어디에선가 푸른빛을 띤 날개를 퍼드덕대며 방울새가 날아왔다. 방울새는 숨 넘어갈 듯이 또르르륵 하고 울면서 부리로 옹낭의 뒤쪽을 가리켰다. 솔대의 뺨에 손을 댄 채 옹낭은 고개를 돌렸다. 언덕 저 아래 우두커니 선 바랄이 보였다. 옹낭이 재빨리 손을 내리며 솔대에게 속삭였다.

「어서 돌아가세요. 막 보름달이 떠오를 때 이곳에서 다시 만나요」

하지만 솔대는 바로 돌아서지 않았다. 그 사이에 다시 발걸음을 뗀 바랄이 마저 언덕을 올라와서, 풀죽은 얼굴로 음식 대접을 내밀었다.

「여보, 점심 가져왔어요. 맛있는 가자미 튀김하고 조밥이에요」

옹낭은 어느 결에 얼굴에서 핏기가 사라졌으나 솔대는 조금도 쩔쩔매는 기색이 없었다. 말을 향해 돌아서기 전에, 꾸벅 허리를 꺾어 윗몸을 숙이며 바랄에게 인사했다.

「부인께 길을 묻고 있었소. 나는 저 윗마을에 사는 붉은 솔대라고 하오」

그날 이후로 바랄은 자신이 영 보잘것없는 사내라는 느낌에 시

달렸다. 아내 앞에선 속을 드러내지 않으려 애썼으나, 그녀가 솔대의 뺨을 쓰다듬던 장면이 떠오르면 저절로 어금니에 힘이 들어가면서 신음 소리가 나왔다.

고통을 잊고자 바랄은 허구한 날 술에 절어 살았다. 그가 맡은 텃밭은 고랑마다 술동이가 뒹굴었고 온통 먹은 걸 게운 자국이었다. 새벽에 눈뜰 때마다 속이 쓰려서 뱃가죽을 뜯으며 청동검을 만지작거렸다.

〈다시 그 자가 아내에게 접근하면 가만 놔두지 않겠어!〉

그리고 밤에 눈을 감기 전에 태양신에게 기도하는 버릇이 생겼다.

〈오늘도 아내를 지켜주셔서 고맙습니다.〉

스무 날이 흘러 보름날이 왔을 때, 솔대와 옹낭 두 사람의 만남은 이루어지지 않았다. 밤새 가랑비가 내려서 전혀 달이 뜰 기미가 보이지 않았다. 바랄을 가엾이 여긴 태양신이 달의 신을 부추겨서, 먹구름을 넉넉히 깔고 누워 하룻밤 푹 쉬게 한 결과였다.

바랄은 아내의 움직임을 살피고 뒤를 밟는 일이 더해졌기에 이만저만하게 생활이 바빠진 게 아니었다. 밭에서 숨이 턱에 닿도록 일하다가 숱하게 옹낭이 앉아 있는 언덕에 다녀왔다. 가을걷이가 끝날 즈음엔 누구보다 뜀박질 속도가 빨라졌다. 수확제 달리기 시합에서 바랄은 두 발로 달리기와 양발 묶고 달리기, 왕복 달리기, 바위 들고 달리기, 한 발로 달리기, 멀리뛰기 등 여섯 개 종목을 휩쓸었다.

시아버지는 며느리가 늘 언덕에서 바다를 바라보고 빈둥거리는 게 눈에 거슬렸다. 어느 날 며느리를 불러 한마디 던졌다.

「아가야, 바다에 누룽지라도 빠뜨렸니?」

그날로 옹낭은 언덕 오르는 일을 멈추고 바랄과 함께 밭과 저장고에서 지내게 되었다. 그래서 이제 한시름 놓아도 되는 상황이었지만, 바랄은 전혀 감시의 고삐를 늦추지 않았다. 아내가 급한 일을 볼 때도 몰래 따라가서 풀숲에 숨어 귀를 쫑긋 세우고 지켜보았다.

나중에 나뭇가지를 들고 가서 아내가 쭈그리고 앉았던 자리를 뒤적거렸다. 진짜 뒤를 본 건지, 시늉만 하고 다른 생각을 한 건지 알아내기 위해서였다. 다행히 매번 아내의 흔적이 뚜렷이 남아 있었다. 바랄은 풀밭에 소담스레 놓인 단단한 강똥이 그렇게 예쁘고 귀엽게 여겨질 수 없었다. 그릇에 담아서 들국화를 꽂고 조개 껍질을 둘러 잘 간직하고 싶었다. 강똥에선 쌉쌀한 미역 냄새가 났고, 개미떼가 덤비는 오줌에선 은은한 양지꽃 향기가 풍겼다.

바랄은 염소 가죽 만드는 씨족 마을로 사람을 보냈다. 보리쌀 한 말을 주고 몸에 꼭 끼는 튼튼한 가죽옷을 사오게 했다. 아내와 다른 사내 사이에 일이 벌어지는 걸 막고자 미리 주문한 옷이었다. 옹낭은 남편이 내미는 옷을 받아들고 움집으로 들어갔는데, 텃밭으로 돌아왔을 땐 주둥이를 삐쭉 내민 모습이었다.

「너무 작아요. 입고 벗는 데 너무 힘들고 시간도 많이 걸려요」

바랄이 짐짓 쩔쩔매는 척하며 두 손을 맞비볐다.

「다른 걸로 바꿔주거나 물러줄 것 같지 않으니 참고 입어주면 고맙겠소. 다음엔 품이 좀 넉넉한 걸로 사주리다」

밤에 잠자리에 들 때마다 바랄은 옹낭과 자기 허리를 끈으로 한데 묶었다. 옹낭이 몸을 뒤틀며 이맛살을 찌푸렸다. 속으론 〈나는 다른 사람을 사랑하고 있으니 당신이 나를 믿지 못하는 건 당연한 일이지요〉 하고 중얼거렸다. 하지만 입에서 나간 소리는 전혀 달랐다.

「아내를 못 믿으면 누구를 믿고 살아요?」

그러자 바랄은 〈말 한번 시원하게 잘했소. 당신 말마따나 당신을 못 믿겠으니 이러는 게 아니겠소〉 하고 속으로 투덜거렸다. 바랄 또한 입에서 다른 소리가 흘러나왔다.

「허리를 서로 잇고 자면 부부간의 금실이 더욱 좋아진대요」

달이 바뀌어 보름날이 왔을 때, 이번엔 아침부터 저녁까지 하늘이 잡티 하나 없이 맑았다. 한밤에 옹낭은 일부러 새근거리는 소리를 내며 자리에 누워 있었다. 문으로 달빛이 스며들 무렵에 조용히 일어나서, 허리끈을 풀려 애쓰다가 이빨로 끊어버렸다. 옹낭이 움집 밖으로 사라지자마자 벌떡 일어난 바랄은 뎅겅 끊어진 끈을 보고 경악했다.

「무시무시한 이빨!」

온 세상이 달빛에 훤히 드러난 시각이었다. 옹낭은 꼭 끼는 옷 때문에 움직임이 굼떴다. 뒤뚱거리는 걸음으로 느릿느릿 바닷가 언덕으로 올라갔다. 여느 때보다 곱절은 커 보이는 보름달이 하늘 복판을 떠가고 있었다.

북쪽의 다른 언덕에서 백마를 탄 붉은 솔대는 저 멀리 모습을 드러내고 두리번대는 옹낭을 발견했다. 쯧쯧쯧 하고 혀 차는 소리를 내서 백마에게 출발 신호를 보낸 다음 순간, 옹낭이 선 자리 뒤쪽 풀밭에 누군가 엎드려 있는 걸 알아챘다. 고삐를 와락 당겨서 말이 달려나가려는 걸 막으며 속삭였다.

「함박눈, 최대한 빨리 달리는 거야. 무슨 말인지 알았지?」

말이 곧바로 「흐흥, 아이, 흥」 하고 대꾸하며 고개를 끄덕였다. 솔대는 백마를 몰고 옹낭이 서 있는 언덕으로 출발했다. 백마는 달빛 속을 쏜살같이 달렸다. 옹낭은 솔대가 코앞을 스쳐가는 걸 알아채지 못한 채, 흥분과 조바심과 열정이 뒤섞인 낯으로 휘이 주위를 둘러보고 있었다. 남쪽 바닷가 언덕으로 올라간 솔대는 말을 놀려서 이번엔 풀밭에 엎드린 사내를 겨누어 달렸다. 바랄도 백마가 눈앞을 스치는 걸 알아차리지 못했다. 비로소 솔대는 그 자가 옹낭의 남편임을 알았다.

그 뒤로도 솔대는 백마를 타고 옹낭의 앞을 스쳐가기를 수십 차례 되풀이했다. 눈으론 줄곧 바랄을 바라보며 그가 한눈팔기만 기다렸다. 한번은 스치는 찰나 재빨리 옹낭의 입술을 훔쳤고, 잠시 뒤에 반대쪽에서 달려와서 다시 입술을 훔치고 지나갔다. 옹낭이 놀란 목소리를 냈다.

「아, 솔대로군요!」

그녀는 솔대가 왜 모습을 드러내지 않는 건지 알 수 없었다. 두 손을 앞으로 모으고 빌었다.

「어서 얼굴을 보고 싶어요!」

얼마 만에 솔대는 옹낭의 앞을 스쳐가며 「남」 하고 속삭였고, 다시 지나칠 땐 「편」 하고 속삭였다. 뒤이어 「조」 하고 외치는 소리, 「심」 하고 외치는 소리를 듣고 나서야 옹낭은 어떻게 된 일인지 알았다. 휙 하고 그녀가 고개를 뒤로 돌리자 바랄은 풀밭에 얼굴을 묻고 가오리처럼 납작 엎드렸다. 옹낭에게 다가온 솔대가 말을 멈춘 건 그때였다.

옹낭은 솔대를 보고 두 팔을 활짝 벌렸다. 말을 탄 상태에서 윗몸을 기울인 솔대가 검지를 세워 그녀의 입술에 댔다.

「옹낭, 오늘도 안 되겠어요. 다음엔 그믐날 밤에 만나요」

그녀와 짧고 뜨거운 입맞춤을 나눈 솔대는 곧장 말을 몰아 북으로 달렸고, 화상을 입어 입술이 한 꺼풀 벗겨진 옹낭은 입을 벌리고 발을 동동 굴렀다. 솔대가 사라진 쪽을 향해 손바닥에 입술을 찍어서 날렸다. 허공을 날아간 입술 자국은 별똥별로 바뀌어, 길게 포물선을 그리며 먼 지평선 너머로 떨어졌다.

다음날부터 바랄네 마을은 갑자기 분위기가 어수선해졌다. 공동 저장고로 쓰는 움집에 쌓아 놓은 곡식이 밤마다 한 광주리씩 사라지기 시작한 까닭이었다. 바랄이 씨족장인 아버지에게 의견을 냈다.

「보통 날랜 도둑이 아닌 것 같아요. 이대로 가다간 겨울 먹거리가 하나도 남아나지 않겠어요. 바닷가 언덕에 초소를 만들어 밤에도 보초를 세워야겠어요」

「그럴 것까지 있을까? 좀더 두고 보자고」

하지만 오래 두고 볼 게 없었다. 그날 밤에도 저장고에서 수수한 자루와 보리 두 자루가 없어졌다. 결국 옹낭이 자주 오르던 언덕에 돌멩이를 둥글게 쌓아 초소를 만들었고, 올빼미눈과 개코로 불리는 두 사내가 매일 밤같이 언덕을 지켰다. 약속 장소를 그들이 점거해 버리는 바람에, 옹낭과 솔대는 이후로 좀처럼 다시 만날 기회를 잡지 못했다.

한해가 지나서 바랄의 아버지가 바다에서 고기를 잡다가 상어

한테 다리 한쪽을 물어뜯기는 사건이 벌어졌다. 귀상어[15]는 피가 뚝뚝 떨어지는 다리를 입에 물고 좋아서 펄떡펄떡 뛰다가 사라졌다. 가까스로 목숨을 건진 다리의 주인은 옴쭉 못하고 움집에 누워 지내는 신세가 되었다. 줄기차게 식은땀을 흘리며, 「내 다리. 네 다리? 아니, 내 다리!」 하고 다리 얘기만 중얼거렸다.

아버지의 뒤를 이어 바랄이 씨족장 자리에 올랐다. 바랄은 당장 바닷가에서 오른쪽 산자락에 이르기까지 줄지어 말뚝을 박게 했다. 말뚝엔 칡넝쿨과 바닷말을 엮은 밧줄을 묶어 긴 담을 만들었다. 보초도 열 명으로 늘렸고, 돌칼과 활을 갖춘 호위병을 늘 곁에 붙여 옹낭을 지키게 했다. 한편으론 아내에게서 사랑을 얻고자 온갖 노력을 기울였다.

「진짜 붉구나. 손으로 만져보고 싶어」

옹낭이 구름 사이로 나타난 태양을 보고 유난히 얼굴이 붉은 솔대를 떠올리며 중얼거렸을 때였다. 이를 엿들은 바랄은 곧 사내들을 불러 지시했다.

「태양 가까이 돌탑을 쌓아 올려라!」

힘센 사내 여럿이 이 일에 매달렸다. 까마득한 높이로 돌탑을

---

15) 같은 이름의 상어과에 속하는 바닷물고기로 길이는 4미터 정도이며 매우 난폭하다. 돌도끼처럼 불룩 튀어나온 머리 양쪽 끝에 눈이 박혀 있다. 귀상어에 의한 대부분의 인명 사고는 상어가 먹이를 구하러 다니는 동틀녘과 석양녘에 일어난다. 상어를 흥분시키는 건 눈에 잘 띄는 밝은 옷, 고르지 않게 탄 피부, 상처나 월경에 의한 혈액, 소음, 모래톱이나 암초 등인데, 주로 살집이 넉넉한 다리와 둔부를 공격한다. 생리 중에 흰색 수영복을 입고 해거름에 혼자말로 시끄럽게 지껄이며 물 속으로 들어가려 하는 여자를 보면 따귀를 얻어맞는 한이 있어도 말리는 게 좋다.

쌓았을 즈음에, 별안간 바위만한 우박이 쏟아지고 돌풍이 일면서 탑이 와르르 무너졌다. 이 사고로 바랄네 씨족은 건장한 사내 셋과 어린애 하나를 잃는 비극을 맛보았다.

「저렇게 가파르고 외진 곳에서 꽃을 피우다니 얼마나 외롭고 무서울까?」

여름날 밭에서 일하던 옹낭이 뒷산 벼랑에 핀 참나리꽃을 탐냈을 땐 바랄이 몸소 그곳에 올랐다.[16] 반점이 있는 황갈색 무늬가 호랑나비를 닮아서 옹낭이 꽤 좋아하는 꽃이었다. 그녀는 발 밑으로 흙가루와 돌멩이를 떨어뜨리며 벼랑을 타는 바랄을 손에 땀을 쥐고 올려다보았다.

꽃을 들고 내려온 바랄은 온몸이 상처투성이였다. 손바닥과 무릎과 발가락에서 피가 흘렀고, 뺨도 바위에 긁혀 핏물이 번졌다. 그럼에도 꽃을 내밀며 매우 뿌듯해했다.

「언제든지 갖고 싶은 게 있으면 말만 해요」

이윽고 바랄과 옹낭과 솔대는 이십대 중반의 나이로 접어들었다. 그 뒤로 어느 누구도 더는 나이를 먹지 않았다. 모두가 자신이 세상에서 가장 고독하다고 여겼으며, 사랑을 쟁취함으로써 외로움을 물리치기 전까지 결코 늙는 걸 허락하지 않겠노라고 다짐했다.

붉은 솔대는 오래도록 독신으로 살았다. 부모들로선 홀로 사는 장성한 아들을 말없이 지켜보는 데 한계가 있었다. 새벽부터 눈

---

16) 신라 성덕왕 때의 수로 부인 이야기와 유사하다. 천길 높이의 벼랑에 올라 철쭉꽃을 따다가 헌화가를 읊으며 수로 부인에게 바친 암소를 모는 노인은 위의 이야기를 알고 있었을까?

이 펑펑 쏟아지던 솔대의 생일날, 아침 밥상을 물린 아버지가 아들을 물끄러미 쳐다보았다.

「눈이 많이 내리니 올해도 밭농사는 풍년이 들려나 보구나. 이처럼 좋은 날 안됐지만, 이 얘기는 꼭 하고 넘어가야겠다. 독신 생활의 장점을 오십 가지만 들어보거라」

솔대는 생각나는 대로 읊었다.

「정 피곤하면 안 씻고 자도 상관없고, 늦도록 꼼지락거려도 어서 화덕불 끄고 자라고 잔소리하는 사람 없어서 좋고, 방귀를 마구 뀌어도 되니 소화에도 좋고, 새벽까지 돌아다녀도 어딜 쏘다니냐며 낯붉히는 이 없어서 좋고」

솔대는 그 뒤로도 스물대어섯 가지를 더 댔는데,[17] 더는 떠오르는 게 없었다. 미소를 머금는 아버지 앞에서 꼭뒤를 벅벅·긁을 뿐이었다.

결국 봄이 가고 여름이 왔을 때, 솔대는 부모가 짝지어준 추렴이라는 여자와 눈물을 머금고 결혼했다. 흙과 짐승 뼈를 섞어 그릇 만드는 기술이 으뜸인 씨족에서 온 여자였다. 추렴은 사랑이

---

17) 솔대가 독신 생활의 장점을 서른 개 남짓 읊었다는 건 놀라운 일이다. 솔대보다 삼사천 년 이후의 사람인 정신의학자 페넬로프 러쉬노프의 경우에도 1980년 시점에서 스물한 개밖에 대지 못했다. 러쉬노프가 읊은 여성 입장에서의 독신 생활의 이점을 몇 개만 옮겨보면 이러하다. 〈한밤에 외출해도 잔소리 듣는 일이 없다. 다른 사람의 더러운 양말을 손으로 집어들어야 하는 일이 생기지 않는다. 아무때나 장시간 화장실을 독점할 수 있다. 물건들을 마음대로 어질러놓고 살아도 된다. 두 시간 이상 장거리 전화를 해도, 전화 요금 어쩌고 하고 곁에서 투덜거리는 사람 때문에 통화에 방해를 받는 일이 생기지 않는다. 집 안에서 고래고래 소리쳐 노래를 불러도 〈그것도 노래야?〉 하고 비아냥거리는 사람이 없다.〉

무엇에 쓰는 물건인지, 남자와 살을 섞는 게 무언지 전혀 몰랐다. 이들은 한 움집에서 살면서도 멀찍이 떨어져 잤다. 잠자던 중에 어쩌다가 서로 몸이 닿으면, 추렴은 주먹으로 솔대의 머리를 마구 쥐어박고 발로 가슴팍을 걷어찼다.

「난 누구와 털끝이라도 닿으면 잠이 안 오는 체질이란 말이야!」

추적추적 가을비 내리는 밤에 솔대는 자리에 누워 빗소리를 쫓다가 잠들어 꿈을 꾸었다. 꿈에서 그는 옹낭과 깊은 산골짜기에 단둘이 있었다.

「옹낭, 내게로 와서 같이 살면 안 될까요?」

그의 물음에 옹낭은 말이 없었다. 그저 쓸쓸한 미소를 머금으며 팔을 벌려 솔대를 끌어안았다. 이윽고 두 남녀는 발가벗고 계곡으로 들어가서 헤엄쳤고, 물에서 나와선 햇살이 쏟아지는 풀밭으로 올라갔다. 그곳에 누워 젖은 몸을 말리던 어느 순간에 둘은 한몸이 되었다.

「야, 이 나쁜 놈아! 어서 내려오지 못해!」

갑자기 누군가 버럭 호통치는 소리가 들렸다. 뺨에 무지막지한 통증을 느낀 솔대는 퍼뜩 잠이 깼고, 밑에 누운 여자는 옹낭이 아니라 추렴임을 알아챘다. 추렴이 깨문 뺨의 상처는 반 년이 지나서야 겨우 부기가 가라앉았다. 어쨌든 뜻하지 않게 몸을 섞은 날 밤에 추렴은 잉태했으며, 열 달이 지나서 그들 사이의 유일한 아이가 태어났다.

추렴은 정을 듬뿍 쏟으며 아이를 기르면서도 어떻게 해서 그 아이가 세상에 오게 되었는지 알지 못했다. 솔대와 눈이 마주칠 때마다 이맛살을 찌푸리며 송곳니를 드러냈다.

「내 위에 또 올라탔다간 알지? 코가 통째로 떨어져 나가는 거야」

다시 남편의 가랑이에 달린 창에 찔리는 일이 없도록 그녀는 밤마다 신경을 곤두세웠다. 매일 양 허벅지를 바짝 붙이고 엎드려서 잤으며, 어떤 날은 양손에 돌칼을 하나씩 쥐고 잠을 청했다. 후텁지근한 한여름 밤에도 돼지 털가죽 속옷을 세 벌이나 껴입고 잤다. 그래서 그녀의 샅에선 땀띠와 가래톳이 가실 날이 없었고 늘 코를 찌르는 시큼한 곰팡내가 났다.

시조께서 알에서 태어났다는 얘기를 들려주셨던 붉은 솔대의 할아버지는 여든 살 나이로 세상을 떴다. 이는 씨족 역사상 가장 오래 산 기록이었다. 숨이 넘어갈 때 할아버지는 목을 길게 뽑으며 말 울음소리를 냈다.

「히이잉히이잉. 푸드덕푸드덕. 하아앙하아앙. 푸후우푸후우」

몇 해 지나서 솔대의 아버지는 알을 통통히 밴 복어를 잘못 먹고 그만 머리가 돌았다. 개펄에서 입에 불가사리를 물고 데굴데굴 구르며 웃다가 저승길에 올랐는데, 그때 나이가 예순에서 한 살이 모자랐다. 장례식에서 붉은 솔대는 복어 여럿을 자갈밭에 패대기쳐 배를 터뜨렸다. 내장을 입에 넣어 잘근잘근 씹어서 뱉었으며, 갈판에 복어 대가리를 놓고 공이로 짓찧었다. 마을 어귀 참배나무엔 복어를 본떠 만든 가죽 자루를 매달아 놓았다.

사람들이 지나칠 때마다 발과 주먹과 머리로 자루를 공격했다. 어떤 이는 참았던 오줌을 갈기며 소리쳤다.

「고얀 놈. 못된 놈. 에잇, 먹어라!」

삼 년 뒤에 꿈의 여왕이자 솔대의 어머니 갈미도 병에 걸려 몸져누웠다. 머리칼이 붉게 변했고 한나절에 손톱 발톱이 한 뼘씩

자랐으며, 꿈을 꾸는 일이 크게 줄었다. 두어 번 꾸면 꿈을 많이 꾼 달에 들어갔는데, 꿈을 꾼 이튿날은 식사 때 수저를 들 힘마저 없었다. 며느리 추렴이 꿩죽과 잉어죽을 끓여서 입에 넣어주었다. 그녀는 시어머니의 똥오줌을 다 받았고 돌칼로 하루에 네댓 번 손톱 발톱을 자르는 일을 도맡았다.

어느 날 새벽에 갈미는 다시 넋을 잃고 헛소리하다가 흐릿하게 정신이 돌아왔다. 막내 솔대를 불러 앉혀서 간밤에 꾼 꿈을 더듬더듬 들려주었다. 솔대가 옹낭이라는 여자와 머리칼을 움켜쥐고 싸우다가 둘 다 샛노란 바윗덩어리로 변하는 꿈이었다. 갈미가 아들에게 물었다.

「혹시 옹낭이라는 아이를 만난 적 있니?」

고개를 끄덕거리자 갈미는 한숨을 내쉬었다.

「그 애를 잊을 순 없겠니? 둘은 서로 맺어질 수 없는 운명이야. 네 아내 추렴을 사랑할 수 없거든, 옹낭이 아닌 다른 여자를 하나 더 얻도록 하거라」

곧 이어 생애의 마지막 혼수 상태에 빠져들며 말을 바꾸었다.

「절대로 옹낭을 잊어선 안 된다. 너와 옹낭은 영원히 헤어져선 안 될 운명이야. 정녕 추렴을 사랑할 수 없거든, 옹낭을 네 여자로 만드는 길을 힘써 찾아보도록 하거라」

말을 마치자마자 손톱이 서너 뼘 길이로 쑥쑥 자랐다. 그때 움집으로 들어온 추렴이 솔대의 어깨를 발로 세게 밀었다.

「거치적거리지 말고 저리 비켜!」

바짝 다가앉은 추렴은 시어머니 손을 잡고 이빨로 딱딱딱 소리를 내며 손톱을 잘랐다. 추렴의 입에서 흐른 침과 손톱 조각이 금세 움집 바닥에 차고 넘쳤다. 온몸에서 힘이 모조리 빠진 갈미는 영생의 꿈나라로 훨훨 날아 올라갔다. 바닷가와 뒷산엔 그녀가 여태껏 꿈에서 만든 온갖 괴상한 동물이 다 모였다. 머리가 다섯 개 달린 구렁이가 고개를 번갈아 끄덕이는 것에 맞추어서, 모두 곡조를 넣어 노래하며 창조주의 죽음을 슬퍼했다.

이윽고 추렴도 허벅살과 살이 썩어들어가는 병으로 세상을 뜨게 되었다. 수십 년 땀띠에 시달린 탓이었다. 솔대는 백발이 성성하고 살 한 점 없이 마른 아내의 임종을 지켜보았다. 그녀의 손에 자기 손을 포개며 고개를 숙였다.

「미안해요. 평생 당신을 잠시도 따뜻하게 대해 주지 못했구려」

추렴이 쌀쌀맞게 손을 뿌리쳤다.

「마음에 없는 소리 하지도 마. 난 나대로 그럭저럭 잘살았고, 행여 너한테 무얼 바란 적 없어」

추렴은 눈살을 찌푸리며 꾹 감은 눈을 다시는 뜨지 않았다. 솔대가 한숨을 내쉬며 덧붙였다.

「어쨌든 미안하게 생각해요」

그때 추렴의 영혼은 몸을 빠져나와 허공으로 올라가던 중이었다. 도로 황급히 내려오더니 힘껏 솔대의 뺨을 후려쳤다. 야멸찬 목소리로 「어허 그놈, 말이 많다!」 하고 내뱉고는 천장을 뚫고 사라졌다.

다시 세월이 흘러 아들이 늙어서 이승을 뜰 때까지도 솔대는 이 세상 사람으로 살아남았다. 임종하는 순간에 아들이 솔대에게 물었다.

「아버지, 저 먼저 갑니다. 언제 오실 건지요?」

솔대는 대꾸 없이 아들의 이마에 손을 대고 슬픔이 듬뿍 깃들인 낯으로 생각에 잠겼다. 그 뒤로 스무 해가 흘러서, 손자도 노환으로 세상을 뜨며 솔대에게 비슷한 얘기를 건넸다.

「할아버지, 저 먼저 갑니다. 언제 오실지 미리 말씀해 주세요. 좋은 자리 맡아놓고 기다리고 있겠습니다」

손자의 뺨을 어루만지며 솔대가 대답했다.

「잊고 지내거라. 때가 되면 갈 테니까」

두번째 이야기

화간(和姦) 시대

탈죽네 씨족과 닷뙤네 씨족은 움집이 칠십여 채에 이르는 마을로 덩치가 꽤나 컸다. 그들이 세상에 날 즈음엔 저마다 사오십 호를 넘지 않았다. 매년 역병과 가뭄과 홍수와 태풍에 시달렸던 걸 고려하면 엄청난 성장이 아닐 수 없었다.

물론 머나먼 내륙과 북쪽 마을들도 갈수록 세력이 드세졌다. 이들은 서로 합하여 부족을 이루었고, 부족들끼리 다시 힘을 더하여 한층 규모가 큰 연맹체를 만든 경우도 있었다. 그들은 툭 하면 말이나 배를 타고 닷뙤와 탈죽이 사는 곳 언저리에 나타났다. 징글맞은 미소를 날리며 술과 음식을 내오게 하여 배를 채웠고, 멋대로 가축과 곡물을 빼앗아 돌아가며 큰소리 쳤다.

「고마워, 잘 먹을게! 조만간 다시 올 테니까 맛있는 거 많이 만들어놓아!」

어느 해 여름엔 적갈색 두건을 쓰고 오른쪽 콧수염만 가슴팍까지 기른 마적단이 쳐들어왔다.[1] 마적단은 닷뫼네 뒤쪽 짐승 뼈 섞인 토기를 잘 빚는 마을을 쑥밭으로 만들었고 움집 절반을 불 태웠다. 그것도 모자라서 열 살이 갓 지난 여자아이 다섯을 말에 태워 데려갔다. 얼떨결에 딸을 잃은 부모들이 탄식하는 울음소리 가 여러 달 허공을 떠다녔다.

「눈에 넣어도 안 아플 우리 아기, 무섭고 오금이 저려서 어떻 게 지내나!」

일대의 씨족들은 더 놔두었다간 도적들의 손에 모조리 죽고 말 리라는 위기감에 사로잡혔다. 대부분 혼인으로 맺어진 이들은 대 책을 세우고자 회의를 열기로 했다. 회의 장소는 깊은 산속 소씨 네 마을이었다.

닷뫼는 하루 일찍 그곳에 가 있었다. 다음날 해뜰녘에 마을 어 귀 축사에서 애마에게 풀을 먹이는데, 불현듯 언덕 저 아래가 훤 해지는 듯하여 고개를 들었다. 비탈길을 올라오는 탈죽네 씨족 대표단이 눈에 잡혔다. 여전히 눈부신 아름다움을 자랑하는 한알 도 보였다. 한알과 탈죽은 서로 손을 꼭 잡고 있었다.

마을로 들어선 탈죽네 무리는 축사에서 닷뫼가 자신들을 쳐다

---

1) 인간과 동물 행동에 관한 연구의 권위자 데이빗 워터스 박사의 견해를 빌 면, 좌우 대칭을 무너뜨린 모습이나 차림새로 돌아다니길 즐기는 이들은 일 탈 욕구에 사로잡힌 자들이다. 이 이야기 속의 마적단은 타인을 공격하여 상 처와 모욕을 주려는 욕구가 강한 부류이다. 우리 주위에서도 한쪽 귓불에만 귀고리를 단 사람, 한쪽 머리칼만 빨갛고 노랗게 물들인 사람, 양 갈래가 빛깔이나 천의 질이 각각 다른 바지를 입은 사람 등 일부러 좌우 대칭을 무 너뜨린 이들을 볼 수 있다. 온천 같은 관광지에서 바지의 한쪽 밑자락만 둘 둘 말아서 올린 모습으로 돌아다니는 사내들은 같이 바람피울 여자를 구하려 는 욕구를 지닌 자들이다.

보는 걸 알아챘다. 닷뫼와 눈이 마주치자 탈죽은 입을 굳게 다물고 허리에 찬 칼 손잡이를 움켜쥐었다.

「진짜 무지무지하게 목숨이 질긴 자일세!」

곧 고개를 돌린 탈죽은 마을 안쪽으로 재게 발을 옮겼다. 그의 손에 끌려 종종걸음으로 축사를 지나치면서, 슬픔이 깃들인 낯으로 한알은 닷뫼를 돌아보았다. 촉촉이 젖은 그녀의 눈동자가 막 나뭇가지 사이로 날아오는 아침 햇살을 받아 반짝였다. 한알이 소리내지 않고 입술만 움직여서 〈그 동안 잘 지내셨어요?〉 하고 인사했다. 닷뫼가 빠르게 손가락과 어깨를 움직여 대꾸했다.

〈내 사랑, 전혀 달라진 데 없이 아름답군요! 얼마나 보고 싶었는지 모르오!〉[2]

아침 나절 이른 시간에 마을 복판 빈터에서 회의가 열렸다. 일곱 개 씨족 대표단 삼십여 명이 커다란 원을 그리고 앉았는데 여자는 한알뿐이었다. 탈죽이 남자들만의 모임에 아내를 데리고 온 건 도적들에게 붙들려갈까 봐 걱정되어서였다. 회의는 점심때를 넘어 해거름까지 이어졌다. 마주보고 앉은 한알과 닷뫼는 다른 사람들이 나누는 얘기가 한 토막도 귀에 들어오지 않았다. 계속

---

2) 한알과 그녀의 정부 닷뫼가 입술 움직임을 포함한 넓은 의미의 수화를 통해 의사를 주고받는 데 익숙하다는 걸 보여준다. 예로부터 수화는 농아를 위한 필요, 경건한 분위기 유지를 위해 말을 사용하지 않는 침묵 수도회 같은 특정 종교 집단에서의 필요 등에 의해 발달해 왔다. 오늘날 야구장에선 3루 주루(走壘) 코치가 수화 발달에 커다란 기여를 하고 있다. 이 수화는 상대 팀에게 노출되지 않도록 가짜 사인과 진짜 사인을 뒤섞어 빠른 동작으로 행해지는 까닭에 요즘의 테크노 댄스처럼 보일 때가 많다. 위의 문장을 전하는 순간의 닷뫼도 야구팀 코치나 댄서처럼 보였을 것이다.

서로 얼굴을 쳐다보고 입술을 달싹거려 지난일을 주고받았다.

저녁을 들고 잠시 쉰 무리는 모닥불을 피우고 둘러앉아 회의를 재개했다. 한밤에 하늘 저쪽 소나무 숲 위로 초승달이 떠올랐다. 순간 닷뫼에게 몰래 손짓한 한알이 자리에서 일어나려고 몸을 움직였다.[3] 남편 탈죽이 팔목을 잡으며 같이 일어서려 하자 한알이 온 몸무게를 실어 어깨를 찍어 눌렀다.

「그냥 앉아 계세요. 오줌 누러 가는 거예요」

「나도 눌 거요」

두 사람은 풀밭으로 갔다. 자리에 쭈그리고 앉은 한알 곁에서 탈죽은 우뚝 선 채 가죽치마 밑을 들어올렸다. 둘 다 입으로 쉬이 하고 오줌 누는 소리를 내며 샅에 시원한 바람을 쐬었을 뿐, 오줌은 한 방울도 안 누고 모닥불로 돌아갔다.

이튿날 새벽에야 1차 모임이 끝났다. 마당 한쪽에 소가죽과 나무 기둥으로 만든 여섯 개의 임시 천막이 세워졌다. 외지에서 온 이들은 모두 천막으로 흩어져 들어가 잠자리에 들었다. 닷뫼와 한알은 각각 다른 천막에서 뜬눈으로 밤을 새웠으나 단둘이 만날 기회는 오지 않았다. 다음날도 다음다음날도 사정은 마찬가지였다.

밤잠을 못 이룬 두 사람은 회의 중에 푸석푸석한 얼굴로 고개를 끄덕이며 졸았다. 의장이 안건을 내며 「동의하십니까?」 하고 물어도 끄덕였고 「반대하십니까?」 하고 물어도 끄덕거렸으며, 「도대체 뭡니까?」 하고 나무라도 정신 못 차리고 끄덕거렸다.

---

3) 예전에 한알과 그녀의 정부 닷뫼가 주로 초승달이 뜬 밤에 밀애를 나누었다는 걸 말해 준다.

여러 날이 지나서, 새벽부터 바람이 많이 불고 간간이 빗방울
이 듣는 날 한낮에 마지막 회의가 열렸다. 부족을 만드는 과정에
관한 논의가 빠르게 진행되어 몇 가지 원칙이 만장일치로 통과되
었다. 의장을 맡은 소씨네 씨족장이 소처럼 넓적한 혀를 내밀어 입
술에 침을 바른 뒤에, 쩌렁쩌렁한 목소리로 합의 내용을 읊었다.
　「첫째, 일곱 개 씨족은 단일 부족을 만든다. 둘째, 단일 군대
를 만들어 변경을 지킨다. 셋째, 각 씨족은 자기네 전통대로 살
면서 모든 주요 문제를 씨족장 모임에서 다룬다. 넷째, 각 씨족
은 차례로 중앙에 위치한 우리 마을 주위로 살림터를 옮긴다」
　한알과 닷뫼는 끝 항목에서 귀가 번쩍 뜨였다. 이는 언젠가는
서로 지금보다 한결 가까운 곳에서 살게 된다는 걸 뜻했다. 그들
의 낯에서 졸음과 피로가 깨끗이 가셨고, 막 잘 자고 일어난 듯
이 눈빛에 생기가 돌았다. 하늘에선 순식간에 구름이 걷히며 햇
살이 환히 비쳤다. 그런데 탈죽은 전혀 딴판으로 낯빛에 불안이
가득했고, 얼굴 전체와 목덜미에서 식은땀을 줄줄 흘렸다.
　쌍무지개를 만들며 빛나던 태양이 서산으로 넘어갔을 때, 별
탈 없이 회의를 마무리지은 걸 자축하는 잔치가 열렸다. 가죽옷
만드는 솜씨가 뛰어난 부족답게 소씨네는 모든 참석자에게 새로
지은 옷을 나눠주었다. 어떤 이들은 앉은자리에서 밑을 가리고
옷을 갈아입었고, 나머지는 천막으로 들어가 옷을 바꿔입고 나왔
다. 가늘고 긴 어깨끈이 달렸으며 가슴이 시원스레 트인 옷이었다.
　한알은 천막에서 그 옷을 입었는데, 양쪽 젖이 잇달아 투두둑
소리를 내며 튀어나왔다.[4] 탈죽이 팔을 벌려 온몸으로 한알을 가
렸다.

「여보, 이 옷은 안 되겠어요. 도로 갈아입어요」

소씨네 씨족에선 여자도 남자처럼 앞가슴을 내놓고 살았다. 한알이 손가락으로 천막 앞을 지나쳐가는 여자들을 가리켰다. 하나같이 젖을 드러내고도 아무렇지도 않다는 낯이어서 탈죽으로선 더는 아내를 제지하기 어려웠다.

한알이 다른 사람들 앞에서 가슴을 내보이기는 처음 있는 일이었다. 그녀는 지금껏 아이를 열 명이나 낳은 여자 같지 않았다. 복숭아 빛깔 젖가슴은 모과 열매처럼 반지르르하고 단단해 보였고, 가끔 꼭지에서 말간 물이 뚝뚝 떨어졌다. 한알이 마당으로 걸어나가자 모든 사내가 둥그런 눈으로 쳐다보았다. 누군가 침을 꼴깍 삼키며 속삭였다.

「영락없이 맛있게 잘 익은 과일의 모방일세!」

한알 맞은쪽에 앉은 닷뫼는 몹시 놀라서 얼굴이 파랗게 질렸다. 뒤늦게 한알은 그가 당황하여 쩔쩔매는 걸 알아챘다. 얼른 두 손으로 가슴을 가리고 표정을 살폈는데, 좀처럼 닷뫼는 고개를 들지 못했다. 그때 소씨네 여자들이 나와서 젖가슴을 출렁거리며 춤추기 시작했다. 사내들이 칼과 창을 들고 무사의 춤을 출 때 한알은 슬며시 일어나 천막으로 갔다.

---

4) 실제로 그런 소리가 났을 리 없으니, 한알의 젖이 꽤나 크고 탄력이 뛰어나다는 얘기로 보면 된다. 대부분의 사람이 시각적으로 강렬한 인상을 주는 물체의 움직임 앞에서 환청을 경험한다. 어둑한 실내에서 햇살이 쏟아지는 바깥으로 나갔을 때, 〈쨍〉 하고 양은 대야가 시멘트 바닥으로 떨어지는 소리가 들리는 느낌을 받는 경우가 그러하다. 자장면 냄새에서 검정색 구두끈을 떠올리는 경우는 후각이 시각을 환기시키는 사례이다. 잘 알다시피 이 모두를 공감각이라고 한다.

얼마 만에 가슴을 가린 옷차림으로 돌아온 한알은 닷뫼와 눈이 마주치자 멋쩍게 미소지었다. 검지를 세워 달아오른 자신의 뺨을 찌르며 입술을 움직였다.

〈미안해요. 당신이 좋아할 줄 알았어요.〉

씨족 대표들이 하나씩 모닥불 앞으로 나와서 자기네 씨족이 가장 즐기는 노래를 불렀다. 탈죽은 「내 사랑 나의 품안에」, 닷뫼는 「내 사랑 너의 품안에」라는 노래를 불렀다. 내용은 정반대였으나 둘 다 가락과 노랫말이 여간 애처롭지 않았다.

울창한 숲 위로 달이 떠오르자 풍경이 한층 그럴싸하게 바뀌었다. 어느새 거나하게 취기가 오른 소씨네 씨족장이 술잔을 들고 외쳤다.

「자, 이제부터 누가 술을 가장 잘 마시나 겨루겠습니다! 노래 한 소절 끝날 때마다 깨끗이 잔을 비우는 겁니다!」

허벅살이 드러난 깡똥한 노란색 가죽치마를 입은 여자가 앞으로 나왔다. 그녀는 열 손가락을 펼쳐 파도치듯이 너울너울 흔들며 달콤한 권주가를 불렀다. 한 소절 끝나면 여자는 노래를 멈추고 만세 부르듯이 두 손을 번쩍 들었고, 그때마다 사내들은 술을 단번에 들이켰다. 풀밭에 이슬이 내리고 벌레 울음이 잦아들었을 즈음에, 만취한 이들이 하나 둘 비틀대며 자기 천막으로 돌아갔다.

마침내 열번째 술동이가 놓였다. 이제 모닥불 주위에서 뱀술과 딸기술과 녹각술을 마시는 사내는 소씨네 씨족장과 닷뫼와 탈죽 세 사람뿐이었다. 노래 부르던 여자, 음식과 술을 나르던 여자들도 모조리 움집으로 들어갔다. 소씨네 씨족장은 키가 팔 척에 몸무게는 웬만한 덩치의 멧돼지보다 많이 나갔다. 그는 닷뫼와 탈죽이 이처럼 술을 잘 마실 줄은 미처 몰랐다는 얼굴이었다. 비틀거리며 일어나서 혀 꼬부라진 소리를 냈다.

「말술, 술고래, 밑 빠진 독이 어디 갔나 했더니 여기 있었군요! 이제부턴 잔을 다섯 곱절 큰 사발로 바꾸어 마시기로 하지요! 어떻습니까?」

닷뫼와 탈죽이 즉시 고개를 끄덕이자 소씨는 혀를 길게 뽑아서 내둘렀다. 그가 먼저 한 사발 따라서 단숨에 마셨고, 잠깐 멈칫하더니 쿵 소리를 내며 뒤로 나가떨어졌다.

그 뒤로도 닷뫼와 탈죽은 말없이 열 사발을 더 마셨다. 어느 순간에 탈죽이 갑자기 고개를 뒤로 젖히며 웃음을 터뜨렸다.

「하하하하하! 하아 하아, 잘 먹었다!」

술잔을 바닥에 떨어뜨리며 모로 누운 탈죽은 곧 다른 사내들처럼 요란하게 코를 골았고, 닷뫼와 한알은 동시에 벌떡 일어나서 나란히 뒷산으로 달려 올라갔다. 달은 이미 사라졌고 별빛만 가득한 한밤이었다. 그들은 한눈에 일대가 내려다보이는 언덕에 올라서서 두 손을 맞잡고 서로를 바라보았다. 상대의 눈빛과 표정에서 둘 다 이 순간에 어떤 말도 쓸모없다는 걸 알아챘다. 와락 서로 끌어안을 때 그들의 가슴에서 우두둑 하고 뼈가 으스러지는 소리가 났다.

닷뫼는 한알을 품에 안은 채 궁둥이 쪽으로 손을 돌려서 치마를 올려 조심조심 속옷을 벗겼다. 한알이 발바닥을 땅에 붙이고 두 다리를 번갈아 움직여 옷이 밑으로 흘러내리게 했다. 곧이어 닷뫼의 열 손가락은 한알의 말랑한 궁둥이를 감싸쥐었다. 순간 한알은 궁둥이 살 속으로 닷뫼의 손톱 끝이 깊이 박히는 느낌을 받았다. 자기 입에서 신음이 새어나가는 걸 막고자 다급히 닷뫼의 입술을 찾았다. 뒤이어 손을 내려 그의 가죽옷을 위로 벗겨 올렸다.

원래 닷뫼는 속옷을 입지 않고 지내는 터라, 그녀의 손에 발기한 그의 곤봉버섯이 그대로 닿았다. 깜짝 놀란 한알이 목을 움츠리며 외쳤다.

「앗, 뜨거워!」

닷뫼는 스스로 옷을 마저 벗어서 바닥에 깔았다. 한알은 서로 마주보고 일을 치르고 싶어했다. 얼굴로 닷뫼의 숨결을 느끼고 싶어서였는데, 그러나 그는 자꾸만 허리를 잡아 그녀의 몸을 돌리려 했다.

「닷뫼, 앞으로 하면 안 될까요?」

한알은 끝까지 고집을 버리지 않았다. 그래서 어쩌는 수 없이 닷뫼는 그녀를 똑바로 누이고 몸을 포갰다. 열 아이와 대지의 어머니 한알은 매우 기뻐하는 얼굴로 그의 입에 젖을 물려주었다. 저 아래 마을에선 수십 명의 사람들이 내는 코 고는 소리가 합창처럼 울려퍼지고 있었다. 숨을 들이쉬는 소리, 내쉬는 소리, 중간에서 멈추는 소리, 멈췄던 숨이 길게 트이는 소리가 언덕까지 날아 올라왔다. 한알의 신음 소리는 그들의 코 고는 소리에 가볍게 묻혔다.

닷뫼는 볼이 터지도록 힘껏 한알의 젖을 빨았고, 한알은 그에게 물린 젖의 꽃판 주위를 두 손으로 눌렀다. 순간 닷뫼는 따뜻하고 달콤한 젖이 입으로 들어오는 걸 느꼈다. 몸을 뒤틀며 한알이 속삭였다.

「오늘 많이 마셨지요? 자, 이제 그만 마시고 어서 들어오세요」

젖에서 입술을 뗀 닷뫼는 윗몸을 세우며 두 팔로 한알의 가랑이를 벌렸다. 곧이어 단단하고 기름한 그의 버섯 자루는 미끈미끈한 그녀의 살 속으로 한번에 깊숙이 들어갔다. 머리가 두 쪽으로 쩍 하고 갈라지는 느낌에 한알은 눈을 크게 떴다가 감았다. 세상에 난 뒤로 그런 쾌감은 처음이었다.

급기야 그녀는 목과 허리와 팔다리를 뒤틀며 울음을 터뜨렸다. 마을에서 올라오는 코 고는 소리, 그리고 한알의 울음소리는 온 우주를 곤혹스럽게 만들었다. 별들은 그녀처럼 콧소리를 내며 빠르게 깜빡거렸고, 소나기처럼 별똥별이 하늘 전역에서 쏟아졌다. 놀란 풀벌레들이 모조리 깨어나 목이 터져라 울어댔다.

두 사람이 위아래로 몸을 움직일 때마다 언덕이 물결치듯이 흔들리면서, 주위에서 계속 흙 부스러기가 비탈을 타고 흘러 내려갔다. 한 차례 고음으로 비명을 지른 한알은 닷뫼에게서 몸을 뗐다. 이번엔 무릎을 꿇고 엉덩이를 돌려서 댔다.

「이런 자세는 걸음마 배운 뒤로 처음이지만, 당신이 원하는 거라면 아무래도 좋아요」

닷뫼는 그녀의 궁둥이에서 터져나오는 빛 때문에 질끈 눈을 감았다. 그녀의 뒷목에 입술을 대고 손을 뻗어 풍만하고 기름진 젖가슴을 손바닥으로 감쌌다. 이번에도 한번에 정확하게 한알의 몸 속으로 들어갔다. 마침내 절정에 오른 두 사람은 제각각 샅에서 엄청난 양의 젖빛 물을 쏟아냈고, 그 물은 시내를 만들어 언덕 밑으로 쿨쿨쿨 소리를 내며 흘렀다.

마주보고 앉은 자세로 바뀌면서 닷뫼의 양 허벅다리 위에 한알의 허벅지가 얹혀졌다. 그가 손으로 궁둥이를 감싸서 그녀를 바짝 앞으로 당겨 앉혔다. 비로소 그들은 서로 움직임을 도와가며 이야기를 나눌 수 있었다. 한알이 두 팔로 닷뫼를 끌어안으며 그의 어깨에 얼굴을 묻고 속삭였다.

「이상하죠? 행복하면서 동시에 슬프니 말이에요」

닷뫼는 그녀에게 같이 멀리 달아나자고 말하고 싶었다. 그런데 그런 생각을 떠올리자마자 한알이 고개를 가로 저었다.

「그럴 수만 있다면 얼마나 좋겠어요? 하지만 그건 안 될 말이에요」

어느 결에 언덕은 흙이 다 흘러내려서 평지와 높이가 같아졌다. 일순 가늘게 눈을 뜬 한알은 마을 복판 모닥불 곁에 누운 이가 몸을 꿈틀거리는 걸 보았다. 그것은 다름 아닌 남편 탈죽이었다. 한알이 손바닥으로 닷뫼의 어깨를 세게 때리며 외쳤다.

「어머나, 벌써 다 잤나 봐요!」

이미 하늘이 훤해진 시각, 두 사람은 적당한 거리를 두고 언덕을 떠났다. 언제 다시 만나게 될지 알 수 없었기에 몇 번이나 포옹했다가 떨어졌다. 탈죽이 속이 쓰리고 머리가 터질 듯이 아파서 잠에서 깬 건 그들이 마을로 들어설 때였다. 흙바닥에 뺨을 댄 채 눈을 끔벅이며 혼자말을 했다.

「벌써 날이 밝았나?」

새벽바람에 가늘게 피어오르는 모닥불 연기 사이로 아내가 비틀대며 천막으로 들어가는 게 보였다. 얼마 뒤에 역시 두 다리가 풀려 휘청대는 걸음으로 하품하며 나타난 건 닷뫼였다.

회의에 참여했던 씨족들은 마달이라는 이름의 부족을 만드는 작업에 들어갔다. 그런데 탈죽네는 뜻밖에도 마달 부족에 합류하지 않을 것임을 밝혔다. 꾸준히 날카롭고 튼튼한 무기를 만들었고, 바위와 모래와 젖은 흙과 조개 껍질을 섞어서 방벽을 쌓아올렸다. 어느 해엔 한술 더 떠서 마달 부족을 상대로 전쟁을 선포했다. 한알이 털썩 주저앉아 탈죽의 발목을 잡고 눈물을 뿌렸다.

「같은 말을 쓰고 관습도 비슷하고, 혼인으로 인척 관계를 맺은 이들과 전쟁을 치를 까닭이 뭔가요?」

탈죽의 눈에서 사나운 불길이 이글거렸다. 오쟁이 진[5] 사내로서 아내를 건드린 자에게 복수하겠다는 일념뿐이었다. 탈죽은 그날 새벽에 소씨네 마을 언덕에서 닷뫼와 무슨 일을 벌였는지 아내에게 묻지 않았다. 다만 한 가지를 짚고 넘어가기로 했다.

「여보, 진심을 말해 줘요. 나를 사랑하오?」

한알은 대답 없이 손등으로 눈물을 훔치며 자리를 떴고, 더욱 깊은 절망에 빠진 탈죽은 뒷산으로 올라갔다. 제단에서 돼지를 불태워 바치며 숲의 신에게 굳게 다짐했다.

〈반드시 저에게 참기 힘든 모욕을 준 닷뫼를 죽여 머리를 바치겠습니다.〉

탈죽이 칼을 갈며 지내는 동안, 닷뫼는 수차에 걸쳐 한알에게

---

5) 오쟁이는 등에 지고 다닐 수 있을 만하게 짚으로 촘촘히 결여서 만든 그릇으로 곡식이나 씨앗을 넣어둔다. 〈오쟁이를 진다〉는 말은 아내가 다른 사내와 간통하는 일을 겪는다는 뜻으로 쓰이는데, 어원이 궁금하나 미처 확인하지 못했다. 아내가 정부와 짜고 자신을 죽일까 봐 두려워서 농사 짓는 데 가장 중요한 오쟁이를 지고 내뺀다는 의미일까? 우리 고유의 생활어를 모은 사전에서 저자 이훈종은 뜻풀이는 해주지 않고 야속하게도 〈오쟁이를 졌다는 말의 배후에는 자다가도 웃을 애기가 깔려 있다〉고만 적고 있다.

밀사를 보냈다. 몸이 날래기가 하늘의 송골매와 땅의 표범에 버금가는 밀사는 한알에게 몰래 접근하여, 닷뫼가 일러준 대로 다시 만날 곳과 날짜를 알렸다. 그러나 한알은 약속 장소로 가고자 방벽 문을 열고 나서는 모험을 삼갔다. 한번은 밀사를 만난 자리에서 똑똑히 밝혔다.

「이미 오래전에 사랑을 거두었다고 전하세요. 모든 건 한때의 불장난이었을 뿐, 그 이상도 그 이하도 아니라고요」

이 애기를 전해들은 닷뫼는 충격이 엄청났다. 세상일을 가늠하는 감각이 무뎌져서 하늘을 나는 새를 일러 물고기라고 말했고, 물고기를 보곤 고개를 갸우뚱했다.

「왜 새들이 갑자기 물 속으로 들어가서 헤임치고 난리지?」

구름과 바위, 측백나무와 불기둥을 혼동하여 헛소리를 지껄이다간 고열에 뱃덧이 생겨 자리에 누웠다. 집안 여자들이 전복죽과 산삼탕을 끓여서 입에 떠넣어 주었으나 모두 뱉었다.

반 년이 지나서야 닷뫼는 눈빛과 기력이 되살아났다. 어느 날 밤에 그는 밧줄을 써서 방벽을 넘어 탈죽네 마을로 들어갔다. 바닥에 엎드려 구름 속으로 달이 사라질 때만 조금씩 앞으로 나아갔다. 그믐도 아닌 달밤에 맨몸으로 침입한다는 건 위험천만한 일이었으나, 한알의 얼굴을 제대로 보고 속마음을 알아내고 싶었다. 한참 맨땅을 기었더니 가죽옷 아랫배 부위가 모두 닳았고 무릎과 팔꿈치에서 살갗이 벗겨져 몹시 쓰라렸다.

가까스로 한알과 탈죽이 잠든 움집 뒤로 다가간 닷뫼는 슬쩍 한알의 이름을 넣어 뻐꾸기 소리를 냈다.

「뻐꾸한, 뻐꾸알, 뻐꾸한, 뻐꾸알」

하지만 한알은 코빼기도 내비치지 않았다. 탈죽이 버럭 성내며 투덜대는 소리가 움집 밖으로 흘러나왔다.

「저놈의 뻐꾸기는 잠도 없나? 울음소리도 어째 이상하네?」

한알의 졸린 목소리가 뒤따랐다.

「불면증에 걸린 뻐꾸기인가 보죠」

얼마 만에 한알이 살며시 문을 열고 나왔다. 닷뫼를 보곤 손가락으로 방벽을 가리키며 쌀쌀맞은 목소리로 속삭였다.

「어서 돌아가세요. 다시는 오지 마세요」

「한알, 그게 무슨 소리에요? 무얼 잘못 먹었나요?」

믿을 수 없다는 얼굴로 닷뫼는 한알의 손을 잡으려 했다. 그러자 그녀는 뒤로 몸을 빼며 목소리를 높였다.

「어머, 왜 이러세요?」

질겁하여 돌아선 닷뫼는 다시 바닥에 엎드려 방벽을 향해 엉금엉금 기어 달아났다. 뒤를 돌아보니 한알은 양손으로 귀를 막고 입을 한껏 벌렸다가 오므리기를 거듭했다. 여차하면 더욱 큰소리로 비명을 지르겠노라고 겁주는 동작이었다. 뒤늦게 탈죽이 칼을 들고 달려나왔다.

「무슨 일이오?」

「모르는 사내가 갑자기 나를 덮치려 했어요. 그자는 저 바닷가로 달아났어요」

탈죽은 초병들을 불러서 같이 개펄로 달려갔다. 횃불을 들고 샅샅이 살폈지만 침입자는 어디로 갔는지 알 수 없었다. 비로소 탈죽은 아내가 거짓말한 것 같다는 느낌이 들었다.

〈누군가 방벽을 넘어서 들어왔던 거야. 달아난 곳도 방벽 쪽이고. 닷뫼가 틀림없어. 소씨네 언덕에서 둘이 일을 벌인 날, 이것 저것 잴 것 없이 그놈을 잡아 죽였어야 했어!〉

탈죽은 눈에 불을 켜고 치를 떨며 해가 뜨기를 기다렸다. 간밤에 보초를 섰던 이들을 벌주고 나서, 방벽을 전보다 곱절로 높일 것을 지시했고 보초의 숫자도 대폭 늘렸다. 그 뒤로 초병들은 고생이 이만저만하지 않았다. 죄가 있다면 코와 눈이 남달리 좋고 달리기를 잘한다는 것뿐이었다. 매일 「유격!⁶⁾ 유격!」 하고 외치면서 깎아지른 벼랑을 오르내리며 고난도 후각 훈련과 추적 훈련을 받았다.

한달 반이 지나 이번엔 그믐날 야음을 타서 닷뫼가 다시 나타났다. 빙벽을 넘으려고 용쓰던 중에, 코를 벌렁대고 개처럼 짖으며 네 발로 달려온 초병들한테 들켰다. 초병 하나가 날린 화살은 닷뫼의 어깨를 뚫었다. 탈죽이 잠든 움집 문을 열어젖히며 초병이 신바람 난 목소리로 외쳤다.

「야호! 피를 줄줄 흘리며 달아났어요! 야호! 멀리 못 가고 죽었을 거예요!」

이튿날 닷뫼가 진짜로 죽었다는 소문이 나돌았다. 졸도한 한알은 하루에 땀을 서너 말씩 흘리며 이승과 저승 사이를 헤맸고, 탈죽은 아내가 죽을까 봐 더럭 겁이 일었다. 그래서 목청 좋은 사람을 시켜서, 닷뫼가 죽었다는 건 탈죽 자신이 잘못 알고 퍼트린

____

6) 유격(遊擊)은 미리 공격할 목표를 정하지 않고 그때그때 형편에 따라서 우군을 도와 적을 치는 일을 말한다. 이 단어는 지금껏 군대에서 가장 강도 높은 훈련의 구호로 애용돼 왔으며, 〈공격〉, 〈돌격〉 같은 구호와 막역한 친구 간이다.

헛소문임을 그녀의 귀에 대고 외치게 했다.[7]

전쟁을 선포한 지 수십 년 세월이 흐를 때까지, 탈죽네는 감히 마달 부족을 칠 엄두를 내지 못했다. 모든 병사가 닷뫼에게서 말 타는 기술을 배운 기마병 부대를 두려워했다. 탈죽네 씨족에서 전의가 불타는 사람은 탈죽밖에 없었다.

어느 맑고 화창한 봄날 아침에, 탈죽이 몸소 보병 예순 명을 이끌고 방벽 문을 나선 적이 있었다. 칼을 높이 들어 닷뫼네 마을 쪽을 겨누며 외쳤다.

「공격!」

그가 앞장서서 달렸는데 온몸에서 힘이 뻗쳤다. 혼자서 여남은 명은 거뜬히 목을 벨 자신이 있었다. 그런데 한참 신나게 달리다가 왠지 등이 허전해서 돌아보았더니 쫓아오는 병사가 단 하나도 없었다. 이 일이 계기가 되어 탈죽은 전쟁을 포기하며 휴전을 선언했고, 마달 사람들은 모두 얼떨떨한 표정을 지었다.

「전투를 치른 적이 없는데 휴전 운운하는 경우도 있나?」

한알은 닷뫼의 목숨이 위험한 고비를 넘겼다는 생각에 오래 참았던 숨을 길게 내쉬었다. 닷뫼는 닷뫼대로 앞으로 감시가 소홀해지리라 여겨져서 희망이 싹텄다. 하지만 탈죽은 아내의 움직임을 쫓고 닷뫼가 나타날 것에 대비하는 일을 조금도 늦추지 않았다.

닷뫼는 자기 집 뒤뜰에 탈죽네 방벽과 높이가 비슷한 벽을 쌓았다. 말을 타고 그 벽을 넘는 훈련에 들어갔다. 한두 해 사이에

---

7) 어느 판본엔 한알이 고막을 심하게 다치면서 다시 졸도했으며, 한알의 고막을 공격한 이는 탈죽에게 호되게 꾸지람을 듣자 훌쩍거리며 「제가 뭘 잘못했다고 자꾸 그러세요? 씨이」 하고 항변했다는 얘기가 덧붙여 있다.

말 세 마리가 벽 위에 발이 걸려서 뒤로 떨어져 죽었다. 두 마리는 아슬아슬하게 벽을 타넘었지만, 땅에 내리면서 발목이 겹질리는 바람에 갈비와 목뼈가 부러졌다. 닷뫼도 숱하게 발목을 삐었고 한번은 어깨뼈가 으스러졌다.

마침내 그가 말을 타고 벽을 넘는 데 성공한 건 마달 부족이 조선에 들어간 이후의 일이었다.[8] 어느 날 닷뫼는 한알을 만나러 가고자 주먹을 불끈 쥐며 말에 올랐다. 저만치 말을 몰고 흙먼지를 일으키며 달려오는 이가 있었다.

「여보시오! 거, 거, 거기, 머, 머, 멈춰 서시오!」

우거왕이 보낸 무사였다. 곰가죽 모자를 삐뚜름하게 쓴 사내[9]는 주먹으로 자기 가슴을 쥐어박으며 심하게 말을 더듬었다.

「저, 저, 저, 저, 전쟁이 벌어졌습니다! 나, 나, 나, 나라의 운명이 포, 포, 폭풍 앞의 등잔불입니다! 어, 어, 어서 서둘러, 저, 저, 저, 저하고 가, 가, 가, 가, 가주셔야겠습니다!」

곰가죽 모자가 읽은 왕의 편지엔 닷뫼에게 기마병을 이끌 것을

---

8) 우리나라 역사에서 최초로 세워진 국가가 조선이다. 이성계의 조선과 구분하고자 편의상 우리는 이를 고조선으로 부르지만, 이 이야기에선 원래 이름을 그대로 쓰고 있다.

9) 모자를 바르게 쓰지 않았다는 점에서 이 군인 또한 일탈 욕구가 강한 자임을 보여준다. 요즘도 모자를 삐딱하게 쓰고 돌아다니는 군인을 볼 수 있는데, 이는 정신 상태의 삐딱함을 반영하는 증표이다. 몸의 중심을 한쪽 다리에 집중한 자세로 비스듬하게 서기——군대 용어로 〈짝다리를 짚다〉라고 표현한다——를 즐기는 군인도 마찬가지이다. 한편 베레모를 삐딱하게 쓰게 돼 있는 특수부대의 경우엔 상황이 정반대이다. 물동이를 이고자 머리에 똬리를 얹은 아줌마처럼 보이는 이들, 즉 베레모를 똑바로 쓴 자들이 요주의 대상이 된다.

지시하는 내용이 들어 있었다. 왕명이었기에 닷뫼는 하는 수 없이 방향을 뒤로 틀었고, 곧장 곰가죽 모자를 따라서 조선이 한나라 군에 맞서 싸우는 북쪽 지방으로 떠났다.

닷뫼는 하루라도 빨리 한알을 만나 속내를 알아내고 싶어서 몸이 달아 있던 참이었다. 그래서 북으로 가는 길에 줄곧 말 등에 거꾸로 앉아 남녘 하늘을 바라보았다. 나란히 달리던 곰가죽이 고개를 갸웃거렸다.

「이상야릇한 자세로 말을 타시는구먼?」

「당신도 나처럼 타봐요. 얼마나 재미있는지 열이 타다가 아홉이 죽어도 몰라요」

진짜 재미날 것 같다는 생각에 곰가죽은 말 위에서 돌아앉았다. 공교롭게도 때마침 하늘이 빠르게 어두워지기 시작했다. 바다 건너 내륙 어디에선가 화산이 터지면서 며칠 바람을 타고 날아온 화산재 때문이었다. 닷뫼는 갑자기 비구름이 몰려오는 줄 알았다. 그런데 빗줄기 대신에 화산재가 흙가루처럼 투두둑 소리를 내며 쏟아졌다. 놀란 말들이 앞발을 높이 쳐드는 순간 닷뫼는 고삐를 바투 당기며 뒤로 누웠다. 그러나 곰가죽은 말에서 떨어져 땅바닥에 코를 찧었다.

「아이고 나 죽는다. 어, 이것 봐라? 엄마야, 코피가 났어!」

화산재는 오후 내내 쉬지 않고 떨어졌다. 아직 대낮인데 온 세상이 한밤처럼 어두컴컴했다. 헝겊으로 콧구멍을 막은 곰가죽은 짐꾼들에게 임시 숙소를 짓게 했다.

「이런 상황에선 양쪽 군대 모두 전투를 멈출 수밖에 없을 거야. 우리도 이곳에서 쉬기로 한다」

　한달이 지나도록 화산재는 온 땅을 덮으며 떨어졌다. 발이 무릎까지 푹푹 빠졌고 시야가 형편없이 나빠서, 천막 밖으로 나갔다간 살아 돌아올 걸 장담하기 어려웠다. 곰가죽과 짐꾼들은 느닷없이 특별 휴가를 받은 느낌이 들었다. 전쟁의 공포와 모든 굴레에서 풀려나서 밥 먹을 때를 빼곤 천막에서 늘어지게 잤다.

　그 틈에 닷뫼는 말을 타고 남쪽으로 달렸다. 백마는 용케도 발이 깊이 빠지는 일 없이 잘 달렸다. 탈죽네 마을에 이를 때까지 컴컴한 어둠 속에서 화산재가 온몸을 덮쳤다. 백마는 코방귀를 뀌며 어마어마하게 높은 방벽을 가볍게 넘어 마을로 들어갔다. 사위가 어둡고 말이 달리는 속도가 워낙 빨라서 아무도 침입자가 있다는 걸 몰랐다. 화산재 무게를 못 이기고 무너진 저장고 앞에서 웅성대는 사람들 속에 한알이 있었다. 눈앞을 스쳐 달리기를 되풀이하며 닷뫼는 그녀와 입을 맞추었다.

　한알은 닷뫼의 입술이 자기 입술을 스치는 걸 알아챘다. 놀라움과 기쁨이 가득한 얼굴로 두 팔을 벌리고 다음 입맞춤을 기다렸다. 닷뫼는 한 번 지나칠 때마다 재빨리 한 음절씩 읊었다. 스무 번 스쳐감으로써, 「여전히 아름답구려. 얼마나 보고 싶었는지 모르오」라는 문장을 완성했다. 한알도 닷뫼가 입술을 훔칠 때마다 한꺼번에 몇 토막씩 쏟아냈다.

　「닷뫼, 그때 거짓으로 사랑을 부인했던 거 알고 있었죠? 그이가 머리끝까지 화가 치밀어 펄쩍펄쩍 날뛰었던 터라, 오로지 당신의 안전이 걱정되어 그랬던 거였어요」

　닷뫼가 마을을 떠나 북으로 사라진 뒤에도 그녀는 눈을 꾹 감고 입술을 앞으로 내밀고 서 있었다. 탈죽이 헐레벌떡 달려가서 어깨를 잡아 흔들었다.

「여보! 그렇게 서서 재를 빨아들이면 어떻게 해요?」

닷뫼가 임시 숙소로 돌아갔을 땐 화산재가 거의 다 떨어져 하늘이 어지간히 훤해진 뒤였다. 짐꾼들이 눈곱을 떼며 천막을 걷고 있었다. 말을 타고 닷뫼가 나타나자 곰가죽은 손으로 화산재를 떠서 얼굴에 마구 끼얹었다.

「어디 갔다가 온 거요? 온다 간다 말도 없이!」

닷뫼가 태연스레 대꾸했다.

「사람을 사랑한다는 게 그런 거요」

국경선에 이르기도 전에 그들은 한 무제의 군대와 싸우는 우거왕 군대를 만났다. 한나라 수륙 양군 오만 명이 벌떼처럼 달려들어 조선 군을 공격하고 있었다. 닷뫼는 기마병 칠십 명을 이끌고 적과 싸웠는데, 숫자부터 턱없이 밀려서 제대로 전투가 이루어지지 않았다. 계속 물러나던 조선군은 왕검성으로 돌아 들어갔다.

성 안에서 기마병이 할 일은 전혀 없다고 해도 틀린 말이 아니었다. 닷뫼는 늘 축사에서 짚단을 푹신하게 깔고 누워서 한알만 생각했다. 그러던 어느 날, 형방 앞으로 끌려간 닷뫼는 곤장 서른 대를 맞고 옥에 갇혔다. 형방이 죄목을 읊었다.

「너는 팔조법금[10]의 일곱번째 항목을 어겼다. 전쟁 중에 느긋

---

10) 정사에서 전하는 팔조법금(八條法禁) 내용은 3가지 조목뿐이다. 하나, 사람을 죽인 자는 즉시 처형한다. 둘, 사람을 상해한 자는 곡물로 배상한다. 셋, 도적질한 자는 피해자의 노비가 된다. 그 외에 강간과 주술, 전쟁에 관한 항목이 있었으리라 여겨지는데, 위의 이야기에 등장하는 건 전쟁에 관한 내용이다. 참고로 덧붙이면, 이후에 조선 영토를 접수한 한나라인들은 자신들의 목숨과 수탈한 재산을 지키기 위해서 법금 조항을 60여 개까지 늘렸다.

한 얼굴로 빈둥거렸다는 죄목으로 화형을 선고한다」

감옥 앞에 장작을 쌓아 올린 화형대가 만들어졌다. 처형 날짜가 코앞에 다가왔을 때, 닷뙤는 적의 사기를 떨어뜨릴 묘책이 있음을 왕에게 알리게 했다. 지푸라기라도 붙잡고 싶었던 왕은 즉시 닷뙤에게 특사를 내렸고, 감옥에서 풀려나는 대로 닷뙤는 목소리가 큰 사내들을 골라서 푹 삭은 똥물에 참기름을 섞어 먹이며 맹훈련시켰다.

마지막 연습을 마친 합창단은 성벽 위에 올라 적군을 향해 우렁찬 목소리로 노래를 불렀다.

「네 여자와 호떡집 왕서방이 지금 손잡고 밀실로 들어가는구나!」

호떡집 골목에 집이 있는 한나라 병사들은 하나같이 눈을 둥그렇게 떴다. 콩닥거리는 가슴에 손바닥을 대고 다음 노랫말에 귀를 기울였다.

「왕서방이 금방 손을 쭉 뻗어 네 여자의 윗저고리 고름을 풀고 있구나!」

이 대목에선 모조리 마른침을 삼키며 머리칼을 쥐어뜯었고, 자기 나라 쪽을 돌아보고 발을 구르는 병사도 있었다.

「힘껏 네 여자의 젖을 빠는 왕서방, 좋겠구나 신나겠구나! 네 여자는 신음하며 침 튀기며, 부실한 너의 버섯을 마구 나무라는구나!」

급기야 병사들은 집에 다녀오고자 인사계 주위로 몰려들어 휴가를 신청하느라 야단법석을 떨었다.

「왕서방이 네 여자의 가랑이를 쫘아아아아악 벌렸구나! 드디어, 기어이, 아야야야야, 이 일을 어째!」

합창단이 애타는 목소리로 노래하는 순간, 적병 모두 식은땀을 흘리며 칼과 화살을 떨어뜨렸다. 한나라 군 사령부는 긴급 회의를 열었고, 부랴부랴 본국에 연락병을 보내서 병사들의 여자들로부터 정절 서약서를 받아오게 했다. 서약서엔 〈호떡집에 불이 나더라도 절대로 밖에 나가보지 않겠습니다〉라는 대목도 들어 있었다.

이 과정에 석 달이 흘렀는데, 그 동안 양군의 전투는 서로 맞서 무얼 하는 건지 알 수 없는 소강 상태를 겪었다. 새들이 막사와 성곽 위를 평화로이 날아다녔고, 들판에선 온갖 꽃이 흐드러지게 피어 마음껏 향기를 뿜었다.

이윽고 중국 본토에서 정절 서약서가 날아왔다. 모든 병사의 아내와 애인들에게 강제로 정조대를 채웠다는 거짓 보고서도 곁들여졌다. 한나라 군은 빠르게 사기를 되찾았으며, 닷뫼의 합창단이 노래하면 모두 귀를 막고 깔깔거리며 웃었다. 이제 성이 무너지는 건 시간 문제라는 생각에 우거왕의 군인과 모든 민간인은 얼굴이 새파랗게 질렸다. 다리가 후들거려서 몇 발짝 움직일 때도 지팡이나 무릎걸음을 이용했다.

이 위급한 상황에서 닷뫼는 다시 사랑의 열병에 빠져들었다. 가끔 몸이 근질근질하거나 빈둥대는 병사를 찾아내려는 검열이 시작될 땐 훌쩍 말에 올라 성을 나섰다. 일대를 돌아다니다간 적병의 머리를 대여섯 개씩 베어 들고 돌아왔다. 어떤 날은 포위망을 뚫고 멀리 바닷가까지 나가서, 느긋하게 갈매기 떼를 쫓으며 조개 껍질을 주워 목걸이를 만들었다.

전선을 훌쩍 벗어나서 내륙 동북쪽으로 바람을 쐬러 간 적도 있었다. 그곳에서 닷뫼는 자신처럼 말 타기를 밥 먹기보다 즐기는 부족을 만났다. 근육이 시원스레 발달한 멋진 백마가 나타나자 금세 수많은 사람이 몰려들었다. 닷뫼는 달리는 말 위에서 휘파람을 불며 물구나무서는 동작을 맛보기로 보여주었고, 고삐를 놓은 채 껑충껑충 날뛰는 말 등을 밟고 재게 달리는 동작도 선보였다.

구릿빛 살결에 건장한 허우대가 돋보이는 사내가 불이 나도록 손뼉을 쳤다. 그는 예맥족[11] 족장으로, 송골매 깃털을 꽂은 모자를 쓰고 호랑이 가죽옷을 입고 있었다. 말을 타고 가까이 다가온 족장은 손짓 발짓을 섞으며 닷뫼에게 어디에서 왔는지 물었다. 닷뫼가 짧게 대꾸했다.

「조선」

족장은 그런 부족도 있느냐는 낯으로 고개를 갸웃거렸다. 아무튼 말 타는 솜씨 하나는 기막히다는 뜻에서 엄지를 세워보이더니, 말에 탄 채 윗몸을 기울여 힘껏 닷뫼를 껴안고 등을 두드렸다.

때는 해질녘이었다. 족장은 멀리서 온 손님이면서 뛰어난 말 타기를 뽐낸 닷뫼에게 잔치를 베풀어주었다. 오랜만에 닷뫼는 풀밭에 편히 앉아서 말젖으로 담근 술과 멧돼지 고기, 곰 발바닥 요리를 실컷 먹었다.[12] 한 여인이 곁에서 먹기 좋게 고기를 일일이 손으로 뜯어 닷뫼의 입에 넣어주었다. 술잔이 비면 곧 새로

---

11) 예맥족(濊貊族)은 만주에서 한반도 동북부에 걸쳐 살았던 고대 퉁구스계 민족으로 주로 수렵과 목축에 종사했다. 툭 튀어나온 광대뼈와 우뚝 솟은 코, 검은 눈동자와 역시 검은 머리칼, 누런 피부색 등이 특징이다.

12) 말젖으로 담근 술은 요즘도 몽골인들이 즐겨 마시는 아이락을 말한다. 마유주(馬乳酒)는 일본인들이 만든 말이다. 몽골인들은 아이락을 술이 아니라 음식으로 간주하며 신생아나 환자에게 일부러 먹이기도 한다. 칭기즈 칸이

술을 따라서 두 손으로 잔을 들어 닷뫼에게 내밀었다.

밤늦게 닷뫼는 잔뜩 부푼 배를 손바닥으로 두드리며 일어났다. 족장이 그에게 풀밭 한쪽에 친 천막을 가리켰다. 안으로 들어가자마자 닷뫼는 널찍한 천막을 통째로 차지하고 백곰 털가죽 침상에 누웠다. 팔다리를 뻗으며 흡족한 얼굴로 중얼거렸다.

「생전에 이렇게 저녁을 잘 먹긴 처음이야. 기분이 썩 괜찮은걸?」

네모나게 낸 창으로 짙은 작약 향이 날아들었다. 꽃 향기는 금세 뼛속에 쌓인 피로까지 말끔히 씻어내는 느낌이었다.[13] 솔솔 졸음이 밀려와서 막 잠에 빠져들려는데, 밖에서 누군가 콧노래를 부르는 소리가 들렸다. 팔뚝에 노란 천을 걸쳐서 늘어뜨린 모습으로 호롱불을 들고 천막으로 들어오는 이가 있었다. 옅은 분홍빛이 도는 작약꽃 화환을 목에 걸었고, 하느작대는 잠자리 날개 같은 흰옷을 입은 젊은 여인이었다.

자리에 일어나 앉으며 자세히 보니 아까 술자리에서 시중들던 여인이었다. 앞으로 다가온 여인은 바닥에 한쪽 무릎을 대고 앉으며 손가락으로 자신의 가슴 복판을 찔렀다.

「보희, 보희」

적군의 화살에 맞아 혼수 상태에 빠졌을 때 이걸 먹고 살아났다는 얘기가 전한다. 알코올 도수는 7도 정도이며, 빛깔이 뿌연 것이 겉보기엔 막걸리와 비슷하다.

13) 한반도 전역에서 자라는 작약(芍藥)은 모란과 비슷하게 생겼으나, 모란이 나무[木本]인 것과 달리 풀[草本]에 속한다. 뿌리를 진통제와 해열제, 이뇨제 등으로 쓰는데, 향기를 통해서 이런 효능이 작용한 결과 닷뫼가 피로를 덜게 된 듯하다. 5월과 6월에 걸쳐 꽃이 피는 것에 미루어 지금 계절은 초여름이다.

「이름이 보희란 얘기군요. 나는 닷뫼라고 하오」

여인은 미소짓는 얼굴로 옆에 호롱불을 내려놓았다. 살며시 손을 들어 가늘고 긴 손가락 끝으로 닷뫼의 뺨을 가볍게 내리 긁었다. 머쓱해진 닷뫼는 길게 하품하며 몹시 졸립다는 시늉을 해 보였다. 그러자 여인은 양 어깨를 밀어 닷뫼를 도로 침상에 누이고 곁에 나란히 누웠다.

꽤 오랫동안 두 사람은 잠자코 누워 있었다. 가끔 번갈아 숨을 몰아서 내쉬었다. 천장에서 춤추는 호롱불 불빛을 비라보던 닷뫼는 의문이 밀려왔다.

〈지금 내가 이곳에서 무얼 하는 거지? 어쩌다가 이곳에 오게 된 거지?〉

술과 꽃과 여인의 향기에 취한 탓에 제대로 생각이 이어지지 않았다. 자신이 어느 곳에 사는 누구인지조차 감이 잡히지 않았다. 그때 어디선가 승냥이 울음이 들려왔는데, 닷뫼는 그 소리가 퍽이나 구슬프게 여겨졌다. 서서히 승냥이 울음은 사람이 우는 소리로 바뀌었다. 어른 아이 할 것 없이 수많은 이들이 공포에 사로잡혀 흐느끼는 소리였다.

일순간 닷뫼는 왕검성이 퍼뜩 떠올랐다. 불안에 떠는 병사들, 멀리 고향에 두고 온 가족들의 얼굴도 머릿속을 스쳤다. 닷뫼가 자리에서 벌떡 일어나자 침상이 크게 흔들렸다. 옆에 누운 여인은 돌아보지도 않고 닷뫼는 말 안장과 칼과 활을 들었다. 당혹스러운 낯으로 여인이 쳐다보는 가운데 서둘러 천막집을 나서 말에 올랐다.

밤새 쉬지 않고 말을 달려 동틀 무렵에 왕검성이 보이는 언덕에 이르렀다. 닷뫼의 입에서 안도하는 한숨이 터져 나왔다. 아직 성이 무너지지 않은 상태였다. 이번엔 반대쪽에서 포위망을 뚫고 달려서, 적병의 머리를 다섯 개 베어 줄에 꿰어서 어깨에 메고 성으로 들어갔다. 그가 털끝 하나 안 다치고 또다시 적의 머리를 들고 온 걸 보고 우거왕은 몹시 기뻐했다. 머리 하나를 받아들고 쪽쪽 입맞추더니 다른 병사들을 꾸짖었다.

「닷뫼를 보고 느끼는 거 없어? 혼자 나가서 여태껏 목숨 걸고 싸우다 돌아왔잖아. 닷뫼한테서 적을 죽이는 기술을 한 가지라도 더 배우란 말이야!」

곧 끝날 것 같던 전쟁은 그 뒤로도 반 년을 이어졌다. 닷뫼가 그 동안 왕에게 바친 적의 머리는 오백 개가 넘었다. 머리칼은 머리칼대로 몽땅 뽑아서 신을 삼았고, 적들이 볼 수 있도록 머리를 성벽에 대롱대롱 매달았다.

「모두 눈에 보이지 않는 기사한테 당한 거라고? 이게 말이 되는 얘기야?」

적잖은 병사를 잃음으로써 군사력에 큰 손실을 입은 한 무제는 병사들에게 특명을 내렸다.

「갑자기 목이 달아나는 불상사를 피하고 싶으면, 똥눌 때나 잠잘 때도 계속 칼을 휘두르도록 하라!」

조선 귀족들은 적병들이 시도 때도 없이 칼춤을 추는 걸 보고 패전이 가까웠음을 절감했다. 급기야 자신들끼리 치고 박는 내분에 말려들었고, 항복파와 저항파의 갈등으로 분위기가 늘 뒤숭숭했다. 소슬한 바람이 부는 날 밤에, 우거왕은 침실로 숨어든 항복파 우두머리[14]가 휘두른 칼에 목이 뎅겅 잘렸다. 바닥에 떨어진 왕의 몸통은 잘려나간 머리를 주우려고 두 팔을 뻗어 내저었다. 그러자 삼이 발로 머리를 냅다 걷어찼다.

「아아악!」

비명을 지르며 왕의 머리는 창 밖으로 날아가 웅덩이에 처박혔다. 날이 밝을 때를 기다려 니계상 삼은 항복파를 이끌고 성문 밖으로 나갔다. 이들은 무릎을 꿇고 머리를 조아리며 한나라 군에 항복했다.

왕검성에 머물 이유가 없었기에 닷뫼는 말을 타고 성을 나섰다. 적병들이 고래고래 소리지르고 손바닥을 마주치며 승전의 기쁨을 나누고 있었다. 닷뫼는 돼지 먹따는 소리로 만세 부르는 자, 박자도 못 맞추며 볼썽사납게 엉덩춤을 추는 지를 골리서 목을 열 개 더 베었다.[15] 바닥에 떨어진 뒤에도 입으로 「만세! 만세!」 하고 외치는 머리를 도로 주워 뺨을 후려쳐서 패대기쳤고, 곧이어 어깨가 축 처진 채 고향으로 돌아갔다.

나라가 망했다는 사실을 닷뫼에게서 전해 들은 마달 사람들은 바닥 모를 절망에 빠졌다. 어서 살림터를 남쪽으로 옮겨야 하는

---

14) 니계상 삼(尼谿相 參)이라는 자이다. 『사기』 조선전을 보면 조선의 지도층으로 우거(右渠)와 조선상(朝鮮相), 니계상, 상(相), 장군, 대신 등의 관직 이름이 나온다. 우거는 왕, 조선상과 니계상과 상은 개개의 부족을 이끄는 족장으로서 최상층 귀족을 뜻한다. 항복하기를 거부하고 한군에 끝까지 저항한 인물 중에 대신에 속했던 성기(成己)라는 이가 있었다.

15) 닷뫼가 노래와 춤 실력이 형편없는데도 유난히 설쳐대는 자들을 매우 혐오했다는 걸 보여준다. 요즘도 술자리나 노래방 같은 데서 이런 자들을 종종 대할 수 있다. 분위기를 깬다는 이유에서 자리가 파할 때까지 집중적인 견제와 눈총을 받으며, 다음 모임이 열릴 때 혼자서만 연락을 받지 못하는 불운을 겪는다.

게 아닌지 고민하는 이가 많았다. 어떤 가족은 서둘러 짐을 꾸려 피난길에 올랐다. 남녀노소 모두 얼굴을 바로 쳐다보지 못했으며, 어쩌다가 눈이 마주치면 양쪽 다 눈물이 핑 돌았다.

「아, 그 사람 참. 흑흑흑. 왜 쳐다보는 거야? 흑흑흑. 더 슬프잖아」

「내가 언제 쳐다봤다고 그래? 훌쩍. 왜 나더러 뭐라고 그러는 거야? 훌쩍. 속상해 죽겠는데」

아래쪽 탈죽네 마을에선 밤낮없이 잔치를 벌였다. 마달 부족에 들어가기를 마다한 탈죽의 은혜에 감사드리는 잔치였다. 한 달 넘게 술과 고기 냄새, 노랫소리가 방벽을 넘어 한나절 거리의 허공을 건너서 닷뫼네 마을로 날아들었다.

닷뫼의 직계 자손 투덜은 머리끝까지 화가 치밀었다. 그들에게 분풀이하여 나라를 잃은 슬픔을 티끌만큼이나마 덜기로 마음먹었다.

「네 놈들에게 쓴맛이 어떤 건지 확실히 보여주마!」

투덜은 칼과 활과 창으로 무장한 장정 쉰 명을 이끌고 야밤에 탈죽네 마을을 쳤다.

「돌격 앞으로! 대드는 자는 그 자리에서 목을 베어라!」

줄타기의 명수들이 방벽을 넘어가서 안쪽에서 문을 열었다. 탈죽네 사내들은 만취한 데다가 하도 노래를 많이 불러 목이 쉰 상태였다. 투덜 일당과 맞서 싸우는 건 고사하고, 칼을 들거나 활을 당길 기운이 남은 자가 하나도 없었다. 술잔에 코를 박고 마당에 누워 있던 탈죽은 마을로 들어서는 투덜의 무리를 보고 몸을 일으켰다. 그런데 자리에서 일어나려다가 다리가 풀리면서 모로 픽 쓰러졌다. 잔뜩 쉬어 갈라진 목소리로 탈죽이 외쳤다.

「공격은 최선의 방어다! 어서 공격하라!」

아무도 적을 공격하지 않자 탈죽이 울먹이는 소리를 냈다.

「야, 누가 나서서 어떻게 좀 해봐라. 정말 너무하는구나!」

엉금엉금 기어 달아나던 탈죽은 투덜한테 뒷덜미를 잡혔다. 뒤로 팔이 꺾여서 번쩍 위로 몸이 들렸다가 바닥에 나뒹굴었고, 가축 우리로 굴러들어가선 밑을 닦지 않은 돼지 똥구멍에 입맞춤하는 봉변을 당했다.

투덜 일당은 탈죽네 사내들을 굴비 두름처럼 줄로 한데 묶었다. 이들을 뒷산으로 끌고 가서 나무에 거꾸로 매달았고, 마을로 돌아 내려와선 저장고의 양식을 모조리 빼앗아 챙겼다. 마당 곳곳에 박살난 그릇과 곡식이 널브러졌다. 뒤이어 투덜은 젊은 여자 오십 명을 골라 마을 복판에서 강제로 발가벗겼다. 그 속엔 탈죽의 아내 한알도 들어 있었다.

한때 닷뫼의 밀사로서 한알을 만난 적이 있는 사내가 화들짝 놀라며 앞으로 나섰다. 그는 막 한알의 옷을 벗기려는 자의 꼭뒤를 손바닥으로 탁 때렸다.

「이 여자가 누군지 모르는구나? 설마 닷뫼 어르신하고 삼각 관계를 이루려는 건 아니겠지?」

가까스로 풀려난 한알은 움집으로 돌아 들어갔고, 직후에 마당에선 귀청을 찢는 비명 속에서 집단 강간이 벌어졌다. 쉰 명의 사내가 같은 숫자의 여자에게 달려들어 뺨을 후려치고 젖을 쥐어 뜯고 허벅살을 꼬집어 비틀었다. 동시에 여자들은 사내들의 가슴을 밀어내려고 발버둥쳤다. 어떤 여자는 사내의 팔뚝을 깨물었다가 주먹에 얼굴을 얻어맞고 피를 쏟았다. 한밤인데도 수많은 알 궁둥이가 내뿜는 빛 때문에 일대가 대낮처럼 밝아졌다. 문을 살짝 열고 밖을 내다보던 한알은 속에 든 걸 모조리 게우며 맨땅에 주저앉았고, 하얗게 질린 낯으로 곧 정신을 잃었다.

일년 만에 전쟁터에서 돌아온 닷뫼는 온몸이 펄펄 끓는 병에 걸렸다. 매일 집 안에 누워 지냈기에 밖에서 무슨 일이 벌어지는지 알지 못했다. 새벽에 약탈한 물건을 실은 탈죽네 가축을 끌고 집단 강간범들이 돌아왔을 때, 닷뫼는 아직 덜 나은 몸으로 움집을 나섰다.

「밖이 왜 이리 시끄러운고?」

투덜의 무리가 왁자지껄하게 떠들며 웃는 게 보였다. 어떤 사내는 손에 움켜쥔 곱슬곱슬한 털 한 움큼을 신나게 흔들어댔다. 털에 코를 박고 킁킁대는 사내도 있었다. 그들이 내는 소리에서 닷뫼는 뜻밖의 대목을 잡아냈다.

「정말 끝내주더라구. 이 맛에 강간하는 건가 봐!」

투덜이 어깨를 으쓱거리면서 입이 귀까지 찢어진 얼굴로 닷뫼에게 소리쳤다.

「기뻐해 주세요! 단단히 혼내주고 왔어요!」

닷뫼가 손가락을 까닥거려 투덜을 가까이 오게 했다. 투덜은 무슨 상을 주시려나 보다 하는 생각에 멋쩍게 웃었다. 「구태여 그러실 것까진 없는데」 하고 중얼거리며 앞으로 다가서는 순간, 닷뫼는 대못을 박듯이 투덜의 이마를 주먹으로 쾅쾅 쥐어박았다.

「뭘 잘했다고 난리야. 누가 너희더러 그 집안을 혼내주라고 그랬니? 당장 형틀 오십 개를 준비하도록 해」

동녘 산 위로 해가 떠오른 아침 나절에 마당에선 한바탕 찬란
한 매질이 벌어졌다. 집단 강간범 쉰 명이 엉덩이 맨살을 드러내
고 형틀에 엎드렸다. 닷뫼가 몸소 물먹인 버드나무 몽둥이를 들
고 형틀 사이를 돌았다. 닷뫼는 강간 약탈범 한 명당 이백 대씩
모두 만 대의 곤장을 쳤다.

이 일을 마쳤을 땐 낮과 밤이 바뀌어 다시 해가 떠오른 다음날
아침이었다. 곤장을 내던진 닷뫼는 넋 나간 얼굴로 태양 빛에 불
타는 먼바다를 바라보았다. 궁둥이가 너덜너덜해진 투덜이 한숨
을 토했다.

「휴우, 이제 끝났나 보다」

그건 뭘 모르고 하는 소리였다. 닷뫼는 빼앗아온 물건과 가축
을 탈죽네 마을에 돌려준 뒤에, 바다에서 어린애 머리만한 붉은
왕게 오십 마리를 잡아오게 했다. 집단 강간범들은 바닷게의 집
게에 버섯 갓이 물린 상태로 열흘 내내 신음하며 살았다.

이후엔 탈죽네 마을이 보이는 언덕으로 올라가서, 다시 열흘
동안 두 손으로 싹싹 빌며 큰소리로 엉엉엉 우는 벌을 받았다.
하늘도 슬펐던지 주먹만한 우박을 골고루 섞어 소나기를 뿌려주
었고, 강간범들은 이마에 큼지막한 혹이 여럿 달린 몰골로 요란
하게 재채기했다.

여러 날이 흘러도 닷뫼는 도무지 마음이 누그러지지 않았다.
집안의 맨 웃어른으로서 자신이 직접 찾아가서 용서를 구하기로
마음먹었다. 새파란 하늘로 흰 구름 몇 점이 동동동 떠가는 어느
맑은 날, 닷뫼는 백마를 타고 탈죽네 마을로 가서 방벽에 올라섰

다. 닷뫼를 처음 발견한 사내가 뒷걸음질치며 소리쳤다.

「이럴 수가! 심하다! 또 나타났다!」

탈죽네 사람 모두 아악 하고 비명을 지르면서, 어린아이들을 옆구리에 끼거나 질질 끌고 움집으로 달려 들어갔다. 닷뫼가 손나팔을 만들어 입에 대고 외쳤다.

「대표를 만나고 싶소!」

그러나 좀처럼 아무도 모습을 드러내지 않았다. 모조리 바닷가로 조개 주우러 나간 마을처럼 쥐죽은듯이 고요했다. 꽤 오랜 시간이 흐른 뒤에 움집 밖으로 나온 건 한알이었다. 그녀는 집단 강간이 저질러진 날에 속을 심하게 다쳐서 얼굴이 엉망이었다. 눈이 쑥 들어가고 기미가 잔뜩 끼었으며, 눈 밑으로 검푸른 주름이 세 겹이나 잡혔다.

힘겹게 발을 옮겨 한알이 바짝 다가오자 닷뫼는 방벽 위에 앉아 두 다리를 앞쪽 허공으로 내렸다. 사다리를 놓고 꼭대기에 오른 한알의 얼굴 앞에 그의 무릎이 놓였다. 두 사람은 한참 어색한 표정을 지으며 각기 엉뚱한 데를 바라보았다. 하늘을 질러 날아가는 갈매기들을 눈으로 쫓으며 닷뫼가 무거운 입술을 뗐다.

「우리 아이들이 죽을죄를 지었소. 어떻게 용서를 빌어야 할지 모르겠소」

한알이 허리를 구부려 그의 발등에 입을 맞추었다. 방울방울 눈물이 맺힌 얼굴을 들어 그를 올려다보았다.

「전쟁터에 가 계셨다면서요? 전쟁에서 졌다면서요? 내 사랑, 어디 다치신 데는 없나요?」

그때서야 닷뫼는 고개를 숙여 그녀에게 눈길을 주었다.

「덕분에 손가락 하나 다치지 않고 돌아왔소. 선물을 가져왔는데 받아주겠소?」

한알이 고개를 끄덕이자 닻뫼는 목걸이를 꺼내 그녀의 목에 걸어주었다. 한나라와의 전쟁 중에 바닷가에 나가서 만든 조개 껍질 목걸이였다. 어느 결에 탈죽네 사람들이 마당에 나와서 먼 거리로 두 사람을 바라보고 있었다. 탈죽도 보였기에 오래 이야기를 나눌 수 있는 상황이 아니었다.

「한알, 좀더 가까이 몸을 기울여봐요」

그녀가 즉시 닻뫼의 발가락 끝에 양쪽 젖꽃판을 대고 눌러서 둥글게 몸을 움직였다. 흥분하여 빨개진 얼굴로 질끈 눈을 감으며 닻뫼에게 물었다.

「언제 단둘이 다시 만날 수 있을까요?」

닻뫼가 턱 끝으로 바다 쪽을 가리켰다.

「달이 막 사라진 그믐날 밤에 저 언덕 너머에서 만나요. 내가 이번에 길들인 말은 이 담 정도는 거뜬히 뛰어넘을 수 있다오」

그때 방벽 뒤쪽에서 백마가 「히히힝, 푸아아아!」 하고 자신감 넘치는 울음소리를 냈다. 얼마간 다시 침묵이 흐르고 나서 닻뫼는 방벽 위에 일어섰다. 한알을 돌아보며 「안녕, 내 사랑」 하고 속삭이곤 말을 향해 몸을 날렸다. 말 달리는 소리가 멀어진 뒤에, 한알은 고개를 푹 숙이고 방벽을 떠나 마을 안쪽으로 돌아갔다. 도중에 닻뫼가 준 목걸이를 풀어 허리춤에 감추었다.

여전히 잔뜩 겁먹은 낯으로 탈죽이 그녀를 맞았다.

「무슨 얘기를 나누었소?」

「약탈하고 강간한 일을 사죄하더라구요. 강간범들을 몇 해는 몸져누워 지내야 할 만큼 단단히 벌주었다고 하네요」

탈죽이 입을 오므리며 눈살을 찌푸렸다.

「다른 얘기는 없었소?」

「그게 다예요」

탈죽은 아내의 말을 사실로 믿고 싶은 마음, 그리고 왠지 거짓말 같다는 느낌 사이에서 방황했다. 이윽고 그들이 무언가 은밀한 얘기를 나눈 듯하다는 느낌이 약간·우세해졌다. 복장이 무너지는 아픔에 탈죽은 허리를 구부리고 움집으로 들어가서 보따리를 쌌다. 〈남쪽의 다른 부족이나 씨족과 힘을 합하는 길을 찾기 위해서〉라는 게 탈죽이 밝힌 여행 목적이었다.

「불한당들이 언제 또 쳐들어올지 모르니 하루도 머뭇거릴 수 없어요. 여보, 어서 떠납시다」

한알은 우선 몸이 좋지 않았고, 닷뫼와 곧 다시 만나기로 약속했기에 집에 머물고 싶었다.

「혼자 다녀오시면 안 될까요?」

탈죽이 눈물을 글썽이며 그녀의 팔을 잡았다.

「당신을 놔두고 내가 어딜 갈 수 있겠소. 자칫 당신한테 무슨 일이라도 생기면, 그 순간에 내 삶도 끝장나는 것이오」

이후로 삼십여 년이 흐르는 동안, 마달 부족엔 여름이 가고 가을이 왔다 하면 낯뜨거운 일이 꼬리를 물었다. 여자라고는 자기 아내밖에 모르는 사내들이 느닷없이 다른 집 여자와 눈이 맞아 바람을 피웠다.

남편과 자식을 전부로 알고 살아온 여자들도 다른 사내들을 보면 정신을 잃었다. 많은 유부녀가 쉽게 육욕에 넘어가서 외간남자 앞에서 옷을 훌훌 벗어 던졌다. 이런 일이 들통났을 땐 양쪽 모두 극형에 처하도록 법이 강화되었지만, 간통 사건은 좀처럼 기세가 수그러들지 않았다.[16]

게다가 간통과 서방질에 얽힌 농담과 우스갯소리가 숱하게 만들어졌다. 어른뿐 아니라 어린애들까지 음탕한 말을 입에 올리며 시시덕거렸다. 여기저기서 코흘리개들이 편을 갈라 마주보고 파도치듯이 밀려왔다가 뒷걸음치는 놀이를 했다. 한쪽이 「우리집에 왜 왔니, 왜 왔니?」 하고 외치면 다른 쪽에선 「바람 피우러 왔단다, 왔단다!」 하고 외쳐댔다.

부녀자들은 두 가지 농담을 가장 즐겼다.

「심심한데 서방질이나 해볼까?」

「내가 나를 믿지 못하겠으니 밤이 여간 무섭지 않아」

유부남들은 부슬부슬 비 내리는 날이면 꽤나 심각한 척하며 중얼거렸다.

「오쟁이 진 놈들이 흘리는 눈물 때문에 좀처럼 장마가 끝나질 않는구먼」

그 밖에도 귀접스러운 속담이 수백 개 나돌았다. 〈성난 놈이 괜히 남의 계집 건드린다〉, 〈동에서 오쟁이 지고 서에서 강간하여 화풀이한다〉, 〈강간한 개가 화간한 개 나무란다〉 같은 속담이

---

16) 범죄 행위의 정도가 격렬할수록 반대 급부로서의 형벌도 가혹해지기 마련이다. 그런데 독일의 카를 밀러 같은 범죄 심리학자들은 색다른 이론을 제시한다. 형벌이 가혹해지면 상응하는 범죄 행위도 이에 비례하여 한층 격렬해진다는 것이다. 행위자의 저항 심리를 자극하여 쾌감을 증폭시키기 때문이라는데 악순환의 좋은 예가 아닐 수 없다. 일본 소설가 아베 고보는 이와 관련하여 〈벌이 없으면 도망치는 즐거움도 없다〉라는 명언을 남긴 바 있다.

가장 인기를 끌었다.

　어느 해엔 겨울로 접어든 뒤에도 남녀 모두 허리 밑에서 후끈한 기운이 가시지 않았다. 찬바람이 쌩쌩 부는 들판 곳곳에서 사람 둘이 드러누울 너비만큼 눈 녹은 자리가 쉽게 눈에 띄었다. 한나절 거닐다 보면 아무렇게나 널린 찢어진 속옷을 수십 벌씩 대할 수 있었다. 애를 지우는 데 효험 있다는 중절초나 살귀 같은 약초[17]는 이미 씨가 말랐고, 어떤 여자들은 부정한 씨를 없애고자 한밤에 뒷마당으로 나갔다. 이들 가운데 상당수가 돌멩이로 아랫배를 찧다가 장 파열로 죽었다.

　「얼라이랄라 얼라이랄룰라리라」

　이런 주문을 물구나무서서 곶감을 씹으며 백 번 읊으면 아이를 지울 수 있다는 비방이 한동안 나돌았다. 유부녀 일백 명 가운데 적어도 다섯이 같은 시각에 물구나무서서 주문을 왼다는 미확인 통계가 사람들의 입에 오르내렸다. 부녀자로서 물구나무선 듯한 자세를 보이면 간통으로 아이를 가졌다는 의심을 살 우려가 컸다. 빨래터에서 여자들은 윗몸을 꼿꼿이 세우고 옷을 빨았고, 우물에 두레박을 내릴 때도 허리를 곧게 폈다.

　어떤 처녀는 땅에 떨어진 대추를 주우려고 허리를 구부렸다가 혼비백산하여 달아났다. 갑자기 누군가 목이 터져라 외쳤기 때문이었다.

　「저기 물구나무서려는 여자가 있다! 유부남하고 정을 통한 게 틀림없다!」

---

17) 한자로 쓰면 〈中絶草〉나 〈殺歸〉 정도가 될 터인데, 정확하게 무슨 풀인지 확인할 길이 없다.

마달 부족장은 깊은 고민에 빠졌다. 염병처럼 온 부족을 덮쳐 말썽피우는 열기에 대해 세밀 보고를 받는 자리에서였다. 보고 내용의 핵심은 올 들어 강간 사건이 작년보다 세 곱이나 늘어난 것이었다. 그리고 여자들이 아비가 누군지 모르는 애를 밴 일 또한 들통난 경우만 곱절이 늘었다.

특히 유부녀가 겁탈 당한 사건이 폭증했다는 대목에서 부족장은 이를 악물었고, 순간 입에서 우두둑 소리가 났다. 불에 구운 도토리를 어금니에 물고 볼을 실쭉대며 계속 부부족장의 얘기를 귀담아들었다.

「부족이 생긴 뒤로 유례 없는 집단 강간이 올해만 열 건이나 적발되었습니다」

슬쩍 부족장의 얼굴을 훔쳐본 부부족장이 보고서 끝부분을 읽었다.

「조선이 전쟁에서 져서 망한 직후에, 닷뫼네 투덜 일당이 탈죽네 부녀자들을 상대로 강간을 저지른 적이 있었지요. 우리 부족에서 낯뜨거운 짓이 번지기 시작한 건 그 사건이 벌어진 뒤입니다. 탈죽네 씨족은 오랜 세월 마달에 들기를 거부하고 따로 살아 왔지만, 우리에게 해를 입히거나 뚜렷한 위협을 가한 예가 없습니다. 투덜 일당이 그들을 욕보임으로써 우리 부족의 강간과 간통 열병에 불을 댕긴 게 분명합니다」

숙소로 돌아온 부족장은 수심에 잠긴 얼굴로 창가에 앉아 밖을 내다보았다. 함박눈이 내리는 들판을 달려오는 여자가 있었다. 숨을 몰아쉬며 헐레벌떡 집으로 들어온 사람은 부족장의 아내였다. 그녀가 덜덜 떠는 목소리로 남편에게 외쳤다.

「어떤 사내가 휘파람을 불며 줄곧 뒤를 쫓아왔어요. 자기하고 화끈하게 놀아보자고 꼬드기더라구요. 세상이 왜 자꾸 이 모양 이 꼴이 돼가는지 모르겠네요. 서둘러 손쓰지 않았다간 모든 부녀자가 욕보는 날이 오고야 말 거예요」

부족장은 아내를 달래서 방에 들게 하고, 부관을 불러 명령서를 한 장 받아쓰게 했다.

「투덜 무리의 자손 가운데 사내 쉰 명에게 스무 해 부역형을 내린다. 그 집안을 이끄는 우두머리로서 닷뫼도 책임이 매우 크다. 그를 천 리 떨어진 북쪽으로 귀양을 보낸다. 씨족 사내들을 올바로 가르치지 못한 죄 오십 년, 투덜 일당이 집단 강간하러 가는 걸 막지 못한 죄 오십 년, 그 사건을 보고하지 않은 죄 오십 년, 강간범들을 가볍게 벌한 죄 오십 년, 그렇게 모두 이백 년을 채우기 전까지 돌아올 수 없다」

닷뫼는 오래전에 한알이 탈죽과 함께 남쪽으로 길을 떠났다는 소문을 들었다. 그때부터 지금껏 그녀가 돌아오기만 기다리며 살았다. 봄마다 제비들이 돌아왔건만, 어쩌다가 박씨를 물고 온 경우는 있어도 좀처럼 한알 소식은 갖고 오지 않았다. 그러던 차에 닷뫼는 갑자기 들이닥친 부족의 형 집행관에게 붙들렸다. 추위가 매서운 한겨울날 아침에 벌어진 일이었다. 여기저기서 얼어붙은 독이 퍽퍽 터지는 소리가 났다.

산토끼 털모자를 눈썹까지 눌러쓴 집행관이 움집 앞으로 불려 나온 닷뫼에게 소리쳤다.

「네 죄를 알고도 남으렷다」

「죄라니?」

「아하, 시치미 떼고 있구면. 고약한지고!」

닷뫼는 밧줄에 손발이 꽁꽁 묶여 말에 태워졌다. 털모자가 명령서를 읽었고, 곧이어 닷뫼와 털모자 무리는 귀양지를 향하여 마을을 나섰다. 자손들이 마을 어귀까지 따라나오며 눈물을 뿌렸다. 닷뫼는 짐짓 느긋한 척하며 그들에게 고개를 끄덕여 보였다.

「잠깐 바람 쐬고 올 거니까 아무 걱정 말고 밥 잘 먹고 잘 지내고 있어. 선물 한 아름 안고 돌아올게!」

북으로 올라가면서 털모자는 대충 어림잡아 거리를 쟀다. 어떤 날은 「지금까지 오백 리 왔으니 절반 남았다」 하고 말했다. 그런데 다음날 고질병인 치질과 설사와 뱃덧이 도지자 잔뜩 골난 얼굴로 말을 바꾸었다.

「앞으로 칠백 리 남았다」

또 어느 날은 운 좋게 인심이 넉넉한 마을을 지나게 되었다. 그곳에서 따뜻한 밥을 잘 얻어먹고 털모자는 한껏 기분과 뱃속이 나긋나긋해져서, 아직 사백 리를 더 가야 하는데도 「앞으로 삼백 리!」 하고 외쳤다. 결국 더하고 빼고 보태고 줄이고 하여, 닷뫼는 처음에 부족장이 정한 대로 천 리를 간 곳에서 풀려났다. 털모자가 포승을 풀며 엄중히 경고했다.

「앞으로 이백 년 동안 절대로 남쪽으로 내려와서도 안 되고 남쪽을 바라봐서도 안 된다. 남쪽을 겨누어 오줌을 누거나 코를 풀어서도 안 되고, 남쪽이라는 단어가 들어간 노래를 불러도 안 된다. 만일 그랬다간 발각되는 즉시 온몸이 스무 동강으로 잘려 까마귀밥이 될 것이다」

때마침 다시 설사 기운이 일면서 아랫배가 살살 아파왔다. 집행관이 털모자를 벗어 흔들며 다급하게 외쳤다.

「계산이 잘못되었다! 앞으로 백 리를 더 가야 한다!」

그러나 닷뫼는 이미 말을 몰고 멀찍이 산토끼 털모자의 앞을 떠난 뒤였다. 하루내 말을 달려 이른 곳은 조선이 한나라와 전쟁을 벌이던 때 들렀던 예맥족 마을이었다. 그곳에선 예맥이 부여족의 한 갈래와 합쳐져서 거대한 고구려 연맹을 이루고 있었다. 그 옛날 닷뫼가 만났던 이들은 거개가 노인이나 저 세상 사람이 돼 있었다.

그런데 첫눈에 닷뫼를 알아보는 여인이 있었다. 마을로 들어서서 말에서 내리는 닷뫼에게 다가선 여인은 다짜고짜 뺨을 연거푸 대여섯 대 때렸다.

「부인, 왜 이러는 건지 까닭이나 알고 맞읍시다」

닷뫼는 어리둥절한 얼굴로 윗몸을 구부리고 두 손으로 뺨을 감쌌다. 그러자 여인은 닷뫼의 배를 무릎으로 정확하게 올려쳤고, 눈밭에 나가떨어진 닷뫼에게 달려들어 가슴팍을 타고 앉아서 머리채를 잡아 흔들었다.

「야속하고 쌀쌀맞고 몰인정한 사람! 찔레나무 가시덤불이 얼굴을 화아악 훑어도 피 한 방울 나지 않을 사람!」

명치끝을 얻어맞은 닷뫼는 꽤 오래 제대로 숨을 쉬지 못했다. 간신히 일어나 앉으며 고개를 들었는데, 왠지 여인이 낯익다는 느낌이 들었다. 식식 소리를 내면서 여인이 얼굴을 바짝 들이댔다.

「그렇게 훌쩍 달아나는 법이 어디 있어요? 당신이 멋지게 말 타는 솜씨를 보여줄 때 나는 대번에 당신한테 빠져들었어요. 이 봐요, 내가 누군지 모르겠어요?」

　그때서야 닷뫼는 삼십 년 전 어느 날 밤을 떠올리고 눈을 크게 떴다. 술잔치가 열린 자리에서 시중들던 여인, 밤중에 목에 작약 화환을 걸고 천막으로 들어와서 곁에 누웠던 여인이었다.
　「보희로군요! 그 동안 하나도 변하지 않았구려!」
　사내 몇 명이 닷뫼에게 달려들어 칼을 울대뼈에 들이대고 어느 집으로 끌고 갔다. 그 집에서 닷뫼는 보희와 단둘이 탁자를 사이에 놓고 마주앉았다. 분을 삭이려 애쓰며 보희가 다짐을 주었다.
　「어쨌든 이렇게 돌아왔으니 당신을 좀더 두고 보겠어요. 목숨이 두 개가 아니라면, 다시 내 곁을 떠나는 건 꿈도 꾸지 않는 게 좋을 거예요. 당신은 영원한 내 사랑이니까요」

세번째 이야기
사통(私通) 시대

다비는 철기 문화를 활짝 꽃피운 고구려 연맹의 대모로서 최상
의 명예와 부를 누렸다. 일반인들은 거개가 동굴과 움집에서 지
냈지만, 다비 같은 귀족은 반듯한 지상 가옥을 짓고 살았다. 집
집마다 부엌과 우물과 저장고와 방앗간, 외양간과 마구간이 따로
있었다.

옷차림 또한 거칠게 무두질한 투박한 가죽옷에서 벗어나지 못
한 주몽네와는 천양지차였다. 다비의 경우엔 중국에서 들여온 비
단옷을 입었으며, 소매가 넓은 두루마기 위에 질 좋은 담비 가죽
으로 만든 조끼를 걸쳤다. 밑엔 주름치마를 입었고 붉은 비단 띠
를 허리에 둘렀다. 곱고 은은한 연홍색 능금꽃 무늬를 넣은 흰
속바지 아랫단이 발목 위로 내비쳤다. 원래 용모가 빼어난 여인
이었는데 멋진 옷을 입으니 아름다운 자태가 한층 돋보였다.

결혼식을 며칠 앞둔 날 오후에, 그녀는 잘 다린 명주 저고리와

바지를 주몽에게 건넸다.[1]

「깨끗이 목욕하고 갈아입으세요」

열대여섯 살 남짓한 아리따운 시녀들이 주몽을 욕실로 데려갔다. 주몽은 뿌연 김이 오르는 커다란 참나무통 속으로 들어갔다. 시녀들이 붙어서서 쇠기름 비누와 보들보들한 면 수건으로 몸을 씻겨주었다. 그들은 줄곧 꽃밭에서 펼쳐지는 연인들의 달콤한 사랑 노래를 불렀다.

목욕을 마친 주몽이 거실로 나갔을 때였다. 날이 번쩍거리는 칼을 든 사내가 주몽을 보고 씨익 웃으며 다가왔다. 놀란 주몽이 뒷걸음질치며 의자를 집어들자 사내는 칼로 자기 머리칼을 자르는 시늉을 해 보였다. 굳었던 표정을 풀면서 주몽은 사내의 불알을 힘껏 쥐었다가 놓았다. 어깨 위에서 머리를 자른 주몽은 수염도 말끔히 밀었고, 얼굴과 손엔 진달래꽃을 달여 대숲에 내린 이슬과 섞어 만든 향수를 발랐다.

탁자 앞에 앉아서 약간 떫은 맛이 도는 감을 먹었는데,[2] 온 뼈

---

1) 앞 이야기의 닷뫼처럼 주몽은 외지 사람이 분명하다. 그가 어찌하여 고구려 땅으로 들어갔으며, 애인을 놔두고 다비라는 여자와 원치 않는 결혼을 하게 되었는지는 알 수 없다. 미리 일러두면 이 이야기 속의 주몽과 처용은 역사책에 나오는 인물들과는 다른 사람이다.

2) ·감은 우리나라와 일본과 중국이 원산지이다. 1974년에 경주 안압지 유적지 발굴 현장에서 감꽃가루가 발견된 걸로 보아, 우리나라에서 감나무를 재배한 역사는 신라 시대 이전으로 거슬러 올라간다. 설사를 막아주지만 변비엔 좋을 게 하나도 없는 것이 감의 떫은 성분인 타닌인데, 동상을 치료하고 중풍을 예방하는 데도 효력이 대단하다. 연평균 기온이 섭씨 10도 이상인 지역에서 잘 자라므로 한반도 중부 이북에선 재배하기 어렵다. 따라서 주몽이 먹은 감은 외부에서 들여온 것이며, 계절이 겨울인 만큼 곶감이거나 단감으로 여겨진다.

마디가 풀어진 주몽은 이 모든 게 꿈인지 생시인지 알 수 없었다.

〈내가 오래 살긴 오래 살았나 보지?〉

손가락을 꼽으며 자기 나이를 헤아리다가 탁자 옆의 기다란 비단 의자에 누워 한숨 눈을 붙였다. 잠에서 깨어났을 때, 의자 모서리에 걸터앉은 다비가 그를 내려다보고 있었다.

「이제 식사하셔야지요?」

주몽은 그녀를 따라서 식당으로 갔다. 다비는 계속 큰 접시에서 음식을 덜어 그의 앞접시에 내려놓았다. 그는 식사를 하며 이번엔 음식 숫자를 셌는데 모두 일흔다섯 가지였다. 열 종류가 넘는 짐승 고기가 그릇마다 푸짐하게 담겨 있었다. 주몽은 배불리 고기를 뜯었고 솔잎 술도 여러 잔 마셨다.

입을 닦으며 나란히 거실로 나간 두 사람은 힘찬 말 울음소리에 창 밖을 내다보았다. 독수리 깃털을 꽂은 오소리 가죽 모자를 쓰고 호랑이 가죽 외투를 걸친 사내가 보였다. 사내는 호랑이와 용을 새긴 청동 마구로 장식한 말에서 가볍게 뛰어내렸다. 수십 명의 무장한 병사가 그를 에워싸고 있었다.

집으로 들어온 사내는 다비 앞에 무릎을 꿇으며 바닥에 이마와 두 손바닥을 댔다.

「대모님, 그 동안 평안하셨습니까?」

「예. 맹주께서도 잘지내셨는지요?」

주몽은 마룻바닥에 연맹의 맹주와 마주앉았다. 맹주의 눈에서 푸른 빛이 번득였다. 각이 진 얼굴에 곧은 콧날, 숯처럼 짙은 눈썹이었다. 쩌렁쩌렁 울리는 목소리는 머지않아 천하를 휘어잡을 자의 기백이 가득했다. 맹주가 앞으로 윗몸을 내리며 오른팔 팔꿈치를 바닥에 대고 손가락을 부챗살처럼 펼쳤다.

「자, 한판 합시다」

주몽은 그런 자세로 팔힘을 겨룬 적이 없었기에 맥없이 맹주한
테 졌다. 그런데 왼팔을 겨룰 땐 요령이 생겨서 그다지 힘들이지
않고 상대의 팔을 넘길 수 있었다. 바닥에 손등을 부딪힌 맹주는
적잖이 놀란 낯이었다. 자리에 바로 앉으며 겸연쩍어하는 얼굴로
웃었다.

「성씨는 다르지만 나와 이름이 같은 주몽이라고 들었소.[3] 그리
고 나처럼 말 타는 솜씨가 뛰어나다고 하니 반갑기 그지없구려.
이후에 나라를 세우는 일에서 나를 도와주기 바라오」

다비와 몇 마디 더 나눈 뒤에 맹주는 부하들을 이끌고 밖으로
나갔다. 주몽은 다비와 같이 문을 열고 서서 그를 배웅했다. 말
에 올라타기 무섭게 맹주는 눈앞에서 사라졌고, 그의 무리가 말
을 타고 다녀간 흔적만 말발굽 자국으로 남았다.

깊고 고요한 밤에 주몽은 봉황을 수놓은 비단 침상에 누워 있
었다. 침실 한쪽에선 따다닥 소리를 내며 화로에서 장작이 타고
있었다. 갈대로 짠 발을 내린 뒤쪽 물통에서 다비가 찰랑대며 몸
을 씻는 동안, 주몽은 가만히 눈을 감고 물소리에 귀를 기울였
다. 이윽고 목욕을 마치고 침실로 들어오면서 다비가 콧노래를
불렀다. 주몽이 실눈을 뜨고 바라보니 그녀는 알몸에 세모시를
두르고 있었다.[4] 이음매 없이 머리 하나 들어가는 구멍만 낸 사
각 천이었다.

---

3) 맹주는 다름 아닌 고주몽(高朱蒙)으로 알에서 태어났다. 천제의 아들 해모
　　수의 아들이며, 어머니는 강을 다스리는 하백의 딸 유화이다.

위낙 천이 얇은 데다가 화로 불빛을 받아서 알몸이 그대로 비쳤다. 풍만한 가슴과 가는 허리, 엉덩이로 돌아 내려가는 곡선이 두드러지는 몸매였다. 거뭇한 젖꽃판과 살 두덩에 눈길이 가닿은 주몽은 두 눈을 꾹 감았다. 머릿속으로 자분홍의 얼굴이 떠올랐다.

〈어디에서 이 추운 밤을 보내고 있을까? 살아서 자분홍을 다시 만나게 될까?〉

가까이 다가온 다비가 그의 옷을 벗기기 시작했다. 그녀는 두 다리를 벌리고 주몽의 배꼽 위에 걸터앉았다. 다비의 궁둥이와 주몽의 아랫배 맨살이 그대로 맞닿았다. 다비는 엉덩이를 둥글게 움직이며 윗몸을 앞으로 기울였다. 그녀와 입술끼리 닿는 순간, 주몽은 강간 당하는 느낌에 비명을 지르고 싶었다. 다비가 훗 하고 웃었다.

「안 자는 거 알아요. 내가 다 알아서 할 테니 당신은 가만히 있어요」

살며시 눈을 뜬 주몽은 그녀가 등을 보이고 돌아앉는 걸 보았다. 말려 올라간 세모시 밑으로 백두산 봉우리만한 엉덩이와 그 밑의 거웃이 보였다. 엉덩이는 이제 주몽의 가슴팍 위에 놓여 있었다. 주몽은 그녀의 살에서 차갑고 축축하면서 동시에 뜨겁고

---

4) 세(細)모시는 모시풀 껍질의 섬유로 짠 피륙 가운데 올이 더없이 가늘고 고운 걸 말한다. 알몸에 이걸 걸치고 있으면 살색이 은은히 내비쳐서, 중국 후한 때 후궁들은 세모시로 잠옷을 만들어 입고 황제를 홀렸다고 한다. 추운 계절인데도 알몸에 세모시 천을 한 장 걸친 걸로 보아 다비는 매우 육감적이면서 노출증이 있는 여인이다. 또는 적잖이 자신을 경계하는 주몽을 유혹하여 마음을 열게 만들고자 그런 차림을 한 걸로 볼 수도 있다. 흔히 화냥기 있는 여인을 칭할 때 〈세모시 고쟁이〉라는 표현을 쓴다.

까칠한 감촉을 느꼈다. 곧이어 다비는 주몽의 아랫도리 쪽으로
등을 활처럼 구부렸고, 혀끝으로 간지럽게 허벅다리를 핥았다.
주몽은 자분홍에게 용서 받기 힘든 죄를 짓는 느낌이었으나, 생
각과 달리 빠르게 쇠불버섯이 부풀어올랐다.

절반쯤 넋 나간 목소리로 다비가 속삭였다.

「좋죠? 좋아요. 아, 좋네요」[5]

주몽은 그녀의 몸이 천천히 발 쪽으로 내려가는 걸 느꼈다. 잠
깐 그녀가 허공으로 몸을 들었다가 도로 내리는 찰나, 주몽은 일
부러 허리를 옆으로 약간 비틀었다. 몸이 서로 빗나가자 다비가
그를 돌아보며 한숨을 폭 내쉬었다.

「갑자기 움직이면 어떻게 해요?」

그녀는 이번엔 엄지와 검지로 그의 버섯 자루를 꼭 쥐고 엉덩
이를 들어서 내렸다. 다비의 미끈거리는 몸 속으로 버섯이 통째
로 먹히는 순간 주몽이 속으로 외쳤다.

〈기회가 오면 곧장 자분홍을 찾아갈 거야!〉

같은 시각에 처용과 자분홍은 깊은 산속 동굴에 웅크리고 앉아
밤을 보내고 있었다. 장작이 떨어져 이미 불기가 사라진 잿더미
앞에서 둘 다 쉴새없이 몸을 떨었다. 이빨이 부딪치는 소리가 동
굴 속을 울렸다. 추위와 배고픔에 지친 처용은 잠에 곯아떨어졌
다가 깨어나기를 되풀이했다. 잠들었을 땐 코를 고는 중간중간에

---

5) 묻고, 스스로 대답하고, 자신의 느낌을 밝힌 이 짤막한 세 마디는 보희가
   주몽과의 관계에서 자기 도취적인 성향이 강하다는 걸 보여준다. 상대가 자
   신을 어떻게 생각하든 상관없다거나, 자신이 좋으면 상대도 당연히 좋을 거
   라는 식이다.

제법 또렷한 발음으로 잠꼬대했다.

「푹 삶은 멧돼지 고기. 콩기름에 튀긴 기러기 고기. 숯불에 잘 구운 곰 고기. 가득 담은 보리밥 한 사발에 따뜻한 숭늉. 아, 추워. 아, 배고파」

그러나 자분홍은 내내 깨어 있었다. 집을 나선 뒤로 오랜 나날이 지났건만 언제 돌아가게 될지 알 수 없었다. 그 동안 두 사람은 짐승만도 못한 생활을 하며 떠돌았다. 더운밥을 먹거나 마른 자리에서 눈을 붙인 날이 며칠 되지 않았다. 대부분 들이나 고랑에서 풀을 덮고 잤으며, 나무껍질과 칡뿌리와 냇물로 주린 배를 대충 채웠다. 얼어서 감각이 무뎌진 손에 입김을 불며 자분홍은 고개를 가로 저었다.

〈이런 꼴이 될 줄은 미처 몰랐어. 생전에 주몽을 다시 만날 수 있을까? 자꾸 자신이 없어져 가니 이 일을 어쩌지?〉

결국 추위를 못 견디고 빠르게 이를 맞부딪치며 처용은 아주 잠에서 깨어났다. 어둠 속에서 손을 내저어 아내의 얼굴을 만졌다.

「여보, 안 자요?」

자분홍이 대꾸하지 않자 바짝 다가앉으며 그녀를 끌어안았다.

「고생시켜서 미안하오」

손바닥으로 그녀의 뺨과 목덜미를 쓸며 덧붙였다.

「조만간 좋은 날이 올 거요」

그때 발치에서 부스럭거리는 게 있었다. 처용이 칼을 들고 앞으로 몸을 날렸고, 무언가 칼에 찔려 버둥댔다. 손으로 더듬어 보니 토끼였다. 어둠 속에서 밖으로 나간 처용은 운좋게 마른 나뭇가지를 몇 개 구해서 돌아왔다. 불을 지핀 뒤에 칼로 껍질을 벗겨 토끼를 통째로 올려놓았다.

「아 하고 입을 벌려봐요」

시커먼 손으로 처용은 토끼 고기를 뜯어 아내의 입에 넣어주었다. 씻은 지 오래된 자분홍의 얼굴도 숯처럼 검었다. 입을 우물거리며 토끼 다리를 씹으면서 처용은 고향에서 살던 날을 떠올렸다. 처량하고 쓸쓸한 느낌에 눈시울이 시큰해졌다. 그러나 뒤이어 슬며시 안도감이 파고들었다. 다시는 주몽이 아내를 건드릴 수 없는 곳으로 멀리 떠나왔다는 생각 때문이었다.

눈이 녹고 얼음이 풀려서 계곡 물이 졸졸졸 흐르기 시작할 때, 그들은 동굴 생활을 마감하고 산을 내려갔다. 아무렇게나 치렁치렁 자란 머리칼에다가 칡뿌리로 감싼 맨발이었고, 가죽옷이 닳아서 더러운 속살이 드러났다. 그들은 서로 부축하여 훤히 트인 들판으로 걸어 나갔다. 종다리가 따뜻한 햇살이 날리는 들판 곳곳을 낮게 날아다녔다. 나무에서 새싹을 뜯어먹으며 얼마만큼 걷던 두 사람은 어마어마하게 폭이 넓은 강에 이르렀다.[6]

물가에 매어 놓은 뗏목에 오른 자분홍이 쭈뼛거리며 주위를 살피는 처용에게 재촉했다.

「언제까지 거기 서 있을 거예요? 이대로 굶어죽을 순 없잖아요」

그들은 노를 저어 강을 건너서 백제족이 터를 잡은 평야[7]로 들

---

6) 지금의 서울 광진구 광장동과 자양동 사이의 한강 북쪽 강가이다. 제5공화국 때 한강 개발 계획으로 인해 사라졌지만, 한때 그곳엔 제법 규모가 큰 뚝섬 유원지가 있어서 서울 사람들에게 여름날 가족끼리 수영을 즐길 수 있는 쾌적한 휴양지를 제공해 주었다. 주사위와 동그란 숫자판, 그리고 동전을 숨길 사기 그릇 세 개를 갖추고 단출하게 영업하는 야바위꾼들의 직장이기도 했다. 예전 영화와 달력 포스터에 많이 등장한 곳이다.

어갔다. 병사 여럿이 두려움에 떠는 두 사람을 성으로 끌고 들어갔다. 족장이 안쓰러워하는 낯으로 물었다.

「꼴이 영 말이 아니구먼. 어디서 온 자들인고?」

처용이 거짓으로 대답했다.

「조선에서 왔습니다」

「그래? 내 아내도 조상이 조선족일세. 요즘은 고구려족 유민이 많이 내려오는데 조선족은 정말 오랜만이야. 아내와 뿌리가 같은 이들을 만났으니 어찌 기쁘지 않으리. 내 그대들에게 편히 쉴 집과 일거리를 마련해 주겠노라」

이후에 온조가 다른 부족 유민을 두루 받아들여 위례성에서 나라를 세운 시점에서 처용은 궁중 악사로 일했다. 직접 만든 오현금과 쇠가죽 북으로 왕과 귀족들 앞에서 음악을 연주했으며, 틈날 때면 글을 익혀 시를 지었다. 시와 음악에 파묻혀 지내면서 처용은 전에 없이 느긋한 느낌을 맛보았다.

자분홍은 삼베로 옷을 짓는 일을 했다. 때때로 하늘이 유난히 맑고 아침부터 까치들이 시끄럽게 우는 날, 그녀는 한낮에 일손을 놓고 한강에 나갔다. 강 건너 북쪽 하늘을 바라보며 구름을 살폈다. 북풍을 타고 밀려오는 구름에선 피비린내가 물씬 풍길 때가 많았다.

〈어제도 전쟁, 오늘도 전쟁이구나. 내일도 전쟁이겠지?〉

---

7) 지금의 송파구 석촌동과 잠실동, 강동구 풍납동 일대를 말한다. 현재 이곳엔 적석총(사적 제243호)과 고분군, 1986년에 복원된 몽촌토성, 풍납리토성(사적 제11호) 등이 있다. 모두 처용과 자분홍이 처음 발을 들여놓은 백제 건국 전후의 유적이다.

뼛속으로 조마조마한 느낌이 스몄다. 워낙 말을 잘 타고 활 솜씨가 뛰어났기에 주몽이 매일 전쟁터에 불려나갈 것 같아서였다. 싯누런 들녘에서 추수가 한창인 가을날, 마침내 자분홍은 주몽과 헤어진 뒤에 처음으로 구름에서 주몽 냄새를 맡았다. 어느 집 창가에 붙어서서 한숨 쉬며 웅얼거리는 소리도 구름에 묻어 있었다.

「자분홍, 어디에서 어떻게 지내고 있는 거요?」

그 소리를 받아 자분홍이 외쳤다.

「저는 잘 지내고 있어요! 언제까지나 당신을 기다릴게요! 때가 오면 곧장 저를 찾아 내려오세요!」

그날 밤에 그녀는 주몽을 만나는 꿈을 꾸었다. 꿈속에서 두 사람은 달밤에 나란히 들판을 거닐었다. 손잡고 다정하게 속삭이며 서로 안부를 주고받았다. 그러나 새벽닭이 울자 주몽은 서둘러 백마에 올랐고, 작별 인사도 없이 말을 돌려 어디론가 번개처럼 사라졌다. 넘어질 듯 고꾸라질 듯 주몽이 떠나간 쪽으로 달리며, 자분홍은 그의 이름을 목청껏 외쳤다.

「주몽, 가지 말아요! 제발 어서 돌아오세요!」

처용은 아내의 잠꼬대를 듣고 잠에서 깨어났다. 얼굴과 삼베 적삼이 땀에 흠뻑 젖은 자분홍은 자리에 바로 누운 채 두 손을 들어서 가로 젓고 있었다. 처용은 어딘가에 주몽이 아직 살아 있으며 아내가 지금도 그를 그리워하고 있음을 알아챘다. 새벽 내내 고통으로 몸부림치던 처용은 주몽을 찾아 꿈나라를 헤매는 아내를 발가벗겼다. 잠결에 자분홍이 와락 처용의 목을 끌어안았다.

「주몽, 여기 있었군요!」[8]

자분홍은 위례성 안에서 어떤 여자보다 얼굴이 아름다웠다. 늘 다른 사내들에게서 유혹을 받았고, 누가 보냈는지 모르는 옷감과 곡식이 매일 새벽 대문 앞에 놓여 있었다. 궁중 가수들은 자분홍의 아름다움을 추어올리는 노래를 불렀으며, 작곡자들은 악사들에게 자분홍 찬가를 지어서 주었다.

처용은 동방 여행 중에 백제 땅에 들른 서역 사람에게서 비파를 선물로 받았다. 그걸로 자분홍 찬가를 연주하며 자신이 복 받은 사내라는 느낌에 젖었다.

하지만 아내가 다른 사내를 사랑하고 있다는 데 생각이 미치면, 그가 켜는 비파 소리는 더없이 구슬픈 가락으로 바뀌었다. 음악을 듣는 모든 이가 눈물을 흘리며 애원했다.

「제발 그만 하시오. 가슴이 갈기갈기 찢어질 것 같소」

처용은 행여 다른 사내들이 아내에게 엉뚱한 마음을 품고 덤벼들까 봐 염려되었다. 그래서 쉬지 않고 아내를 임신시켰다. 일 년이고 오 년이고 십 년이고, 자분홍은 거의 대부분 뱃속에 다른 생명을 지니고 살았다. 이렇게 해서 태어난 아이들은 아버지한테 별 애정을 느끼지 못했다.

이들 내외는 아이가 열대여섯 살이 넘으면 중국으로 유학을 보냈는데, 공부를 마치고 돌아온 아이는 집에 들러 엄마만 만나보고 떠나갔다. 어쩌다가 아버지와 부딪치면 곧바로 등을 돌렸다.

「애야, 아비를 소가 닭 보듯 외면하는 까닭이 뭐냐?」

---

8) 이에 대해서 처용이 어떤 반응을 보였는지는 전하지 않는다. 낯을 붉히며 「나는 주몽이 아니오! 당신 남편 처용이란 말이오!」 하고 버럭 소리쳤을 수도 있고, 이를 악물고 분노를 삭이며 곧바로 거칠고 난폭한 정사에 들어갔을 수도 있다.

처용이 팔을 잡고 물었으나 아이는 대꾸 없이 총총걸음으로 사라졌다. 그런 아이들 때문에 그는 더욱 고독이 깊어갔으며, 자분홍에게 기대는 동시에 그녀를 의심하는 정도도 나날이 심해졌다.

어느 해 늦가을엔 아내에게 눈길을 던진 사내들을 모조리 음탕한 자로 몰아 관에 고발했다. 그들 모두 무혐의 판결을 받았고, 조정에선 처용에게 민심을 어지럽히지 말라며 여러 번 경고를 내렸다. 경고 내용은 늘 비슷해서 주로 자분홍을 꽃에 비겼으며, 가끔 꾀꼬리나 사슴을 꽃 대신 집어넣었다.

「꽃이 아름답다고 해서 그것이 꽃의 죄는 아니로다. 꽃을 보고 감탄하는 것 또한 죄일 수 없다. 꽃을 아내로 둔 걸 고마워하고 뿌듯하게 여겨야지, 꽃에게 눈을 주는 사내들에게 매번 낯을 붉히며 성내면 되겠느냐?」

해가 바뀌어 봄이 왔을 때였다. 별안간 성 안에서 탐스럽게 잘 자라던 꽃들이 한꺼번에 시들었다. 새들 또한 노래를 뚝 그치고 둥지 속으로 들어가서 숨죽이고 지냈다. 이윽고 여름으로 접어들면서 두 달 넘게 장마가 이어져 위례성 앞까지 강물이 밀려왔다. 이빨이 뾰족하고 눈에 붉은 등을 밝힌 물고기들이 높이 뛰어오르며 노랗고 끈끈한 침을 질질 흘렸다.

처용의 의처증이 하늘을 노하게 만든 탓이라는 소문이 나돌았고, 너나없이 처용을 보면 목을 움츠리고 쑥덕댔다.

「밴댕이 소갈머리하곤. 저 속 좁은 인간 하나 때문에 우리 모두 물고기 밥이 되는 거 아니야?」

귀족 회의에서 처용을 제단에 바쳐 하늘이 노여움을 풀게 하자는 의견이 나왔다. 하나같이 고개를 끄덕일 뿐, 조금이라도 머뭇거리거나 딴전부리는 이는 찾을 수 없었다. 회의를 지켜본 왕이 결론을 내렸다.

「내일 해 뜨는 대로 처용을 잡아다가 불태워 제사를 지내도록 하라」

바로 그날 저녁때 홀로 성벽 위에 올라선 자분홍은 구름에 묻어 날아온 주몽 소식을 들었다. 무슨 일로 북쪽 어느 나라에 몸이 묶여 지낸다는 소식이었다. 집으로 돌아와 잠자리에 든 자분홍은 이전처럼 옷이 다 젖도록 땀을 흘리며 잠꼬대했다.

「주몽, 얼마나 고생이 많으신가요? 언제나 자유로운 몸이 되는 건가요?」

그 소리에 눈을 뜬 처용은 밤새 혼자서 짐을 쌌다. 새벽에 자분홍이 잠에서 깨어나자마자, 무슨 일인지 몰라 어리둥절해하는 그녀를 끌고 집을 나섰다. 그들은 위례성을 떠나서 다시 남쪽으로 발걸음을 옮겼다.

고구려 땅에서 다비는 주몽이 말없이 생각에 잠기는 걸 견디지 못했다. 그림자처럼 따라다니며 온갖 얘기와 노래를 들려주어 기운을 북돋우려고 애썼다. 꼭두각시놀음과 무언극[9]을 비롯하여 다

---

9) 우리나라 꼭두각시놀음은 전래 인형극과 서역에서 들어온 인형놀음이 혼합하여 발전한 것이다. 꼭두는 인형, 각시는 신부를 말하며, 이후에 주인공의 이름을 따서 박첨지놀이로도 불렸다. 무언극(無言劇)은 서양에서 마임 또는 팬터마임이라 부르는 것으로, 동서양 구분 없이 세계 전역에서 예로부터 독자적으로 발전해 왔다. 저명한 마임 배우 마르셀 마르소 Marcel Marceau는 〈무언극이란 몸짓으로 말을 전달하는 수단이 아니라 태도로 감정을 표현하는 예술〉이라고 정의한 바 있다. 다비의 경우에도 연인들을 등장시켜서 주몽을 사랑하는 자신의 감정을 드러낸 내용을 주로 선보였다.

채로운 유희와 춤도 만들어 보여주었다. 그러나 수많은 세월이
흐르는 동안 주몽은 한때도 자분홍을 잊지 못했다.

어느 해 가을날 창으로 날아들어 방바닥에 떨어진 낙엽을 보는
순간, 죽기 전에 자분홍의 얼굴이나 한번 보자는 생각에 주몽은
용단을 내렸다. 다비가 깊이 잠든 밤에 창 밖을 내다보았다. 마
침 집을 지키던 무사들이 담에 등을 붙이고 앉아 졸고 있었다.[10]
주몽은 살며시 집을 나서 말을 몰고 광야를 달렸다. 달이 뜨지
않았고 별빛도 없는 어둡고 쓸쓸한 밤이었다. 백마는 돌개바람을
탄 호랑이보다 빠르고 날렵했다. 웬만한 시내와 언덕은 「히히
힝, 아 정말 시시해」 하고 하품을 섞어 푸념하며 단번에 건너뛰
었다.

새벽에 닭 울음소리에 눈을 뜬 다비는 남편이 사라진 걸 알아
챘다. 신음 소리를 내며 부랴부랴 마사로 달려가서 흑마를 꺼냈
다. 달리는 속도가 주몽의 백마에 버금가는 말이었다. 일급 조련
사들에게 맡겨 공들여 훈련시킨 사냥개 일곱 마리를 앞세웠다.
먼동이 트는 들판과 구릉을 달리며 다비는 줄곧 개들과 흑마에게
외쳤다.

「절대로 백마 냄새를 놓쳐선 안 돼! 나중에 맛있는 거 배 터지
게 먹여줄게!」

이백 년 만에 고향에 돌아온 주몽을 알아보는 이는 아무도 없
었다. 모두가 〈어디서 많이 본 듯한데 뉘시더라?〉 하고 묻는 얼
굴로 쳐다보았다. 주몽은 반나절 더 남으로 달려서 예전에 처용

---

10) 서기 150년경 고구려 차대왕 때의 일인데, 주몽이 그 동안 무사들 때문에
　　마음대로 집 밖으로 나서기 어려웠음을 알 수 있다.

과 자분홍이 살던 마을로 갔다. 어찌 된 일인지 집들이 다 폭삭 주저앉았고, 모래와 흙먼지가 두껍게 마을을 덮고 있었다. 쓸 만한 물건을 찾느라 움집 저장고를 뒤지는 늙은 거지에게 주몽이 물었다.

「이 마을이 어쩌다가 이렇게 된 거요?」

얼굴이 온통 곰보 자국인 거지가 손으로 얼굴을 가렸다.

「어느 해에 몹쓸 염병이 돌았어요. 모두 온몸에 검푸른 부스럼이 생겨서 곪아 터졌지요. 무릎, 발목, 어깨죽지가 죄다 흐물흐물해지다가 끊어져서 팔다리를 잃고 나뒹구는 사람 천지였어요. 그때 나도 병에 걸렸다가 겨우 목숨을 건졌는데, 몇몇 살아남은 이들은 뿔뿔이 흩어졌지요」

어느덧 땅거미가 내리면서 새들이 바삐 날갯짓하며 집으로 돌아가고 있었다. 낙담한 주몽은 언덕에 앉아 밤새 별을 세며 자분홍과 사랑을 나누던 먼 옛날을 돌이켰다.

다음날 아침에 사냥개들이 컹컹 짖으며 나타나서 언덕 주위를 돌며 으르렁댔다. 얼마 뒤에 이글거리는 눈빛으로 말을 몰고 나타난 건 다비였다. 그녀는 말에서 내리자마자 주몽에게 달려들어 손을 번쩍 쳐들었고, 순간 주몽은 두 손으로 머리를 감싸고 앉아서 몸을 잔뜩 오그렸다.

다비는 허공에 손을 든 상태에서 움직임을 멈추었다. 다시 그를 만나면 옴쭉 못하게 두 다리를 부러뜨릴 생각이었으나, 막상 눈앞에서 대하니 눈물이 앞을 가렸다. 주몽의 어깨에 가만히 손을 내려놓으며 울먹였다.

「당신은 저를 사랑하지 않나요? 다른 여자가 있는 건가요? 저는 당신 없이는 살 수 없다는 거 잘 아시잖아요」

주몽은 바닥에 궁둥이를 붙인 채 입을 다물고 눈만 껌벅였다. 잠시 뒤에 다비는 억지로 미소를 머금으며 치맛자락을 당겨 허리춤에 단단히 묶었다. 주몽을 즐겁게 해주고자 춤을 추려는 것이었다. 자리에서 일어난 주몽이 그녀를 끌어안았다.

「잠시 바람을 쏘이러 왔을 뿐이오. 이 일대가 내 고향이오」

그들은 마을로 내려가 움집을 하나 골랐다. 기둥을 다시 세우고 뒷산에서 마른풀을 뜯어다가 이엉을 엮어 지붕을 만들었다. 그 움집에서 살며 주몽은 매일 작살을 들고 바다와 강에 나가서 물고기를 잡았다. 산에 올라 열매를 따고 나물을 캐면서 다비는 생각을 가다듬었다.

〈조르고 보챈다고 해서 쉽게 이곳을 떠날 사람이 아니야.〉

이듬해 봄에 다비는 자신의 고향으로 사람을 보내 살림살이를 날라오게 했다. 대부분 그녀가 주몽과 같이 썼던 물건이었다. 왕이 특별히 딸려 보낸 목수들이 그들에게 지상 가옥을 지어주었다. 다시 몇 해가 지나 고구려 군사들이 내려와서, 주몽과 다비가 터를 잡은 마을 아래쪽 언덕에 말뚝을 박았다. 남쪽에서 볼수 있게 걸어놓은 팻말엔 이렇게 적혀 있었다.

〈여기부터 고구려 땅이다. 멋대로 들어올 생각이면 염통과 머리는 집에 놔두고 오는 게 좋을 것이다.〉

몇 해를 쉬더니 다비는 남편 앞에서 다시 유희를 펼치기 시작했다. 밤이면 지칠 대로 지쳐서 누가 업어가도 모르게 곯아떨어졌다. 주몽이 방을 드나드는 것도 알아차리지 못했으며, 한번은 주몽이 허벅살을 세게 밟았으나 꼼짝도 하지 않았다. 밤마다 주몽은 말을 몰고 자분홍의 흔적을 찾아 돌아다녔는데, 다른 사람 같았으면 대엿새는 걸릴 거리를 하룻밤에 돌았다.

어느 달밤엔 멀리 백제 땅까지 가서 위례성으로 숨어들었다. 술에 취해 길바닥에 쓰러져 책을 베고 자는 사내가 보였다. 주몽이 그를 흔들어 깨워서 물었다.

「자분홍이라는 여자를 아시오?」

게슴츠레한 눈으로 사내가 주몽을 올려다보았다.

「이 성 안에서 자분홍을 짝사랑하지 않았던 사내는 거의 없었소. 대단한 미모에 마음씨가 비단결 같은 여자였지요. 남편은 처용이라는 자였는데요. 궁중 악사로 일하며 시를 많이 지었지요. 이게 처용이 낸 시집이오」

사내는 하도 많이 읽어서 겉장이 떨어져나간 너덜너덜한 시집을 주몽에게 보여주었다. 주몽은 달빛 속에서 시집을 받아 펼쳤다. 한결같이 자분홍에게 바치는 형식을 띤 시였다. 앞의 연작시 열 편은 제목이 「자분홍은 내 여자」였다. 어떤 시엔 〈언제 나는 자분홍의 사랑이 될 수 있을까〉라는 대목이 들어 있었고, 또 어떤 시는 제목이 「몽주는 복도 많지」[11]였다. 가슴이 사납게 뛰는 가운데 주몽이 속으로 외쳤다.

〈자분홍이 지금껏 나를 잊지 않고 있었구나!〉

사내가 몸을 일으켜 앉으며 시집을 낚아채 도로 품에 넣었다.

---

11) 〈몽주〉는 〈주몽〉을 거꾸로 표기한 것이다. 이 시를 일부만 옮기면 이러하다. 〈몽주는 욕심쟁이. 미인은 그에게 마음을 빼앗겼네. 그 마음 언제 돌려주려나. 몽주는 복덩어리. 미인은 그 때문에 몸이 달았네. 그 열기 언제 거둬 가려나.〉

딸꾹질하며 옆으로 누우면서 중얼거렸다.

「오래 전에 자분홍은 어디론가 사라졌어요. 그 해에 상사병과 절망감을 못 이기고 열 명의 사내가 강물에 몸을 던져 죽었지요」

동이 트기 전에 주몽은 말을 몰아 집으로 돌아갔고, 살며시 다비 옆으로 가서 같은 이불에 들어 잠을 청했다. 얼마 지나지 않아 그녀가 주몽의 코를 잡아 비틀었다.

「잠꾸러기야, 아직 자니?」

주몽이 꼼짝도 하지 않자 빨개진 그의 코에 대고 호호 입김을 불었다.

「미안해라. 많이 고단하셨나 보다」

그녀가 창을 활짝 여는 순간 맑은 햇살이 방안 가득 쏟아져 들어왔다. 주몽은 일단 일어나 앉긴 했으나 눈을 제대로 뜨지 못하고 쩔쩔맸다. 다비는 막대기에 인형 여럿을 줄에 매달아서, 밤새 사랑을 나누고 늦잠 자는 잠꾸러기 연인들을 등장시킨 꼭두각시 놀음을 보여주었다.

잠이 모자란 탓에 주몽은 한낮에 늘 흐리멍덩한 정신으로 지냈다. 숱하게 문설주와 담벼락에 박치기하고 나가떨어졌으며 곧잘 헛것을 보았다. 어떤 날은 집 앞을 지나가는 여인을 자분홍으로 착각했다.

「자분홍, 이제야 당신을 찾았구려!」

큰소리로 외치며 황급히 달려가서 여인의 허리를 팔로 감아 돌려세웠다. 낯선 여자가 히죽히죽 웃으며 술집 이름이 적힌 종이쪽을 주몽에게 건넸다.

「이름이 비슷하긴 하지만 나는 자분홍이 아니라 자발홍이에요.

자발적으로 알아서 잘 해드릴게 언제 술 한잔하러 오세요」

지팡이를 짚고 가는 꼬부랑 할머니를 자분홍으로 착각한 적도 있었다. 할머니의 어깨를 잡고 돌려세우자마자 냅다 뺨에 입을 맞추었는데, 이 일로 노인 희롱죄에 걸려 열흘 동안 옥살이했다. 나중에 그 할머니가 집으로 주몽을 찾아왔다. 붉은색과 노란색 비단 띠를 둘러서 모양을 낸 지팡이를 짚고, 치맛자락을 당겨 올려 쭈글쭈글한 다리 맨살을 드러낸 모습이었다. 볼엔 연지를 찍었으며, 말끔히 눈썹을 밀어 먹으로 갈매기를 그려 넣었다.

할머니는 주몽 앞에서 옷고름을 입에 물고 몸을 꼬았다.

「진짜 내가 마음에 들었던 거유?」

할머니가 올린 소득은 영 시원찮았다. 손녀뻘밖에 안 돼 보이는 주몽의 아내에게 싸리비로 등을 얻어맞은 게 전부였다. 다비가 빗자루를 흔들며 외쳤다.

「이 주책바가지 할망구야. 빗자루에 태워서 하늘로 날려버리기 전에 썩 꺼지지 못해!」

국경 수비대 기마병을 이끄는 일을 맡으면서 주몽은 낮에도 다비의 감시에서 풀려나게 되었다. 여태껏 고구려는 주로 흉노와 부여와 옥저와 현도군과 위나라와 낙랑군과 거란을 상대로 전투를 벌였다. 오로지 북쪽 지역으로 땅을 넓히는 일에 힘썼기에, 남쪽 경계를 지키는 주몽의 군대는 별로 하는 일이 없었다.

주몽은 이제 한낮에 말을 몰고 국경선을 넘어가서 위례성 아랫지방을 돌며 자분홍을 찾았다. 그녀가 지나쳐간 마을마다 상사병으로 괴로워하며 가슴을 쥐어뜯는 사내가 수십 명씩 있었다. 어떤 사내는 살점이 다 뜯겨나간 가슴팍에서 구더기가 바글바글했고, 하도 많이 울어 얼굴이 퉁퉁 부어서 두 눈이 어디 붙었는지 알 수 없는 이도 있었다. 주몽이 그들을 잡고 물었다.

「혹시 자분홍이 어디로 갔는지 알아요?」

그들은 주몽을 삼각 관계의 한쪽 꼭지점으로 여긴 듯했다. 하나같이 입을 꾹 다물고 손가락으로 아무데나 가리켰다. 열 사내에게 자분홍이 간 곳을 물으면 그들이 가리키는 곳은 제각각 달랐다.

마침내 광개토왕 대에 이르러 고구려는 남쪽으로 눈길을 주었다. 주몽은 왕을 호위하며 백제를 치는 일을 지휘했다. 자분홍 소식을 알아낼 수 있을까 하여 무리하면서 모든 전투에 뛰어들었다. 마지막 전투에서 주몽은 백제 아신왕의 항복을 받아냈고, 천 명이 넘는 포로를 끌고 돌아왔다. 포로 중에서도 자분홍의 미모에 반하지 않은 이를 보기 어려웠다. 하지만 어느 누구도 자분홍이 사는 곳을 알지 못하거나 털어놓지 않았다.

주몽이 매일 포로들에게 그녀에 대해 묻는 걸 광개토왕은 퍽 의아하게 여겼다.

「자분홍이 누구인고?」

「한때 사랑했던 여인입니다」

왕이 주몽을 가까이 오게 하여 귀엣말로 물었다.

「자네, 결혼했나?」

「예」

왕의 목소리가 개미 소리처럼 작아졌다.

「자네 아내도 자분홍에 대해 아는가?」

주몽이 고개를 가로 저었다. 천하를 주무르는 용맹과 기백의

왕은 잔뜩 굳은 낯으로 재빨리 주위를 둘러보더니 주몽의 귀를 잡고 속삭였다.

「무덤에 들어가기 전까지 절대로 아내 앞에서 털어놓아선 안 되네. 나도 한때 짝사랑하는 여인이 있었지. 어느 날 아내가 뭐든지 얘기해 보라고 그러더라구. 무조건 다 용서하겠다나? 그래서 순진하게 털어놓았는데, 웬걸, 그 일로 반 죽는 줄 알았네. 아내의 노기를 십 분의 일쯤 가라앉히는 데 무려 이십 년이 걸렸다네」

이후로 꽤 오랜 세월이 흐른 뒤에, 서라벌에서 처용은 절을 짓고 탑을 쌓는 일을 하며 살았다.[12] 성을 백씨로 정하였기에 모두 그를 백처용으로 불렀다. 그의 아내 자분홍은 수놓는 일로 주몽을 향한 그리움을 달랬다. 그녀는 도미 부부와 오씨 부부가 내외 간에 서로 만나고 헤어지는 장면을 자주 수놓았다.

자분홍이 도미 부부 이야기를 처음 들은 건 백제 땅에서 살던 때였다. 백제 왕은 도미의 아름다운 아내를 탐낸 나머지 인두로 그의 눈을 지졌다. 장님이 된 도미를 멀리 내쫓은 왕은 도미의 아내를 침실로 불러들여 덜덜덜 떠는 그녀의 목덜미를 쓰다듬었다.

---

12) 주몽 못지않게 처용도 웬만한 소나무 이상의 생명력을 과시하고 있다. 가히 불멸의 연인이자 연적들이라고 할 만하다. 참고로 지구상의 생명체들의 평균 수명을 적어보면, 척추 동물의 경우에 명주쥐는 수명이 1년이 채 안 되며 가장 장수하는 건 거북류이다. 포유 동물 중에서 최고 장수자는 사람이다. 무척추 동물은 대부분 며칠밖에 살지 못하지만 몇몇 달팽이류와 가재, 풍뎅이류는 30년까지 산다. 식물들은 대체로 동물보다 수명이 길어서, 강털소나무는 오천 년까지 살며 참나무와 레드우드, 향나무도 천년 이상 산다. 문제는 세포·분열로 번식하는 단세포 생물이다. 이 생물은 영원히 죽지 않기 때문에 수명이라는 개념이 성립하지 않는다.

「지난 일은 지난 일일 뿐이니, 다 잊고 오늘부터 나와 더불어 새 인생을 활짝 열어보자구. 어때, 좋지?」

저고리 앞섶을 꼭 여며서 쥐며 여인이 고개를 가로 저었다.

「며칠 참으시는 게 어떨런지요? 아, 부끄러워라. 지금 저는 무얼 하는 중이랍니다」

닭 피를 묻힌 천을 보여주고 침실을 빠져나온 여인은 성을 나서 천민 부락으로 갔다. 그곳에서 앞을 못 보고 어렵게 살아가는 남편을 찾아내서, 같이 배를 타고 고구려로 도망쳐 남은 생을 함께 살았다.

수틀에서 손을 내리며 자분홍은 질끈 두 눈을 감았다.

「주몽과 다시 만날 수만 있다면, 장님뿐 아니라 벙어리, 귀머거리에 앉은뱅이가 되더라도 개의치 않으련만」

어느 날 그녀는 가슴이 영 답답하여 바람을 쐬러 치술령에 올랐다. 저만치 안절부절못하는 낯으로 동녘을 바라보고 왔다갔다 하는 여인이 있었다. 그녀의 곁으로 다가서며 자분홍은 하늘을 올려다보았다. 마침 바람에 밀려온 구름엔 여인의 남편 오제상 소식이 묻어 있었다. 며칠 전에 그는 왜국에서 볼모로 잡혀 지내던 마립간 동생의 탈출을 도왔는데, 그 일로 왜왕 앞에서 주리를 틀고 팔다리를 잡아당기는 고문을 당하고 있었다.[13]

자분홍이 바다 쪽으로 두 팔을 뻗고 발을 굴렀다.

---

13) 눌지 마립간이 신라를 다스리던 시대로서, 눌지의 셋째 동생 미사흔을 구해낸 건 김제상(『삼국유사』 기록) 또는 박제상(『삼국사기』 기록)이라는 자이다. 따라서 이 이야기 속에선 김제상 또는 박제상을 오제상으로 잘못 전한 것이다.

「저런, 이 일을 어째!」

소매로 눈물을 훔치며 여인이 자분홍을 돌아보았다.

「무슨 일인데요?」

자분홍은 순간 꼴까닥 하고 숨이 넘어가는 소리를 들었다. 두 근대는 가슴에 손을 얹고 고민하다가, 그녀의 남편이 막 숨을 거둔 일을 사실대로 들려주었다. 여인이 세게 고개를 흔들었다.

「그럴 리가 없어요! 반드시 살아서 돌아오실 거예요!」

직후에 몇 마리 왜가리가 꼴까닥꼴까닥 소리를 내며 머리 위를 날아갔다. 모두 목이 두어 바퀴씩 꼬여 매듭이 생긴 모습이었다. 그걸 멍하니 바라보던 여인은 얼굴에서 핏기를 잃고 머리꼭지부터 돌로 변하기 시작했다. 발끝까지 바위로 바뀐 뒤에도 여인의 눈에선 바닷물처럼 짙푸른 눈물이 줄줄 흘러내렸다.

백처용은 일 때문에 집을 비울 때가 잦았다. 빈집은 자분홍을 더욱 외롭게 만들어서, 밤이면 자리에 누워 뒤척대며 주몽만을 생각했다. 그러다가 영영 주몽을 못 만나리라는 생각에 불안이 파고들면 조용히 집을 나섰다. 처용이 월상루[14] 보수 공사 때문에

---

14) 월상루(月上樓)는 헌강왕이 신하들과 대화를 나누다가 매우 기뻐하였다
는, 기록에 나오는 바로 그 누각이다. 이 이야기의 시점보다 일 년이 지난
뒤의 일이다. 월상루에 오른 헌강왕이 일대를 내려다보니 사방에 집들이 가
득했고 노래 소리가 끝없이 들려왔다. 왕이 시중에게 물었다. 「요즘 민가에
선 모두 지붕에 기와를 올리고 숯으로 밥을 짓는다는데 사실이냐?」 시중이
입술에 침도 안 바르고 대답했다. 「왕께서 즉위하신 뒤로 매년 풍년이 들어
서 온 백성들의 살림이 넉넉해졌고 국경이 늘 평온하오니 모두 성군의 덕이
미친 결과입니다」 그러자 헌강왕은 흐뭇한 미소를 머금었다고 하는데, 사실
수도 서라벌의 생활만 그러했을 뿐이니 전혀 웃을 일이 아니었다. 이후로 십
년 안쪽에 전국은 농민 봉기로 들썩거리게 된다.

집을 나선 지 한 달째 되는 날 밤에도 그러했다.

홀로 쓸쓸히 분황사 앞쪽 들판을 거닐던 자분홍은 어떤 사내가 달빛을 타고 하늘에서 내려오는 걸 보았다. 언뜻 보기에 옥색 두루마기를 걸친 사내는 주몽과 덩치가 비슷했다. 그때 구름이 달을 가리며 시야가 칠흑으로 변했다. 손을 내저으며 다가간 자분홍이 사내의 소매를 잡고 물었다.

「혹시 주몽이 아닌가요? 나는 자분홍이에요」

사내가 고개를 끄덕이며 그녀를 힘껏 끌어안았다.

「자분홍, 도대체 이게 얼마 만이오!」

그 사내는 천제의 막내아들로서 우주 만물이 바람피우는 일을 관장하는 여탐이라는 자였다. 달밤이면 땅에 내려와서 몽유병에 걸려 헤매는 여인을 희롱하고 돌아가는 게 큰 즐거움이었다. 엉겁결에 자분홍을 품에 안은 여탐은 욕정이 치솟았다. 불두덩뼈를 그녀의 샅에 바짝 붙이고 손바닥으로 궁둥짝을 만지며 소리쳤다.

「아, 자분홍! 오, 자분홍!」

그러나 자분홍은 사내가 진짜 주몽이 맞는지 확인이 서지 않았다. 목소리가 어째 이상했고, 다짜고짜 엉덩이부터 쓰다듬는 것도 수상쩍었다. 달이 구름 밖으로 돌아나오는 순간, 자분홍은 상대의 얼굴을 똑바로 보려고 몸을 비틀어 포옹을 풀었다. 바로 그때 그녀의 마음속에서 주몽의 얼굴을 읽어낸 여탐은 재빨리 자기 얼굴을 주몽과 똑같게 바꾸었다.

여탐이 씨익 미소짓자 자분홍이 큰소리로 외쳤다.

「주몽이 맞군요! 그 동안 어떻게 지내셨어요?」

사내가 그녀의 팔을 잡아당기며 주몽의 목소리를 냈다.

「자세한 얘기는 나중에 하고, 어서 빨리!」

저고리 앞섶 사이로 손을 넣어 자분홍의 젖가슴을 쥐어뜯으며 보챘다.

「집이 어디오? 어서 가서 섞읍시다!」

자분홍이 재차 안부를 물으려는데, 여탐은 옷고름으로 그녀의 입을 틀어막았다. 그래서 자분홍도 저절로 다급한 마음이 되었다. 두 사람은 서로 손잡고 부랴부랴 집으로 달렸다. 보조가 맞지 않아서 중간에 네댓 번이나 발을 헛딛고 호되게 엎어졌다.

대문을 들어서서 방으로 들어가자마자 여탐은 어둠 속에서 자분홍의 옷을 벗겼다. 곧 둘은 벌거숭이가 되었고, 다양한 체위를 즐기는 자답게 여탐은 먼저 그녀를 벽에 붙어 세우고 양 히벅지를 들어올렸다. 난생 처음 그런 자세를 취한 터라 낯이 후끈 달아오른 자분홍이 그의 가슴을 손가락으로 쿡 찔렀다.

「그 동안 별난 체위를 다 연구하셨군요」

몇 번 실수로 엉뚱한 곳을 찌른 여탐은 어렵게 그녀의 몸으로 들어가는 문을 찾아냈다. 그가 자기 몸 속으로 들어오는 순간, 자분홍은 고통으로 신음하며 눈살을 찌푸렸다. 너무 성급하게 들어왔기 때문이었다. 손으로 여탐을 밀어내려 했으나 그는 더욱 깊이 말뚝버섯을 박았다. 그가 앞뒤로 움직일 때마다 자분홍은 등 전체를 벽에 세게 찧었다.

얼마 만에 여탐은 자분홍을 내려놓으며 지시했다.

「두 손으로 바닥을 짚고 엎드려요! 어서!」

자분홍이 시키는 대로 하자, 여탐은 엉덩이 뒤로 돌아가서 그녀의 가랑이를 벌리고 그 사이에 섰다. 자분홍의 양쪽 무릎을 손바닥으로 받친 여탐은 두 다리를 번쩍 들었다.

「아마 이런 체위도 처음일걸? 내 오늘 그대를 죽여주리다!」

여탐은 헐떡거리는 목소리로 계속 우쭐거렸고, 자분홍은 그의 말투가 왠지 주몽과 다르다는 느낌에 멈칫했다. 낌새를 알아챈 여탐이 손바닥으로 그녀의 궁둥이를 찰싹 때렸다.

「뭐 해요? 빨리 바닥을 기어요!」

여탐은 그 뒤로도 이 세상에 사는 짐승들의 세계에서 가능한 모든 체위를 돌아가며 실험했다. 허리뼈와 목뼈를 부러뜨릴 각오 없이는 불가능한 자세도 여럿 섞였다. 자분홍은 그와 취한 체위를 마흔일곱 개까지 세다가 그만두었다. 모름지기 백 개 가깝게 자세를 바꿔가며 일을 벌인 두 사람은 녹초에 파김치가 되었고, 동시에 코를 골며 깊은 잠에 빠져들었다.[15]

공교롭게도 처용은 그날 밤에 계획을 앞당겨 월상루 보수 공사를 마감했다. 새벽별을 바라보며 집으로 돌아와선 활짝 열린 대문을 보고 고개를 갸우뚱했다. 마당을 건너가서 방문을 열었다. 별빛 속에서 이불 밖으로 드러난 다리 넷이 눈으로 빨려들어왔다.

둘은 분명히 아내의 다리였으나, 털이 수북한 나머지 둘은 누구 것인지 알 수 없었다. 처용은 자신의 바지 밑을 걷어올리고 다리를 만져보았다. 털이 거의 없는 다리는 감촉이 매끈했다. 그렇다면 아내 곁에 누운 자의 다리는 처용 자신의 다리가 아닌 게

---

15) 한밤중부터 새벽까지 대략 대여섯 시간 남짓한 동안에 백 개의 체위를 시도했다면, 한 시간에 스무 개 가까이 체위를 바꾸었다는 얘기가 된다. 삼 분에 체위 하나꼴이니 둘 다 체력도 여간 아니거니와 과연 숨을 쉴 겨를이나 있었는지 궁금해진다.

틀림없었다. 입을 쩍 벌리고 뒷걸음치던 처용은 마당에서 뒤로 나자빠졌고, 네 발로 기어 집을 나서며 눈물을 쏟았다.

「여보, 당신이 나한테 이럴 수 있는 거요?」

처용네 집은 황룡사[16] 앞마을에 자리잡고 있었다. 대문을 나서면 훤희 트인 들판이 펼쳐졌다. 처용은 옷자락을 입에 물고 울부짖으며 새벽 들을 헤맸다. 얕은 구릉 몇 개를 넘어 다시 평지로 내려갔는데, 어떤 사내가 가라앉은 목소리로 노래하며 느릿느릿 탑을 돌고 있었다. 울음을 참고 다가선 처용이 물었다.

「댁은 뉘신데 이런 꼭두새벽에 탑돌이를 하고 계신가요? 물론 어지럽겠지요?」

사내가 처용을 돌아보고 대꾸했다.

「내 이름은 처용이오」[17]

처용이 입을 쩍 벌리고 눈을 둥그렇게 떴다.

---

16) 새로운 궁궐을 짓던 중에 황룡이 나타나매 용도를 바꾸어 17년 만에 완공한 절이다. 신라를 거쳐 고려 시대까지 호국 사찰로 숭앙되었는데, 고려 고종조(1238년)에 몽골군이 절을 다 불태워버렸다. 그것도 모자라서 그들은 황룡사 종을 자기 나라로 가져가려다가 동해에 빠뜨렸다. 남의 나라에 와서 별의별 꼴사나운 짓을 다 자행했던 것이다. 여하튼 처용이 그 유명한 절 앞에서 살았다는 건 신분이 꽤 높았거나 나라를 위해 많은 공을 세웠다는 걸 말해 준다.

17) 새삼스럽게 주를 달 필요가 없는 인물이지만, 재미있는 견해가 있기에 몇 자 적어본다. 헌강왕이 개운포(開雲浦:지금의 울산)에 놀러갔다가 짙은 안개 속에서 길을 잃었는데, 동해 용의 장난이라는 생각에 그곳에 절을 지을 것을 명하자 곧 안개가 걷혔다. 이때 왕을 따라서 서라벌로 들어와 벼슬을 받고 미인에게 장가든 용의 아들이 바로 처용이다. 당시에 개운포 부근의 항구엔 아라비아 상인들이 자주 드나들었다. 혹자는 생김새가 기이했던 걸로 보아 처용이 아라비아 상인이었을 거라고 주장한다.

「이럴 수가! 나하고 이름이 똑같군요!」

처용은 그 사내와 나란히 탑을 등지고 앉아서 이야기를 나누었다. 사내는 자신이 용의 아들임을 밝히고 말을 이었다.

「아까 밖에서 일을 마치고 집에 들어가 보니, 아내가 다른 사내와 나란히 누워서 자고 있습디다」

순간 처용은 경악하여 아예 뒤로 드러누웠다. 사내가 처용을 바로 일으켜 앉히며 고개를 갸웃거렸다.

「나는 그런 사연으로 집에 못 들고 이곳으로 오게 된 건데, 그대는 대체 무슨 일이오?」

처용이 마찬가지 사연을 들려주고 흑흑 흐느껴 울었다. 그러자 사내는 처용의 등을 두드려주었다.

「기왕 벌어진 일이니 어찌 하겠소. 서방질 당했다고 생각하면 마음만 더욱 괴로워지는 법. 이런 일은 모르는 척하고 넘어가는 게 가장 좋지요. 좀더 지켜봅시다. 아내가 그 사내를 따라 집을 나서 다시는 돌아오지 않는다면, 애당초 그 여자는 당신의 여자가 아니었다는 얘기가 되는 겁니다」

동녘 구릉 위로 태양이 솟아오를 때 둘은 엉덩이를 털고 일어났다. 의좋은 형제처럼 어깨동무하고 명랑한 목소리로 동요를 부르며 가까운 주막으로 갔다. 새벽까지 취객들을 상대하고 설거지까지 마친 뒤에 막 잠자리에 든 주모를 깨웠다. 배시시 웃으며 방에서 나온 주모에게 술을 내오게 하여 평상에 마주앉았다.[18] 밝

---

18) 한참 잠자는 시간에 들이닥친 손님들을 안으로 들여서 선선히 술을 내다주는 주모는 지금 세상엔 존재하지 않는다. 주모들의 전통 학습과 예절 교육이 절실히 요구된다.

은 햇살이 탱자나무 울타리를 뚫고 날아와 마당을 물들였다. 두 사람의 처용은 명태포를 안주 삼아서 막걸리를 마셨다.

술판은 점심때가 지나서도 끝나지 않았고, 어느덧 서산으로 해가 넘어갈 때가 가까웠는데도 둘 다 좀처럼 자리를 뜰 생각이 없어 보였다. 처용은 모두 열 차례에 걸쳐 변소에 가서 눈물을 짜며 토했다. 그러나 다시 평상으로 돌아오면 술잔을 향해 저절로 손이 움직였다. 처용 스스로 다른 사람 손 같다는 느낌이 들었다. 그 손이 잔을 들어 강제로 입 속으로 막걸리를 들이부었다.

울타리 너머 노을을 바라보며 얼빠진 얼굴로 처용은 고개를 가웃댔다.

〈나는 누구지? 나는 지금 왜 이 자리에서 술을 마시고 있는 거지? 그리고 저자는 누구지?〉

마주앉은 사내한테 여러 번 외쳐 물었다.

「댁은 뉘시오? 이름이 뭐요?」

그때마다 사내는 하하하 하고 웃으며, 처용 못지않게 취한 목소리로 응수했다.

「그 사람 기억력하곤? 댁하고 같은 처용이라니깐두루!」

처용이 동해 용왕의 아들과 헤어져 갈지자로 비틀거리며 집으로 돌아간 건 이미 해가 떨어진 뒤였다. 처용이 방으로 들어서서 호롱불을 밝히자, 자분홍이 깜짝 놀란 얼굴로 끙 하고 신음하며 겨우 일어나 앉았다.

「당신 오셨군요. 일이 일찍 끝났나 보죠?」

자분홍은 온종일 아무것도 먹지 않고 누워서 끙끙 앓았다. 지난밤 전투가 남긴 뒤탈은 실로 엄청났다. 장정 수백 명에게 몰매

를 맞은 다음처럼 온 뼈마디가 쑤셨고 허리가 끊어질 듯이 아팠
다. 처용 앞에서 두 손을 뒤로 뻗어 방바닥을 짚었는데, 마치 산
달을 앞둔 임산부 같았다. 처용이 시치미 뚝 떼고 물었다.

「무슨 일이 있었소?」

「감기 기운이 있더니 몸살났나 봐요」

아내를 도로 자리에 누인 처용은 팔다리를 주물러주었다. 자분
홍은 온몸이 멍투성이였다.[19]

「아야야야야야!」

그녀는 계속 신음 소리를 냈고, 처용은 입술을 깨물고 울분과
슬픔을 견뎠다. 그날 새벽에 동해 용의 아들이 충고한 얘기를 떠
올리다가 저도 모르게 중얼거렸다.

「서방질 당했다고 생각하면 마음만 더욱 괴로워지는 법」

남편이 시를 짓고 있다고 여긴 자분홍이 한마디 던졌다.

「더 다듬어야겠어요. 좀 유치한 비유 같아요」

이후로 일 년 넘게 처용은 건축 일에서 손을 놓고 아내를 감시
하는 일에 매달렸다. 집 안에선 말할 것도 없었고, 아내가 밖에
나갈 때도 졸졸 따라다녔다. 하도 궁둥이만 쳐다보고 다녀서, 궁
둥이 하나로도 아내인지 다른 여자인지 금방 알아챌 수 있었다.

지난 세월 주몽은 자분홍을 찾아 한반도 구석구석 안 가본 곳
이 없었다. 다비가 늘 주몽을 그림자처럼 따라다녔다. 자분홍이
처용과 함께 중국 당나라로 건너갔다는 소문을 들었을 때, 주몽

---

19) 여탐은 가학성 변태 성욕자로서, 허리띠나 부지깽이 같은 기구에 대한 언
　　급이 없는 걸로 보아 정사 중에 주로 주먹이나 이마나 팔꿈치로 자분홍을 공
　　격했던 것이다.

은 무역상으로 직업을 바꾸어 완도로 가서 장보고의 배를 얻어타고 중국 땅으로 들어갔다. 이때도 다비가 주몽의 옷자락을 쥐고 바짝 붙어서 따라갔다. 오랜 유랑 생활 끝에 얻어낸 건 별 게 없었다. 중국이 돼지기름과 튀김 냄비 없이는 요리를 할 수 없으며, 질이 나빠서 마음놓고 마실 물을 찾기 힘든 나라라는 걸 알아낸 것 정도였다.[20]

역시 자분홍을 짝사랑한 자들이 다른 연적들을 따돌리고자 퍼트린 헛소문이었지만, 처용 내외가 동해를 건너갔다는 소문을 들은 뒤엔 즉시 왜국으로 갔다. 어부로 일하며 여러 해에 걸쳐 수많은 섬을 돌다가 교토[21]에 뿌리를 내렸다. 참다랭이로 국물 맛을 낸 냄비우동과 바삭바삭한 생선튀김을 파는 밥집을 차렸는데, 음식 맛이 괜찮았는지 그럭저럭 장사가 잘되었다.

진눈깨비가 내리는 어둑한 늦겨울 오후에 신라 사신이 밥집에 들렀다. 그는 국물을 훌훌 마시며 국수를 씹던 중에 줄곧 다비에게 곁눈질했다. 주몽과 다비를 왜국 사람으로 여기곤 입맛을 다시며 신라 말로 중얼거렸다.

「기막히게 예쁘네. 하룻밤 품어보았으면 원이 없겠다」

여러 번 신라 땅을 밟아보았기에 주몽은 신라 말을 잘 알았다. 식칼을 들어 날을 살피며 사신에게 물었다.

---

20) 어느 판본엔 〈녹차를 하도 많이 마셨더니 숙변이 사라지면서 둘 다 살갗 하나는 때깔이 꽤나 고와졌다〉는 대목이 덧붙여 있다.

21) 야마토(大和) 정권에서 권세를 누린 뒤에 나라(奈良) 시대의 공백기를 거쳐, 헤이안(平安) 시대로 접어들면서 다시 왜국의 정치 일번지가 된 시점의 교토(京都)를 말한다. 당시의 왜국에서 가장 번창했던 곳이므로, 주몽은 혹시 자분홍이 그곳에서 살고 있지 않을까 하여 교토로 갔던 것이다.

「품다니 뭘 품는다는 거요?」

무심코 사신이 대답했다.

「알」

「알을 품다니 당신이 암탉이오? 그렇다면 당신을 잡아서 백숙을 끓여 먹어야겠소」

사신이 젓가락을 떨어뜨리며 머리를 조아렸다.

「어이쿠, 실례했수다! 부인이 워낙 뛰어난 미인이라서 그냥 지껄여본 소리외다. 지금껏 살아오면서 부인처럼 아름다운 여자는 딱 한 명밖에 본 적이 없습니다」

눈을 반짝거리는 주몽에게 덧붙였다.

「서라벌 황룡사 앞에 남편이 절 짓는 일을 하는 여자가 사는데요. 대단한 미인이지요. 서라벌 사내의 절반 이상이 짝사랑한다고 해도 지나치지 않습니다. 이름은 자분홍이라고 하지요」

주몽은 곧바로 밥집을 정리했다. 다비를 데리고 바다 건너 신라의 수도로 가서, 왜국에서 벌어온 금을 주고 아담한 기와집을 마련했다. 햇살이 여간 따사롭지 않은 춘삼월, 뺨을 간질이며 보들보들한 바람이 부는 날 아침에 다비가 방에서 짐을 푸는 사이 주몽은 슬며시 집을 나섰다. 온통 파릇한 풀이 자라나고 패랭이꽃이 무더기로 핀 들판 너머로 십여 채 기와집이 보였다. 주몽은 가슴을 활짝 벌려 기지개 커며 성큼 발을 뗐다.

같은 시간에 자분홍은 설거지를 마치고 마당으로 나왔다. 맑은 하늘을 올려다보며 한껏 숨을 들이쉬었다가 토해냈다. 그녀는 이전에 백여 번 몸을 합쳤던 사내가 주몽이 아님을 뒤에 가서야 알았다. 방탕아 여탐에 대한 이야기를 들었던 건데, 자신이 그에게 속았음을 깨닫고 하루에 열 번씩 오백 일 동안 모두 오천 번 목욕했다.[22] 몸에 묻은 여탐의 냄새를 마저 씻어낸 건 불과 며칠 전 일이었다.

대문을 열고 선 자분홍은 솔솔 불어와 목에 감기는 산들바람에서 이상한 냄새를 맡았다. 꽃 냄새와 풀 냄새, 흙 냄새 속에 사람 냄새가 섞여 있었다. 그것은 오랜 기억 속에 고이 묻혀 있던 냄새, 그녀가 그토록 맡고 싶어했던 냄새였다. 눈이 왕방울만해진 자분홍은 숨이 멎을 것 같았다.

그때 처용은 변소에서 두 주먹을 불끈 쥐고 이마에 땀을 뻘뻘 흘리며, 아내 걱정 때문에 생긴 변비와 눈물겨운 싸움을 벌이고 있었다. 그가 갑자기 외쳤다.

「여보, 어디 가지 말아요! 긴히 할 얘기가 있어요!」

아내의 발을 묶으려는 것이었고 애당초 급히 전할 얘기란 없었다. 이미 대문을 나선 자분홍은 가슴에 손을 얹고 들판 건너를 바라보았다. 밖에서 아내의 기척이 느껴지지 않자 처용은 더욱 목소리를 높였다.

「금방 나갈게요! 무슨 얘기인고 하면!」

자분홍은 조심스레 풀밭으로 발걸음을 옮겨 집에서 멀어졌다. 들꽃과 잡풀로 덮인 들엔 아무도 없었다. 일순간 저 멀리서 점 하나가 반짝 나타나는 게 보였다. 그 점은 점점 커지더니 사람

---

22) 이 기록은 아직까지도 깨지지 않고 남아 있다. 기네스 북 1998년 판에 따르면, 그리스 카테리니 지방의 어느 여인은 꼬박 일년 동안 삼천 번 목욕했다고 한다. 피부병을 고치고자 목욕에 몰두했다고 하는데, 소원대로 피부병을 고쳤는지는 몰라도 목욕을 중단한 지 보름 만에 독감에 걸려서 죽었다.

모습으로 변했다. 누군가 이쪽으로 걸어오고 있었다. 정신이 어질어질해진 자분홍은 제자리에 우뚝 멈춰섰다. 이십여 발짝 앞까지 다가와서 그녀를 알아본 주몽도 걸음을 멈추었다. 오랫동안 두 사람은 그 자세로 꼼짝 않고 서 있었다.

자분홍이 현기증을 못 이기고 털썩 주저앉으며, 한손으로 이마를 짚고 고개를 들었다.

「주몽!」

주몽이 곧장 자분홍에게 달려갔다. 무릎을 꿇고 마주앉아서 손바닥으로 그녀의 뺨을 감싸고 눈을 들여다보았다.

「다시는 그대를 못 볼 줄 알았어요. 그때나 지금이나 너무나도 아름답구려!」

자분홍도 손을 들어 주몽의 뺨을 쓰다듬었다. 그녀의 얼굴에 원망하는 빛이 비쳤다.

「왜 진작에 저를 찾으러 오지 않으셨나요?」

「그 동안 당신을 찾아서 안 가본 곳이 없소. 당나라에도 가보았고, 최근엔 왜국에서 살다가 당신이 이곳에 있다는 소식을 듣고 막 건너왔어요」

둘은 서로 와락 부둥켜안았다. 말을 타고 저만치 지나쳐가던 화랑의 무리가 손뼉을 쳤다. 어떤 이는 입에 손가락을 넣고 휘파람을 불었고, 허공으로 개나리 꽃잎을 뜯어 날리는 이도 있었다. 하지만 두 연인의 포옹은 오래가지 않았다. 들판 양쪽 끝에서 한 여자와 한 남자가 젖 먹던 힘을 다해 외치는 소리가 들려왔다. 황룡사 쪽에선 이런 목소리가 날아왔다.

「여보, 다 누었어요! 지금 나가요! 야, 이거 진짜 재미있는 애기인데, 공짜로 해줘도 되는 건지 모르겠네!」

뒤이어 벌판 반대쪽에서 숨 넘어갈 듯한 다비의 목소리가 날아왔다.

「여보, 짐 다 정리했어요! 할 애기가 있으니까 어디 멀리 가면 나 많이 서운할 거예요!」

자분홍과 주몽은 뒷날을 기약할 겨를도 없이 후닥닥 자리에서 일어났다. 벌판 이쪽과 저쪽 끝에서 점 두 개가 나타나는 순간, 뒤로 돌아서서 제각각 자신을 애타게 부르는 점을 향하여 발걸음을 옮겼다.

처용은 다시 나라의 부름을 받고 새 절을 짓는 곳으로 불려 나갔다. 그래서 서라벌에 주몽이 나타났다는 걸 미처 알아채지 못했다. 아내가 다른 사내와 또 놀아나는 일이 없도록 뻔찔나게 사람을 보내 선물을 전했다. 노리개와 옷감과 색실 따위를 담은 선물 보따리엔 늘 엇비슷한 내용의 편지가 들어 있었다.

〈여보, 나는 당신을 누구보다 사랑하며 누구보다 당신을 믿소. 일을 마치는 대로 부리나케 달려갈 테니 바깥 나들이를 삼가고 지내길 바라오. 요즘 빈집털이가 유난히 기승부린다고 합디다.〉

주몽의 경우엔 낮 시간을 명활산성[23] 남쪽 저잣거리에서 지냈다. 중국과 왜국에서 익힌 솜씨를 발휘하여 밥집을 열어서, 아라비아와 당나라와 왜국에서 온 상인들에게 음식을 팔았다. 밥집엔

---

23) 현재 경주시 보문동 명활산에 흔적이 남아 있는, 다듬지 않은 자연석으로 쌓은 성이다. 선도산성, 남산성, 북형산성과 더불어 왜구로부터 수도를 방어하는 데 중대한 역할을 했다. 405년에 왜병이 이 성을 공격했다는 기록이 『삼국사기』에 남아 있는 걸로 보아 그 이전에 축성되었다는 걸 알 수 있다.

일하는 아주머니를 따로 두었다.

처용이 집을 비운 동안, 자분홍은 하루가 멀다고 점심때가 지나서 주몽을 만나러 갔다. 주몽은 그녀를 밥집에 딸린 뒷방으로 불러들였다. 두 사람은 그 방에서 금슬 좋은 부부처럼 마주보고 누워 도란도란 이야기를 나누었다. 지난일을 주고받다 보면 어느결에 노을 빛이 창을 물들이기 일쑤였다.

그들의 신음 소리가 손님들이 식사하는 곳으로 새어나갈 때도 있었다. 문틈으로 살 냄새가 섞인 후끈한 열기가 덩달아 뿜어져 나갔다. 손님 하나가 밥 먹던 걸 멈추며 물었다.

「이게 무슨 소리이고 무슨 냄새이며 무슨 열기인고? 방에 사람이 있나?」

일하는 아주머니가 손사래쳤다.

「강아지가 병나서 방에 들여놓았는데요. 몸이 안 좋아 낑낑대나 봐요」

잠시 뒤에 방문 앞으로 다가선 아주머니는 똑똑 문을 두드리며 속삭였다.

「집에 불나면 어쩌려고 그래?」

어느 야밤에 주몽은 아내가 잠든 틈을 타서 집을 나섰다. 들판에서 자분홍과 만나 손잡고 거닐다가 숲속 연못으로 가서 얼굴과 손발을 씻었고, 달빛 속에서 물기를 닦은 뒤엔 나란히 토함산에 올랐다. 그들은 등불을 켜 들고 석굴암으로 들어갔다. 먼저 주몽이 부처님께 백 번 절을 올렸다. 주몽이 물러서자 자분홍이 앞으로 걸어나가서, 백배를 올리고 스무 번 더 절하더니 눈물을 삼켰다.

「남편은 저를 사랑하고 저는 저 사람을 사랑합니다. 이 기구한 운명은 언제 가서나 끝나게 되나요?」

주몽이 겨드랑이에 팔을 껴서 자분홍을 부축하여 밖으로 데리고 나갔다. 이들은 풀죽은 얼굴로 산을 내려와 들길을 걷던 중에 연등 행렬을 만났다.[24] 아는 사람을 만날까 봐 서로 거리를 두고 걸었다. 자분홍은 쉬이 감정이 가라앉지 않아서 숨쉬기가 버거웠고 발을 옮기기도 힘들었다. 맨뒤에 처져서 숨을 고르고 다시 무리 속으로 들어갔을 때 주몽은 어디로 갔는지 보이지 않았다.

다음날 해가 뜨자마자 자분홍은 신발을 벗어 들고 주몽의 밥집으로 달려갔다. 앞마당에 쭈그리고 앉아서 국거리를 다듬던 아주머니가 놀란 얼굴로 그녀를 쳐다보았다.

「오늘은 어쩐 일로 벌써 왔수? 급했구랴?」

자분홍이 뒷방으로 들어간 지 얼마 지나지 않아서, 주몽이 밤잠을 설친 까칠한 낯에 움푹 들어간 눈으로 헐레벌떡 달려왔다. 솥에 국거리를 넣던 아주머니가 더욱 크게 눈을 뜨며 혀를 내둘렀다.

「둘 다 정말 어지간히 급했구랴?」

주몽의 어머니 몽화가 부활한 건 헌강왕이 죽고 그의 동생이 정강왕으로 즉위한 해의 일이었다. 몽화는 세상을 뜬 이후로 지금까지 구억팔천만 호에 이르는 꿈의 세계 가운데 백분의 일쯤 되는 곳을 방문했다. 지상에 며칠 부슬비가 내려 제법 날씨가 서

---

24) 연등회(燃燈會)는 신라 진흥왕 때 시작된 전국적인 불교 행사로서 고려 시대 때 성행했다. 정월 보름날에 행하는 상원 연등과 초파일 연등이 있는데, 기록에 나와 있기로는 석가 탄신을 기리는 초파일 연등이 처음 등장한 건 고려 의종 때이다. 따라서 이 이야기에서 주몽과 자분홍이 연등 행렬을 만난 시점은 정월로 보는 게 옳다.

늘해진 가을날, 몽화는 온종일 새로 저승에 온 이들에게 이것저 것 캐묻는 염라 대왕을 도왔다. 억울하게 죽었다는 이가 유난히 많아서 여느 날보다 일이 고되었다.

밤늦게 지쳐 잠든 몽화는 구백팔십만 번째 꿈의 집을 찾아갔 다. 그곳은 다름 아닌 이승의 신라 땅이었다. 달밤에 황룡사 앞 뜰로 내려간 몽화는 목탑과 중궁당 사이에서 서성대는 사내를 발 견했다.[25] 몽화는 대번에 아들 주몽이라는 걸 알았다.

인기척에 고개를 든 주몽이 어둠 속을 뚫어지게 바라보았다. 선녀처럼 머리를 두 갈래로 땋아서 둥글게 틀어 올린 여인이 바 스락바스락 낙엽을 밟으며 다가오고 있었다. 여인은 흰색 저고리 와 검정색 치마 차림이었다. 주몽이 숨죽인 목소리로 물었다.

「거기 누구요? 자분홍이오?」

몽화가 앞으로 나서며 아들의 손을 덥석 잡았다.

「애야, 아무리 기다려도 저승에 나타나지 않아서 무슨 일인가 했다. 왜 아직 이승을 떠도느냐?」

어머니를 알아본 주몽은 눈물을 주룩주룩 흘리며 아무 말도 입 에 올리지 못했다. 어머니가 아들을 품에 안고 등을 두드렸다.

「그 동안 고생이 여간 많지 않았구나」

두 사람은 새벽 예불이 시작될 즈음에야 포옹을 풀었다. 주몽 은 어머니를 모시고 집으로 돌아가는 길에, 옛 애인 자분홍을 찾

---

25) 문화재 연구소 주관으로 1976년부터 황룡사지 발굴 조사를 행한 결과를 보 면, 좌우로 약간 긴 직사각형의 황룡사지 중앙에 자리한 게 중궁당이다. 그 남쪽엔 선덕여왕이 쌓은 70미터 높이의 9층 목탑이 서 있었다. 주몽과 자분 홍은 그 사이의 백오십 평 남짓한 공간을 은밀한 데이트 장소로 애용했던 것 이다.

아서 오랜 세월 헤맸으며 여러 해 전에 그녀를 다시 만난 일을
들려주었다.

「오늘밤 황룡사에서 만나기로 약속했는데 어찌된 일인지 나오
지 않았어요」

그들은 들판을 건너 집 앞에 이르렀다. 문간에 쭈그리고 앉아
있던 다비가 눈을 비비며 일어났다.

「여보, 어디 갔다가 오시는 건가요? 자다가 깨어 보니 안 계셔
서 얼마나 걱정했는지 몰라요. 같이 오신 노부인은 누구시지요?」

주몽이 어머니에게 다비를 인사시켰다. 돌아가셨다가 천년 만
에 부활하신 거라는 얘기에, 다비는 한참 멍하니 서 있다가 넓죽
큰절을 올렸다. 그날부터 아들과 시어머니와 며느리는 한 집에서
살게 되었다. 몽화는 다시 잠들었다간 다른 꿈의 집을 방문함으
로써 이승을 떠나가게 될 것임을 잘 알고 있었다. 그래서 밤에
아무리 졸음이 밀려와도 눈을 붙이지 않았다. 졸음을 견디기 힘
들 때마다 꼬집어 비트는 통에 허벅지에선 멍이 가실 날이 없었다.

며느리와 시어머니는 처음 만난 날부터 사이가 좋아졌다. 서로
미루는 일 없이 집안일을 도왔으며, 자매처럼 다정하게 대화를
많이 나누었다. 몽화는 다비가 진실로 아들을 사랑하고 있음을
알아챘다.

〈보통 마음씨가 곱고 행실이 곧은 아이가 아니야. 얼굴도 석류
꽃봉오리처럼 예쁘고. 그런데 주몽은 딴 여자를 사랑하고 있으니
딱하기도 해라.〉

어느 날 해가 떨어진 지 꽤 오래되었는데도 주몽은 귀가가 늦
어지고 있었다. 두 여인은 아랫목에 상을 차려놓고 밥을 굶은 채

그가 돌아오기를 기다렸다. 등불 곁에 앉아서 아들의 옷을 기우던 몽화가 며느리를 돌아보았다.

「아가야, 둘 사이에 별 문제 없는 거지?」

다비는 시어머니의 따뜻한 물음 앞에서 말없이 미소를 머금었다. 미소에 슬픔이 깃들여 있음을 느낀 몽화는 며느리의 손을 꼭 쥐었다. 그러자 다비가 입을 삐죽거리더니 눈물을 몇 방울 떨어뜨리며 얼굴을 밑으로 내렸다. 몽화는 조만간 자분홍을 만나봐야겠다고 생각했다. 시어머니의 마음을 알아챈 다비가 고개를 가로저었다.

「어머니는 모르는 척하세요. 저는 그이가 몰래 만나는 여인이 누군지 알아요. 먼발치에서 몇 번 보았는데 무척이나 아름다운 여인이더군요」

소리내지 않고 입을 오므려 한숨을 내쉬며 말을 이었다.

「직접 만나서 따져볼까도 생각했지만 그러지 않았어요. 그이는 그 여인을 오랜 세월 사랑하고 있어요. 제가 그이를 만나기 전부터 서로 알고 지냈던 것 같아요」

며칠 지나서 몽화는 벌판을 건너 자분홍이 사는 집으로 갔다. 방물장수로 변장하여 대문을 두드리자 젊은 여인이 문틈으로 내다보았다.

「무슨 일이시죠?」

몽화는 그 여인이 자분홍이라는 걸 금세 알 수 있었다. 소년 시절에 주몽이 그녀와 같이 들판을 거니는 걸 본 적이 있었다. 그때나 지금이나 조금도 달라진 데 없이 아리따웠다. 몽화가 보따리를 들어 흔들었다.

「좋은 물건을 많이 갖고 왔으니 구경해 보시구려」

두 여인은 집 앞 풀밭으로 나가서 마주앉았다. 짙푸른 하늘로 구름이 높이 떠가는 맑은 날이었다. 노랗고 빨갛게 물든 은행잎과 단풍잎이 바람을 타고 허공을 날아다녔고, 풀밭도 온통 노란색이었다. 멀리 갈참나무 숲 위에선 참새 떼가 숲을 들었다 놓았다 하며 하늘을 오르내리고 있었다. 몽화는 풀밭에 보자기를 풀고 방물을 펼쳤다. 자분홍이 감탄하는 얼굴로 화장품과 바느질 도구를 하나씩 만져보았다. 그녀를 바라보며 몽화가 물었다.

「내가 한가지 맞춰볼까요? 새댁은 남편이 아닌 다른 사람을 사랑하고 있지요?」

자분홍이 깜짝 놀라는 표정을 지으며 몽화를 빤히 쳐다보더니, 차갑게 낯빛을 바꾸며 자리에서 일어나려 했다. 몽화가 재빨리 말했다.

「내가 점을 좀 볼 줄 안다오. 그 사람과 새댁의 앞날을 점쳐 드릴까?」

잠시 생각에 잠겼던 자분홍이 굳었던 자세를 풀었다.

「이리 손을 내밀어봐요」

자분홍이 손바닥을 펼치자 몽화는 손금을 보았다. 자분홍의 손바닥엔 주몽의 이름이 흐릿하게 새겨져 있었다. 떨리는 가슴을 달래며 몽화가 입술을 뗐다.

「서로 사랑한 지 꽤 오래되었구먼」

자분홍이 고개를 끄덕였다. 슬며시 그녀의 얼굴을 쳐다보며 몽화가 질문을 이었다.

「새댁의 남편은 새댁을 사랑하지 않나요?」

자분홍은 이번엔 고개를 가로 저었는데, 일순간에 낯빛이 어둡게 변해 갔다. 그때 황룡사 쪽 언덕 너머로 해가 넘어가면서 석양빛이 아낌없이 대지를 적시기 시작했다. 자분홍도 얼굴이 붉게 물들었으나 눈밑엔 그림자가 짙게 드리워졌다. 두 사내 사이에서 방황하는 자분홍 앞에서 몽화는 말문이 막혔다. 골무를 손가락에 끼고 들여다보는 자분홍에게 하나만 더 묻기로 했다.

「남편은 이름이 무엇이지요?」

입을 우물거리던 자분홍이 작은 목소리로 대답했다.

「처용이요」

몽화가 눈을 크게 뜨며 되물었다.

「지금 처용이라고 했소?」

몽화는 머나먼 세월 저편에서 자분홍이 주몽과 헤어져 다른 사내에게 시집간 일을 떠올렸다. 몽화가 기억하기에 자분홍이 그때 결혼한 사내는 이름이 처용이었다. 몽화는 아들과 자분홍과 처용, 그리고 다비 사이에서 지난 장구한 세월 동안 무슨 일이 벌어졌는지 알아챘다. 아뜩한 느낌에 방물을 그대로 놔두고 손으로 풀밭을 짚으며 간신히 일어났다.

자분홍이 따라 일어서며 다급하게 물었다.

「점을 봐주겠다고 하셨잖아요」

몽화는 그대로 돌아서서 잰걸음으로 벌판을 건너갔다. 그녀가 집으로 들어설 때, 다비는 뒤뜰 살구나무 앞에 정화수를 떠놓고 두 손을 맞비비며 치성을 드리고 있었다. 방으로 들어간 몽화는 바닥에 요를 깔았다. 만일 잠들었다간 꿈을 꾸면서 이승을 떠나가게 될 것이 확실했다. 그러나 피로가 몰려온 몽화는 그 생각을 하지 못했다.

　온 세상에 땅거미가 낮게 깔린 시각, 다비는 뒤뜰에서 앞마당으로 걸어나왔다. 섬돌 위에 놓인 시어머니의 신이 보였다.

「어머, 산책 나가셨다가 언제 돌아오셨지? 어머니!」

　반갑게 외치며 문을 열었으나 방엔 아무도 없었다. 아직 잠자리에 들기엔 이른데 바닥에 이불이 펼쳐져 있었다. 이불 속으로 손을 넣으니 조금 전까지 사람이 누웠던 따뜻한 기운이 느껴졌다. 몽화는 이미 꿈의 무지개 다리를 건너서 다른 세상으로 넘어간 뒤였다.

　흔적도 없이 사라진 어머니를 찾느라 주몽은 서라벌을 이 잡듯이 뒤지고 돌아다녔다. 맨발에 머리칼을 풀어 늘어뜨린 모습은 누가 보아도 실성한 상거지 꼴이었다. 눈 주위와 양볼이 깊이 패었고 콧수염과 구레나룻이 텁수룩했다. 잠시도 쉬지 않고 눈물을 뿌리며 물었다.

「어머니, 어디 계세요? 저희가 서운하게 해드린 게 있었나요? 아니면 무슨 나쁜 일을 당하셨나요?」

　말을 한 필 구한 주몽은 점차 구역을 넓혀 어머니를 찾아다녔다. 한번 문을 나서면 집에 돌아오기까지 며칠씩 걸리기 일쑤였다. 만나는 사람 모두에게 어머니 얼굴을 그린 그림을 보여주었지만 하나같이 고개를 저었다.

　조정에선 밤낮없이 끼니와 잠을 잊고 어머니를 찾아 헤매는 주몽에게 효행상을 주기로 했다. 그러나 주몽은 극구 상 받는 걸 마다했다. 왕이 보낸 신하가 끈질기게 쫓아다니며 그의 마음을 돌리려 애썼다.

「웬만하면 받지 그래요?」

계속 외면하며 못 들은 척했더니 얘기가 좀 거칠어졌다.

「받아. 받는 게 신상에 좋을 거야」

나중엔 낯을 붉히며 코앞에서 주먹을 쥐고 흔들었다.

「그냥 확 감옥에 처넣을까 보다!」

주몽은 어리둥절한 얼굴로 왕의 신하를 쳐다보다가 다시 눈물을 뚝뚝 떨어뜨리며 울부짖었다.

「어머니, 간밤엔 이슬을 피할 곳이라도 찾아서 주무셨나요?」

해가 바뀔 즈음에 주몽은 옛날 백제 땅까지 올라갔고, 어느 해엔 집을 나섰다가 십 년이 지나서야 돌아왔다. 저잣거리에서 주몽 대신에 밥집을 꾸려온 다비는 남편이 나타나자 하늘을 날 듯이 기뻐했다. 그에게 보약을 달여 먹였고 새 옷도 여러 벌 지어 입혔다.

여러 날 누워서 쉰 주몽은 뒤늦게 자분홍이 생각났다. 집을 나서 비척거리며 들판을 건너갔다. 낯선 여인이 문을 열고 서서, 자분홍이 간 곳을 묻는 주몽에게 대꾸했다.

「우리가 이사온 게 여덟 해인가 아홉 해쯤 되었을 걸요? 앞서 살던 이들이 어디로 갔는지는 잘 모르겠네요」

너무나도 가까운 곳에 주몽이 살고 있음을 알아챈 처용이 부랴부랴 자분홍을 끌고 어디론가 가버린 것이었다. 그리하여 주몽은 이제 사랑하는 여인을 둘이나 잃은 슬픔에 빠져서 매일 집에 박혀 지냈다. 바깥소식은 저녁때 밥집 일을 마치고 돌아온 다비에게서 들었다.

「전국 곳곳에서 농민들이 배고픔을 못 견디고 폭동을 일으켰대

요. 그런데도 귀족들은 사치스러운 향락 생활에서 벗어날 생각을
하지 않아요. 얼마 전엔 새로 등장한 토호 세력이 서라벌 외곽을
쳤어요」

　말발굽 소리와 비명과 함성으로 세상이 잠잠한 날이 없었지만
주몽은 밖에 나가보지 않았다. 마침내 왕이 고려에 항복했다는
소식을 들었을 때, 주몽이 이마로 방바닥을 찧으며 외친 소리는
나라가 망한 사실과 거리가 멀었다.

　「사랑하는 여인들이여. 지금 어느 곳에서 이 쓸쓸한 밤을 보내
고 계신가요」

네번째 이야기
동거(同居) 시대

백공 1세와 양미가 이승에서 마지막 아이를 낳은 건 송나라가 세워진 직후의 중국 땅에서였다. 이들은 바다 건너 첫발을 내디딘 옌타이를 기점으로 해서 여러 항구를 옮겨 다니며, 주로 외국에서 온 상인들을 상대하는 무역상으로 일했다.[1]

이따금 백공네 가게에 고려 상인들이 들러 능견과 도자기, 책, 약재, 악기, 향료, 문방구 따위를 사갔다. 갈수록 고려인의 삶이 다채롭고 화려해지고 있음을 알 수 있었다. 그런데 고려 상인이 다녀간 날이면 백공은 한밤까지 달산의 얼굴이 자꾸 어른거

---

1) 백공의 성이 백씨인지 아니면 다른 성이 있는지 알 수 없으나, 백공 1세라는 표현은 그가 가문의 시조임을 의미한다. 옌타이(煙臺)는 요동 반도 동북단 항구로 당나라 때부터 외국 통상을 위한 중요한 항으로 번창했다. 우리나라에서 서해를 건너면 가장 먼저 다다르는 곳인데, 명나라 때 왜구의 침입에 대비하여 북쪽 산에 봉화대(狼煙墩臺)를 세운 뒤부터 옌타이라고 불리게 되었다.

렸다.

〈설마 우리가 이곳으로 온 것까진 모르겠지? 아니야, 그자는 그 동안 번번이 기적같이 우리를 찾아냈어. 낮에 만난 상인이 혹시 변장한 달산이 아닐까?〉

어느 날엔 불안한 마음에 뒤척대느라 뜬눈으로 밤을 보냈다. 동틀 즈음에 양미가 눈꺼풀을 파르르 떠는 게 보였다. 그녀는 검지를 입에 넣더니 소리 내서 빨았다.

「쪽쪽쪽. 쪽짝쪽짝 쪽쪽쪽」

백공은 아내의 입에서 손가락을 빼내고 자기 손가락을 대신 집어넣었다. 정신없이 그의 손을 빨던 양미는 눈살과 이맛살을 찌푸렸다. 옆으로 고개를 틀어 입에서 손가락이 빠져나가게 하곤 아무렇게나 퉤퉤 침을 뱉었다. 걸레로 방바닥에 흥건한 침을 닦으며 백공은 그녀가 깨어나기만 기다렸다.

아침 햇살이 창을 물들일 때, 양미가 팔다리를 길게 뻗으며 기지개를 켰다. 백공은 다시는 이런 물음을 던지지 않겠노라고 다짐하면서, 눈을 끔뻑이며 자신을 물끄러미 올려다보는 아내에게 물었다.

「여보, 나를 사랑해요?」

양미는 한번 더 손가락을 입에 넣어 쪽 빨고 자리에 일어나 앉았다. 남편을 가볍게 안고 등을 토닥거리더니 앞치마를 두르며 부엌으로 나가버렸다. 남편의 손에 이끌려 중국 땅으로 온 뒤로, 그녀는 다시는 달산을 만날 수 없으리라는 생각에 사로잡혔다.[2] 바다를 사이에 두고 그와 떨어져 지내기는 처음이었다. 부엌에서 쌀을 솥에 앉히고 냄비에 야채와 고기를 섞어 볶으며 눈

148

시울을 붉혔다.

「이제 내겐 터럭만큼도 희망이 남아 있질 않아. 그이는 내가 이곳에 있는 걸 꿈에도 모를 거야」

여전히 아내에게서 사랑을 얻지 못하고 있다는 느낌에 낙담한 백공, 그리고 지금쯤 달산이 자신을 잊었을 거라고 여긴 양미는 막내가 열 살이 지날 무렵부터 빠르게 늙어갔다. 머리가 허옇게 세었고 이빨이 모조리 흔들렸으며 등이 새우처럼 휘었다. 코앞이 보이지 않을 만큼 눈이 침침해져서, 혼자선 선뜻 방을 나서 마당으로 내려설 용기가 나지 않았다.

그들 가운데 먼저 세상을 뜬 건 백공이었다. 임종이 다가온 시점에서 백공은 장성하여 막 결혼한 아들을 불러 일렀다.

「고려 사람 가운데 달산이나 그의 후손 되는 이를 보거든 무조건 피해라. 우리 집안과 그 집안은 오랜 세월 맞서 싸우며 살아왔어. 그들은 뱀처럼 음흉하고 여우처럼 능글맞은 자들이지」

백공이 세상을 뜨던 날, 중국 땅에선 맑은 하늘에 마른번개가 쳤고 온갖 새들이 날개를 휘저으며 날아다녔다. 까마귀 떼가 중천의 해를 가리자 온 세상이 한밤처럼 어두워졌다. 그의 시체는 어떤 쇳덩이보다 무거웠다. 장삿날 무덤으로 관을 나르는 데 장정 백 명과 열 필의 힘센 말이 동원되었다. 사람이나 말 모두 우거지상으로 비지땀을 흘리며 헛방귀를 뀌었다.

역시 죽음을 앞두고 있어서 손가락 하나 까닥일 수 없었던 양

---

2) 양미의 옛 애인이 달산이며, 백공이 자기 아내 양미를 빼앗길까 봐 겁내는 사내 또한 달산임을 보여주는 대목이다. 백공은 달산을 피하여 중국으로 양미를 데리고 건너갔다.

미는 집에 그대로 머물렀다. 며느리 묘령이 시어머니를 보살폈다. 양미가 가쁜 숨을 몰아쉬며 며느리의 손을 잡고 물었다.

「내 마지막 소원을 들어주겠니?」

묘령이 고개를 끄덕이자 양미가 말을 이었다.

「네 이름을 나와 같은 양미로 바꾸어라. 그리고 대대로 이 집안 며느리는 양미라는 이름을 갖도록 이후의 자손들에게 일러라. 네 생전에 만일 달산이라는 자를 만나거든, 내가 눈을 감는 순간까지 그를 사랑했다는 말을 전하기 바란다」

산에서 백공의 시체가 무덤 속으로 들어갔을 때 양미는 이승을 떴다. 그녀의 시체도 일만 근이 더 나갔다. 백공을 묻고 돌아온 이들은 또 엄청난 무게를 자랑하는 망자의 장례를 치러야 한다는 사실 앞에서 질겁했다. 양미의 시신을 장지로 옮기던 중에 그들 모두 너무 힘든 나머지 자살 충동을 느꼈다.

백공은 죽은 뒤에 아내와 나란히 묻히기를 바랐다. 하지만 생전에 유언했던 대로 양미는 남편의 무덤에서 오백 리 떨어진 북쪽 바닷가에 묻혔다. 그녀의 장례식이 진행되는 중에도 바깥 세상은 내내 어두웠다. 수천만 마리 새들이 하늘을 덮고 야단스럽게 날갯짓하며 눈물을 흘렸고, 중국 땅 절반이 새들의 눈물에 축축이 젖었다.

이후로도 이상한 일이 이어졌다. 낮 시간엔 하늘에 노랗게 곪은 해가 떠서 고름을 주룩주룩 떨어뜨렸다. 밤이 왔을 땐 두 개의 반달이 이쪽과 저쪽 하늘에 멀찌감치 거리를 두고 떠서 새벽까지 한치도 움직이지 않았다. 당대의 내로라 하는 천문학자들은 엇비슷한 견해를 주고받았다.

「죽을힘을 다해 서로 멀어지려 애쓰는 것처럼 보이는데요?」

「그렇지요? 꽤나 서로를 미워하는 것 같아요」

백공의 아들, 그리고 묘령에서 양미로 이름을 바꾼 백공의 며느리, 이들 두 사람은 중국에서 줄곧 무역상으로 일했으며 장남에게 백공이라는 이름을 물려주었다. 이 아들이 자라서 아내를 얻으매 아내의 이름을 양미로 바꿔 불렀다. 그 뒤로도 마찬가지여서, 백공은 백공을 낳았고 양미는 양미를 며느리로 맞아들였다.

한편 고려 땅에서 달산과 모련은 숙소를 겸한 밥집을 운영하며 살았다. 밥집에선 국내 상인뿐 아니라 송나라와 대식국과 대월국에서 온 장사치를 두루 상대했으며, 옆에 상점을 열어서 없는 물건이 없게 구색을 갖추었다.[3]

달산은 양미가 백공과 함께 종적을 감춘 뒤로 정신이 나간 채 지냈는데, 어느 여름날 매미 울음소리에 귀가 트이더니 기운을 차리고 일어났다. 그가 소매를 걷고 일을 도우려 하자 아내 모련이 말렸다.

「저 혼자 힘으로도 넉넉해요. 당신은 말을 타고 다니며 오랜만에 세상 구경 실컷 하세요」

---

3) 위치는 지금의 남포시 앞바다 광량만으로 대동강이 서해로 흘러드는 곳이다. 바다와 내륙을 연결하는 통로로서 한반도 북부 지방의 문물 교역 요충지였다. 대식국(大食國)은 지금의 아라비아인데, 식욕이 한이 없고 더없이 탐욕스럽다는 의미에서 이런 이름이 붙었다. 대월국(大越國)은 지금의 베트남이다. 달산네 상점에서 송나라 상인들은 금은동과 인삼, 잣, 모피 같은 원산품을 많이 구입했다. 비단과 모시, 백지, 금은동 그릇, 부채, 금은 장식칼, 지필묵 따위의 가공품도 적잖이 팔려나갔다. 대식국 상인들은 수은이나 향료, 염료, 구리, 약품을 배에 가득 싣고 와서 금과 견으로 바꿔갔다.

그리하여 이제 달산은 집 밖에서 많은 시간을 보내게 되었다. 나라에서 부름이 있으면 주저하지 않고 전장에 나가 싸웠다. 여진족을 백두산 너머로 쫓는 일에서 큰 공을 세워 왕의 신임을 얻었고, 거란의 1차 침입 땐 적병의 머리를 마흔 개나 베어 봉산군 개천에 버렸다. 그런데 그가 탈진하여 산꼭대기 양지바른 바위에서 잠을 자는 사이에 봉산군 일대가 소손녕의 손에 들어갔다.[4] 낙담한 달산은 고개를 숙이고 귀가하여 다시 방에 박혀 지냈다.

그러기를 십여 년, 심심해져서 좀이 쑤신 백마가 연일 주인을 부르며 울었다. 어떤 날은 사람의 말을 흉내내 겁주었다.

「안 나오면 쳐들어간다. 히히히힝. 좋게 얘기할 때 어서 나와라. 히히히히힝」

소문은 발 없는 말이 되어 왕의 귀에까지 들어갔다.

「뭐라고? 말이 말을 한다고? 말이 말을 하는 말도 안 되는 일이 벌어지다니 말세로구나!」

불길한 징조라고 여긴 왕은 당장 백마의 목을 벨 것을 명했다. 무사들이 시퍼렇게 날이 선 칼을 휘두르며 달려오고 있다는 소식을 듣고 달산은 벌떡 일어났다. 서둘러 백마를 타고 집을 빠져나갔다.

가볍게 몸을 풀기로 마음먹고, 동여진이 뻔찔나게 마을을 약탈한다는 얘기가 나도는 등주로 갔다. 마을을 불바다로 만들고 똥

---

4) 이후에 소손녕(蕭遜寧)은 안융진을 공격하다가 실패하여 주춤하였다. 이때 서희(徐熙)가 발벗고 나서서 소손녕과 담판을 벌임으로써, 결국 고려와 거란이 국교를 맺는 선에서 화해하여 강동 6주를 돌려받게 된 건 잘 알려진 일이다.

을 한 무더기씩 누고 돌아가는 적병의 뒤를 쫓았다.[5] 그런데 중간에 배가 고파 먹은 덜 익은 머루가 말썽을 일으켰다. 달산은 창자가 꼬이는 고통을 견디며 아랫배를 움켜쥐고 백마를 달렸다. 슬쩍 행렬에서 벗어나 땅에 금을 그어놓고 동전 따먹기를 하는 적병 여럿이 보였다. 가볍게 그들의 목숨을 접수한 달산은 의식을 잃고 말에서 떨어졌다.

백마는 그를 입으로 물고 어느 화전민 마을로 갔다. 그곳에서 달산은 낙마하면서 다친 다리를 치료하며 지냈다. 다 나을 만하면 상처가 곪아터져서, 제대로 땅에 발을 딛게 될 때까지 제법 많은 세월이 걸렸다.

집으로 돌아간 달산은 마을이 쑥대밭으로 변한 걸 보았다. 거란 성종이 사십만의 기병과 보병을 이끌고 다시 쳐들어와서, 호랑이 오줌 냄새를 맡고 발광한 개처럼 날뛰며 서경 일대와 개경 전역을 불태우고 약탈한 뒤였다.

「모련, 어디 있는 거요?」

잿더미가 된 집을 뒤지던 달산은 온몸이 얼어붙었다. 부들부들 몸을 떨며 허리를 구부려 바닥에서 붉은색 비단신 한 짝을 집어 들었다. 그것은 모련의 신이었다. 나머지 한 짝은 어디로 갔는지 알 수 없었다. 고려군의 반격을 받아 거란군이 물러나기 시작하자 피난 갔던 이들이 돌아왔다. 옆집에 살던 노인이 달산을 보고

____

5) 지금 세상에도 물건을 훔친 집 안에 똥을 누고 달아나면 나중에 절대로 붙잡히는 일이 없다고 믿는 도둑들이 있는 걸로 알고 있다. 대체로 이런 똥은 양이 푸짐하다는 점에서 다른 똥의 추종을 불허한다. 긴장되면서 다급한 상황에서 많은 똥을 누었다면 밑을 깨끗이 닦았을 리 없으니, 그래서 잘못을 저지르면 뒤가 구린 법이라는 말이 나왔는지도 모른다.

쭈뼛거리며 다가왔다.

「부인께선 이 세상 사람이 아니오. 거란 병사들한테 집단 강간 당한 뒤에 혀를 물고 죽었지요. 달산이 돌아오거든 전해 주라며 내게 이 편지를 남겼소」

노인이 건넨 편지는 눈물에 젖어 눅눅했다. 떨리는 글씨로 이런 내용이 적혀 있었다.

〈내가 이 세상에 와서 사랑했던 사람은 당신밖에 없어요. 당신은 나를 사랑하지 않았지만, 그러나 나를 미워했다고는 믿고 싶지 않아요. 부디 이승에서 당신의 옛사랑을 다시 만나 평안과 행복을 얻게 되기를 빕니다. 안녕히 계세요.〉

달산은 모련의 신을 땅에 묻었다. 새끼손가락을 깨물어 핏방울을 떨어뜨려 흙 위에 모련의 이름을 썼다. 입을 앙다물고 칼을 꺼내 들면서, 반드시 복수하여 그녀의 원귀를 달래주겠노라고 맹세했다.

압록강 하류의 국경선 밑 흥화진과 구주는 양규와 김숙흥의 군대가 지키고 있었다. 달산은 그들의 부대에 들어가기로 작정하고 집을 나섰다. 끈질기게 따라붙는 고려군을 돌아보고 「아, 왜들 이러는 거야?」 하고 넌더리내는 거란군을 쫓으며, 곽주에서 적병 예순 명의 목을 베었다. 통주에선 적장의 아랫배에 칼을 꽂고 힘껏 돌려서 커다란 바람구멍을 냈다.

거란군이 압록강 너머로 모조리 달아난 뒤에 고려군은 더 나아가지 않고 의주에 진지를 세웠다. 그러나 달산은 홀로 백마를 타고 그대로 강을 건너서, 쉬지 않고 내륙을 달려 초원에 자리잡은 거란의 수도[6]로 들어갔다. 온종일 달산은 작년과 올해 고려를 치는 일에 뛰어들었던 거란 병사들을 찾아다녔다.

한밤중에 어느 집 앞에서 백마를 멈춰 세웠는데, 반쯤 열린 창으로 흐릿한 등불을 밝힌 방이 들여다보였다. 거란병 하나가 가족들 앞에서 군복을 입고 투구를 쓴 모습으로 환도를 흔들며 괴성을 질러대고 있었다.

「얏호루루 뽈라리랄라!」

그자는 칼로 사람을 무자비하게 찔러 죽이는 시범을 보였다. 어찌나 동작이 재던지 칼이 잘 보이지 않았다. 괴성을 멈추고 씨익 미소를 머금은 병사는 바지를 무릎까지 내렸다. 두 팔을 쭉 뻗은 채 엉덩이를 앞뒤로 움직이며, 여자를 벽에 밀어붙여 겁탈하는 동작을 보여주었다. 아랫도리를 고스란히 드러낸 병사는 침을 질질 흘렸다. 눈알을 빙글빙글 돌리고 벌쭉벌쭉 웃으며 외쳤다.

「아이고몰리나, 창피슬럽푸나!」

병사의 아내가 놀란 얼굴로 앞으로 나서 아이들의 시야를 가렸다. 동시에 남편에게 눈을 흘기면서 실쭉샐쭉 웃었다. 병사가 손짓하자 여자는 아이들을 옆방으로 데리고 가서 재우고 돌아왔고, 서둘러 옷을 벗으며 침상에 누웠다. 병사도 재빨리 윗옷마저 벗어던지고 다시 괴성을 지르며 여자에게 달려들었다.

「얏호룰룰루!」

달산은 두 남녀가 서로 잡아먹을 듯이 손톱으로 마구 등을 할

---

6) 지금의 내몽고 동쪽에 위치하였다. 정복 왕조 요(遼)를 건국한 거란족은
  역사상 유례 없이 잔인한 민족으로 기록돼 있다. 적병은 물론이고 민간인까
  지 갈기갈기 찢어 죽여서 시체를 먹기 일쑤였으며, 폭행을 동반한 강간 같은
  건 눈 한번 끔뻑이지 않고 예사로 저질렀다.

퀴며 정사를 벌이는 방으로 들어갔다. 땀에 흠뻑 젖은 병사의 뒷목을 칼로 푹 찌른 뒤에 여자의 턱밑에 칼날을 댔다.

「남편이 남의 여자를 욕보인 게 그렇게 자랑스럽니? 어서 계속 웃어봐」

여자가 비명을 지르려는 순간, 달산은 바닥에서 속옷을 들어 여자의 입에 넣어서 목구멍을 막았다. 그래도 분이 풀리지 않아서, 죽어 나자빠진 병사의 버섯 자루를 칼로 뎅겅 잘라 여자의 불두덩 골에 쑤셔넣었다.

다음날 달산은 역시 가족들을 모아놓고 무용담을 늘어놓는 어느 거란병의 집을 방문했다.

「후랏차를르르르!」

거란병은 혀끝을 떠는 소리를 내며 호주머니에서 무언가 꺼내 흔들었다. 그것은 모련의 나머지 신발 한 쪽이었다. 병사는 바지를 발목까지 내리더니, 우둘투둘한 곰보버섯으로 비단신을 사납게 찌르는 시늉을 했다. 다른 가족들이 일제히 손뼉치며 웃음을 터뜨렸다. 아이들은 엄지를 세우고 뭐라 소리쳤는데, 아마도「우리 아빠 최고!」[7] 하고 외치는 것 같았다. 눈에서 불길이 치솟은 달산은 집으로 달려들어가서 일가족 다섯을 칼로 찔러 죽였다.

한 달이 지났을 무렵에 달산은 옷이 온통 핏자국으로 변했다. 온몸에서 물씬 피비린내가 풍겼고 눈에 핏발이 섰다. 그 동안 달산은 족히 삼백 명 넘게 죽였다. 어린아이와 부녀자도 적잖이 들

---

7) 이는 미개인이건 개화한 민족이건 아버지가 자식들에게서 듣고 싶은 최고의 찬사임이 분명하다. 그 다음 단계의 찬사로는「우리 아빠도 다른 아빠 못지않아!」,「우리 아빠 점점 좋아지고 있어!」같은 게 있을 것이다.

어 있었다. 산속에서 나뭇잎을 덮고 자다가 깨어난 날 아침에, 찬
물을 뒤집어쓴 듯이 퍼뜩 정신이 돌아오면서 욕지기가 일었다.
　〈서로 죽이고 보복하는 이 모든 짓거리는 도대체 무슨 의미가
있는 걸까?〉
　머리칼을 쥐어뜯으며 백마를 몰고 왕궁으로 들어갔다. 거란의
성종을 만나서 지금까지 저지른 만행에 대해 사죄할 걸 요구할
생각이었다. 침실로 다가간 달산은 백마의 앞발로 문을 부수었
다. 문짝이 떨어져나가자 알몸으로 궁녀와 껴안고 누워 있던 왕
이 비명을 지르며 나뒹굴었다.
　「아이고 깜짝이야. 넌 누구니?」
　황급히 속치마를 입는 궁녀에게 달려든 왕은 치마 속으로 머리
부터 집어넣었다. 밖으로 알궁둥이만 내놓고 덜덜덜 떠는 성왕에
게 달산이 호통쳤다.
　「야, 이 바보 멍청이 팔푼이 똥강아지 뱁새 같은 놈아! 당장
이리 나오지 못해? 너희끼리 오순도순 잘살 일이지 왜 번번이 남
의 나라를 괴롭히는 거야!」
　말에서 내려 방으로 들어간 달산은 왕의 궁둥짝을 손바닥으로
철썩철썩 때렸고, 손가락 끝을 모아 꽁무니뼈를 세게 찔렀다. 왕
이 푸드득 물똥을 싸며 비명을 질렀다.
　「아아아아악, 너무 아프다!」
　그 소리를 듣고 호위병 수십 명이 사람 키만한 칼을 들고 달려
왔다. 호위병 하나가 휘두른 칼은 달산의 옆구리를 베었다. 달산
은 그자의 목을 단칼에 날려서, 허공에서 돌려차기로 머리를 걸
어차 왕의 금침 위에 떨어뜨렸다. 백마에 오른 달산은 옆구리에

서 피를 흘리며 성을 빠져나갔다. 벌판을 달려 압록강을 건너서 고려 땅으로 들어서는데, 누구보다 싸움을 싫어했던 양미의 얼굴이 떠올랐다. 아내의 얼굴도 머리 속에 그려졌다.

〈적병들에게 둘러싸여 강간 당할 때 얼마나 무섭고 수치스러웠을까.〉

금세 그의 양볼로 눈물이 주루룩 흘렀다. 모련과 양미의 이름을 번갈아 뇌며 백마의 목덜미에 얼굴을 묻었다. 백마도 어깨를 푸르르 떨며 슬피 우는 소리를 냈다.

남송 시대를 지날 때까지 중국 땅에서 백공의 후손은 가업을 대물림하여 장사를 하며 살았다. 도붓장사를 곁들이며 계속 장소를 옮겨다니다가, 백공 1세가 중국에 온 뒤에 낳은 아이부터 셈하여 6대째에 이르러 항저우에 터를 잡고 도자기를 팔았다. 백공네 상점에선 징더전에서 만든 백자와 푸젠의 흑도를 주로 다루었다.[8]

백공의 후손 가운데 가장 뛰어난 상술을 뽐낸 이는 12대 백공이었다. 그는 몽골이 고려를 네번째로 공격한 해에 태어났다.[9]

---

8) 그 즈음의 항저우(杭州)는 남송의 수도였다. 〈하늘엔 극락이 있고 땅엔 쑤저우(蘇州)와 항저우가 있다(上有天堂下有蘇杭)〉는 말이 있듯이, 예나 지금이나 빼어난 경치를 자랑하는 곳이다. 수나라 개황 때 항저우라는 이름이 처음 쓰였고, 이후에 오월의 도읍으로 융성했으며 남송 시대에 다시 한번 부흥기를 맞았다. 징더전(景德鎭)은 장시성(江西省) 북쪽에 위치한 도자기의 명산지로 당나라 때부터 외국으로 도자기를 수출하였으며, 송나라 이후에도 원나라, 명나라에 걸쳐 황제 직속의 관요(官窯)가 이곳에 있었다. 오늘날 인구 50만 명 가운데 절반이 도자기업에 종사하고 있다. 푸젠은 오늘날 해협을 사이에 두고 대만과 마주보고 있는 푸젠성(福建省)을 말한다.

9) 1247년, 고려 고종 때의 일이다. 이보다 9년 앞선 해에 몽골군이 황룡사를 불태운 일은 앞 이야기에서 언급된 바 있다.

그림으로 전하는 백공 1세와 외모가 흡사했으며, 섬세하고 꼼꼼한 성격도 가문의 시조를 빼다 박은 듯했다. 그가 부모로부터 장사 일을 물려받으며 결혼한 건 스무 살 때였다.

그는 마음만 먹으면 개똥도 쉽게 팔아치울 능력을 지닌 자로 이름났다. 그래서 그를 헐뜯는 이가 적지 않았는데, 하루가 멀다고 시비를 걸어온 건 옆 상점 주인 주씨였다. 어느 날 주씨가 찐빵을 씹다가 백공의 얼굴에 대고 설탕이 든 찐빵 조각을 뱉었다.[10]

「뭐든지 다 팔아치울 수 있다고? 어디 말이 되는 소리를 해야지. 까마귀가 배꼽을 잡고 깔깔거리며 웃겠다」

때마침 상점 수백 개가 늘어선 거리 뒤쪽 야산에서 까마귀 떼가 일제히 날아올랐다. 하늘을 덮은 까마귀들은 「까악 까악」 하고 웃다가 별안간 「깔깔깔깔」 하고 웃었다. 백공이 땅바닥에 떨어진 찐빵 조각을 집어 주씨에게 던졌다. 찐빵은 그대로 주씨의 이마를 때렸다.

「이 무식한 인간아. 까마귀가 태생이냐? 배꼽이 있게? 나하고 상점 걸고 내기하자. 해가 바뀌기 전에 팔아치울 테니까 뭐든지 말해 봐」

주씨는 쩝쩝 입맛을 다시며 백공의 어깨 너머로 야트막한 언덕을 바라보았다. 주인이 누군지 모르는 야산이었다. 짐짓 심각한 표정을 짓더니, 슬쩍 미소를 머금으며 손을 들어 야산을 가리켰다.

---

10) 중국에서 속이 없는 찐빵은 만터우(饅頭)라고 부른다. 군만두이건 찐만두이건 하늘이 두 쪽 나는 한이 있어도 반드시 속을 넣는 우리나라 만두와 겉과 속이 다르다. 속이 있는 찐빵은 빠오쯔(包子)라고 부르는데, 주씨가 뱉은 찐빵은 빠오쯔 중에서도 탕빠오(糖包)라고 부르는 것이다.

「저 산을 팔아봐. 나중에 저 자리에 산이 남아 있으면 안 돼. 깨끗이 팔아서 없애야 한다는 얘기야」

백공은 한나절 뒷짐 지고 언덕에 올라 어슬렁댔다. 예로부터 마을 사람들은 배탈났을 때 그곳에서 흙을 떠왔다. 채로 걸러 고운 흙을 받아서 물에 풀어 가라앉혀선 그 물을 마셨다. 언덕에서 내려오는 대로 백공은 인부들을 시켜 야산 흙을 파오게 했다. 쇠솥 열 개에 불을 지펴 물을 끓여서 흙을 넣고, 지황과 백출과 목단과 황기 같은 약초를 섞어 한 달 동안 밤낮 없이 끓였다. 여기에서 즙을 짜내 말려서 환약을 만들었다.

예상했던 대로 이 약은 체증과 설사와 토사 곽란에 놀라운 효험을 보였다. 전국 각지와 세계 곳곳에서 온 상인들에게 환약이 불티나게 팔려나가자 옆집 주씨는 몹시 당황했다. 매일 집에 들어앉아 식은땀을 흘리며 숨죽이고 지냈다. 신경을 많이 쓴 탓에 소화가 잘 되지 않아 속이 부글부글 끓어서 주씨도 몰래 환약을 사먹었다.

야산을 삼 분의 일쯤 팔아치웠을 때, 항저우 만에 웬만한 대궐 크기의 영국 범선이 들어왔다.[11] 범선은 본토에서 가득 싣고 온 양털을 배다리에 부렸다. 백공을 만나러 가게에 들른 선장은 옷과 팔죽지와 모자에 양털이 잔뜩 묻은 모습이었다. 손짓 발짓에 벙어리 소리를 섞어가며 백공에게 자신의 뜻을 밝혔다.

「나머지 야산을 내가 다 사겠소」

---

11) 당시의 영국은 헨리 3세가 다스리고 있었다. 한때 번창했던 직물 산업이 시들해지면서, 무역에서 양털 수출에 기대는 정도가 나날이 더해 가던 중이었다.

범선은 한껏 흙을 싣고 떠났으나 다시는 돌아오지 않았다. 인도양을 지나다가 흙 무게를 못 이기고 가라앉았다는 얘기가 들려왔다. 이 일로 백공은 자신을 헐뜯는 이들을 다루는 데 지칠 대로 지쳤다. 그리고 돈도 적잖이 번 상태였다. 그러던 차에 몽골이 고려의 서경을 무너뜨렸다는 소식이 날아왔다. 몽골은 자비령 이북에 동녕부를 두었고, 그 뒤로 고려 땅으로 들어가는 중국 상인 숫자가 대폭 늘었다.

눈만 떴다 히면 백공은 자꾸 바다 쪽 하늘로 고개가 돌아갔다.

「선조의 고향인 고려 땅에서 새롭게 마음을 다잡고 장사를 해 보면 어떨까?」

아내에게 의견을 물었더니 대번에 도리질하며 침을 튀겼다.

「고려 사람들은 야만인이잖아요. 닭하고 돼지와 같은 우리에서 살고, 짐승과 흘레붙는 게 가장 즐기는 취미라면서요?」

12대 백공의 아내 양미는 짐승 가운데 닭과 돼지를 무엇보다 하찮게 여겼다. 그래서 하인들은 그녀에게서 돼지나 닭이 들어간 욕을 듣는 걸 가장 끔찍스러워했다.[12] 하지만 정작 그녀의 생김새는 두 짐승을 골고루 잘 섞은 듯했다. 얼굴과 팔뚝은 불그죽죽한 닭볏 빛깔에 닭살이 돋았고, 늘 몸에서 후끈후끈한 닭똥 냄새가 났다. 코는 돼지처럼 납작하고 한쪽 구멍이 입 크기만한 것이 쉴 새없이 벌룽거렸다. 그리고 곧잘 꿀꿀대는 소리를 냈기에 엉치등뼈에 돼지 꼬리가 달렸을 거라는 소문이 나돌았다.

---

12) 대표적인 욕으로는 이런 게 있었다. 돼지 앞에서 비곗살 자랑할 놈. 돼지 오줌에 밥 말아먹으며 웃을 놈. 닭대가리 앞에서 맹자 읽을 놈. 닭하고 곗사돈 맺을 놈. 달걀 한 개 놓고 닭하고 머리끄덩이 잡고 싸울 놈.

길을 지나갈 때 그녀를 쳐다보는 사람은 거의 없었다. 어쩌다가 그녀에게 눈길이 가 닿았을 경우엔 만사 제쳐놓고 헛구역질하며 집으로 달려갔다. 대야에 물을 받아 얼굴을 담그고, 봐선 안될 걸 본 눈을 씻느라 난리를 치렀다.

양미는 성질도 여간 괴팍하지 않았다. 밥을 먹다가 그녀가 돌씹는 소리를 내면 재빨리 피하는 게 좋았다. 입을 쩍 벌리고「푸아아아아!」하고 밥알과 돼지 비계 같은 반찬 조각을 함부로 뱉었기 때문이었다. 아무데서나 방귀를 붕붕 뀌고 다녀서 별명이 붕붕이였다. 붕붕이의 주위엔 늘 허공에 누런 가루가 떠다녔고, 방귀에 취한 날벌레들이 마구 박치기하며 날아다녔다.

고약한 방귀 냄새를 만들고자 그녀는 일부러 상하여 맛이 간 음식을 골라 먹었다. 그랬는데도 식중독 한번 걸리지 않았다. 지나치게 상한 음식을 먹어서 뱃속이 살살 아파오면, 아랫배를 내려다보고 버럭 소리치는 걸로 그만이었다.

「이 못된 벌레 새끼들아, 썩 꺼지지 못해!」

양미는 곧잘 남자 차림새를 하고 다녔다. 겉옷 속옷 안 가리고 남편 옷을 멋대로 입었으며, 숱하게 남자처럼 서서 오줌 누려다가 옷을 버렸다. 그리고 누가 보건 말건 길가에서 엉덩이를 드러내고 용변을 보았다. 그처럼 이모저모로 행실이 엉망이어서 풍속을 해친다는 죄목으로 숱하게 붙들려 옥에 들어갔다. 그때마다 백공은 절레절레 고개를 흔들며 묵직한 돈 가방을 들고 관가에 드나들었다.

백공을 아는 모든 이가 손가락질했다.

「천하의 덜 떨어진 칠푼이같으니라구!」

급기야 더는 못 참게 된 백공은 어느 날부터 아내와 떨어져 사는 문제를 고민했다. 투옥되는 족족 돈을 주고 빼내는 바람에 갈수록 행실이 더 나빠지는 게 아닌가 해서였다. 그런데 그가 별거를 고려한 직후에, 양미는 느닷없이 몸에서 야릇한 변화가 벌어지기 시작했다.

때는 초여름으로 접어들 무렵이었다. 먼저 후각이 날카로워져서 백리 안쪽에서 날아오는 냄새를 어렵지 않게 맡았다. 가을이 가고 겨울이 왔을 땐 수천 리까지 범위가 확대되었다. 서늘한 북풍이 불어오던 날, 그녀는 바람에서 발정한 암컷 시베리아 호랑이의 암내를 잡아냈다. 마땅한 짝을 못 찾고 괴로워하다가 차선책으로 곰과 교미히고자 여행을 떠난 호랑이였다.

굶주림과 추위를 못 이기고 죽어가는 호랑이 냄새를 맡은 양미가 외쳤다.

「저런! 아까운 호피 한 장이 얼음판에서 꽁꽁 얼어붙고 있네!」

서풍이 불어온 어느 날엔 다베 산맥[13]에서 마적단 냄새가 날아왔다. 그들이 다음엔 어느 곳을 털 건지 이마를 맞대고 주고받는 모습까지 읽어낸 양미가 골목의 동네 사람들에게 소리쳤다.

「이레 안에 우한의 다섯 마을이 마적단한테 털릴 거예요!」

한 달이 지나서, 그녀가 점쳤던 날 실제로 우한에서 마적단이

---

13) 다베 산맥(大別山脈)은 후베이성(湖北省)을 동서로 가로지르는 산맥으로, 그 아래쪽에 한복판으로 창강이 흐르는 유서 깊은 고도 우한(武漢)이 위치하고 있다. 기원전 3세기 때 초나라의 비운의 정치가이자 시인이었던 굴원(屈原)이 거주하며 많은 명시를 남긴 곳으로, 오늘날 우한의 호수 동호(東湖)엔 행음각(行吟閣)이라는 3층짜리 굴원 기념관이 서 있다. 행음은 귀양살이하면서 글을 읊는다는 뜻이다.

마을 다섯 군데를 쓸고 지나갔다는 소식이 날아왔다. 양미는 마적단과 같은 무리가 아니냐는 의혹을 받고 다시 투옥되었다. 열번째 별을 달고 두어 달 감옥 생활을 했을 때 사형 선고가 내려졌다. 백공은 이번엔 전 재산의 절반에 이르는 돈을 수레에 실었다. 몸소 수레를 끌고 관가로 들어가서 몸이 여섯 토막으로 잘리기 직전에 아내를 살려냈다.

빈 수레에 양미를 태워 돌아오는 길에 백공이 단단히 주의를 주었다.

「여보, 다시 이런 일이 있으면 안 돼요. 나머지 재산까지 날리면 알거지가 되어 길바닥에 나앉게 되는 거예요. 어떤 냄새를 맡더라도 조용히 혼자만 알고 지내도록 해요」

해가 바뀌어 봄이 왔다. 양미는 오랜만에 마차를 타고 바닷가 어시장에 생선과 해조류를 사러 갔다. 원하는 물건을 다 산 뒤에 아직 해가 남았고 해서, 개펄을 거닐며 바람을 쐬었다. 코를 벌렁대며 북동풍을 들이쉬던 양미는 별안간 입에 주먹을 넣고 속으로 외쳤다.

〈그 옛날 이 집안의 첫번째 양미 할머니가 사랑했다는 달산이 아직 살아 있었구나!〉

바람에 실려온 냄새 속에서 달산은 바다 건너 고려 땅의 어느 언덕에 앉아 시를 짓고 있었다. 연작시 제목은 「양미는 어디로 갔나」였다. 구구절절이 양미를 향한 그리움을 담은 시였으며, 글자크기를 다르게 하여 백번 넘게 그녀의 이름을 부르는 시도 있었다.

바다에서 돌아오는 대로 양미는 자리에 누워 앓았다. 여름날 양쯔강과 창강을 위시하여 강이란 강이 모두 넘쳐 온 나라가 물

난리를 치르는 중에도 방에 박혀 신음했다. 강물은 그녀가 사는 동네까지 밀려왔다. 백공이 방으로 달려들어갔을 때, 그녀는 의식을 잃고 물에 둥둥 떠 있었다. 붉은색 천으로 머리를 질끈 동여매고, 운을 넣어서 계속 자기 이름이 들어간 시를 읊었다.

「불러도 대답 없는 이름이여. 아, 양미!」

가을로 접어들면서 그녀는 몸이 더욱 나빠져 뼈만 앙상하게 남았고, 백지장처럼 얇아진 뱃가죽으로 내장이 비쳤다. 씹다 버린 꽈리처럼 잔뜩 오그라진 위장과 간장, 십이지장, 췌장, 허파, 창자가 보였다. 염통은 움직임을 멈춘 걸로 여겨질 만큼 박동이 약했다.

백공은 명의로 이름난 의원을 집으로 불러들였다. 의원은 돋보기를 들고 환자의 내장이 각각 제자리에 붙어 있는지, 무슨 종양은 없는지 살폈다. 맥을 짚더니 즉시 고개를 가로 저었다.

「올 가을을 넘기기 힘들겠어」

장의사 일까지 겸하는 의원의 권고를 받아들여 백공은 바로 장례 치를 준비에 들어갔다. 황장목을 사들여 관을 짰으며,[14] 장례

---

14) 우리나라 조선조 1816년에 박종채가 이미 고인이 된 아버지 연암 박지원을 회고하며 쓴 글에도 황장목(黃腸木) 얘기가 나온다. 생전에 연암이 강원도 양양 부사로 부임했을 때 그곳엔 황장목 숲이 매우 많았다. 임금을 비롯하여 왕족의 관은 반드시 이 나무로 짰다고 하는데, 친지들이 「자네도 나중에 황장목으로 관을 짜도록 하게」 하고 권하자 연암은 발끈한다. 비록 수령이라는 높은 지위에 있을지라도 절대로 호사스러운 장례는 안 된다는 얘기이다. 연암은 대궐에 진상하고 남은 황장목 널빤지를 모아두었다가 시냇물을 건너는 데 불편해하는 이들을 위하여 다리를 놓는 일에 쓰게 했다. 이처럼 귀한 나무를 백공이 사들인 건, 마지막 순간까지 아내를 위해서라면 돈을 아끼지 않겠다는 마음 자세를 보여준다.

음식을 위하여 곡식도 거두는 대로 잘 골라서 미리 챙겼다.

그러나 양미는 죽지 않았고, 쌀쌀한 바람이 부는 날 아침에 끙 소리를 내며 절반쯤 일어나 앉았다. 겨우 입을 열어 곁에서 시중 드는 하녀에게 처음으로 경어를 썼다.

「이런 부탁을 해도 되는지 모르겠네요. 바쁘실 텐데 정말 죄송하지만, 죽을 조금만 끓여주시겠어요?」

세 계절 넘게 아무 것도 들지 않았던 양미는 이것저것 먹으며 기운을 되찾으려 애썼다. 나날이 이전의 추저분한 모습에서 허여멀겋고 해사한 여인으로 변해 갔다. 얼굴에서 두꺼운 막이 벗겨지며 보드라운 새살이 붙었고, 온몸 살갗이 분홍빛 도는 뽀얀 빛깔로 탈바꿈했다. 그리고 갈수록 눈동자가 소처럼 커졌다. 얼굴 전체에서 눈부신 빛이 뿜어져 나왔기에, 백공은 눈이 멀까 봐 아내를 똑바로 쳐다보지 못했다.

〈동글동글한 눈과 도드라진 콧날, 갸름한 뺨은 예전의 아내가 아니야. 그림에서 본 첫번째 양미 할머니와 모든 생김새가 아주 비슷해!〉

아내 앞으로 바짝 다가앉으며 물었다.

「당신, 당신이 맞아?」

양미가 간단하게 대꾸했다.

「나는 나, 당신은 당신」

있는 건지 없는 건지 알 수 없어서 오리알 부침으로 불렸던 젖가슴은 날로 크고 탱탱하게 부풀었다. 군살이 빠지며 허리가 조롱박 주둥이처럼 잘록해졌고, 온몸에서 복사꽃과 밤꽃과 수박꽃 향이 물씬 풍겼다.

이전에 쭈그리고 앉아 있을 때 양미는 땅바닥에 닿을 정도로 궁둥이 살이 처졌던 여자였다. 그런데 갑자기 생고무처럼 팽팽한 탄력이 붙으면서 엉덩이가 높이 올라갔다. 마치 허리 위에 엉덩이가 있는 것처럼 보였다. 무슨 물건이든지 그녀의 엉덩이에 닿는 즉시 멀찍이 퉁겨 날아갔다.

집 앞에서 길을 가던 어떤 사내가 양미와 엉덩이끼리 살짝 스친 적이 있었다. 다음 순간 그 사내는 허공을 부웅 날아갔고, 담을 타넘어 옆집 마당에 떨어져 기절하면서 외쳤다.

「세상에서 가장 무서운 엉덩이!」

양미는 성격도 크게 바뀌었다. 무슨 일이 있어도 큰소리로 말하는 예가 없었으며, 웃을 땐 꼭 두 손을 모아 입을 가렸다. 작은 소리로 방귀를 뀐 다음에도 얼굴이 빨개졌다. 다음날 저녁때 가서야 기어드는 목소리로 남편에게 살짝 물었다.

「어제 제가 방귀 뀌었을 때 냄새 많이 났어요?」

백공은 잠깐이나마 이처럼 아름답고 착한 여자와 별거하려 했던 자신을 호되게 나무랐다. 손바닥으로 옆머리를 타다닥 때리더니 벽을 이마로 들이받았다. 깜짝 놀란 양미가 몸을 날려 간신히 백공의 이마와 벽을 떼어놓았다.

「자제하시는 게 좋겠어요. 그러다가 돌머리 되겠어요」

양미가 길을 거닐면 온 동네 사람이 눈을 동그랗게 뜨고 쳐다보았다. 모두 일손을 멈추고 넋 나간 표정을 지었고, 엉덩이끼리 부딪쳐 새처럼 비상하게 될세라 멀찌감치 물러나 길을 터주었다. 절세 미인을 보고자 계를 만들어, 곗돈을 타는 대로 며칠 짬을 내서 다녀가는 먼 고장 사람도 적지 않았다.

병이 완전히 나은 날 밤에 양미는 인력거를 타고 서호[15]로 나갔다. 별빛에 반짝이는 기다란 둑 쪽을 바라보며 먼 옛날을 추억했다. 지난 삼백 년 동안 저승에서 그녀는 단 하루도 두 다리 뻗고 쉬지 못했다.[16] 달산은 좀처럼 저승에 나타나지 않았다. 어딘가에서 그녀를 다시 만날 날을 기다리며 살고 있다는 얘기였다.

양미는 달산과의 사랑을 포기하고 죽음을 받아들인 자신의 어리석음을 탓하며 매일 훌쩍거렸다. 안쓰러운 마음에 옥제[17]는 어느 날 그녀를 불러서 일렀다.

「이제 그만 이승으로 돌아가거라. 그곳에서 너를 울보로 만든 일과 맞닥뜨려서, 골수에 맺힌 한을 풀고 호호호 웃는 낯으로 다시 오도록 하거라」

백공은 아내가 한밤중에 호수에서 돌아오자 맨발로 달려나갔다.

---

15) 서호(西湖)는 항저우 복판에 위치한 지름 3킬로미터 안팎의 호수로, 계절마다 다채롭고 아름다운 변화를 보여주어 예로부터 수많은 시인들을 매료시킨 곳이다. 북송 때 시인이자 정치가 소동파가 지사로 일하면서 20만 명의 인부를 동원하여 호수 왼쪽에 여섯 개의 다리를 놓아 연결한 기다란 둑을 쌓았다. 양미는 남쪽과 북쪽 땅을 잇는 이 둑을 바라보면서, 자신과 달산 사이에서 단절과 만남이 교차된 지난날을 자주 돌아보았다.

16) 이 이야기의 맨앞에 나오는 첫번째 백공의 아내인 첫번째 양미가 죽은 지 삼백 년 만에 완전히 부활했다는 걸 의미한다.

17) 옥제(玉帝)는 중국 도교의 신 가운데 가장 공경 받는 신으로, 냉정하고 점잖은 성품에 인간사와 하늘의 대규모 관료 기구를 두루 다스리는 최고의 통치자이다. 송나라 때 도교를 믿는 황제들이 정식으로 옥제 숭배를 승인하고 이름을 옥황상제(玉皇上帝)로 바꾸었다. 용을 수놓은 황제의 예복을 입고 구슬로 장식한 모자를 쓰고, 비취로 만든 명판을 손에 들고 옥좌에 앉은 모습으로 묘사된다. 양미가 죽어서 옥제가 다스리는 하늘로 간 건 그녀가 도교를 믿었기 때문으로 여겨지며, 뛰어난 후각을 과시하는 등 신통술을 발휘한 것 역시 도교 신앙을 지닌 것과 무관하지 않다.

「어디 갔다가 이제 와요? 얼마나 걱정했는지 모르오」

마당에 우뚝 선 양미는 잠자코 백공을 쳐다보았다. 불현듯 마음을 굳힌 얼굴로 잘라 말했다.

「고려 땅으로 가요」

「금방 뭐라고 했소?」

「저는 같은 소리 두 번 안해요」

「진담이오? 짐승 같은 자들이 사는 곳이라면서 마다했잖아요」

양미가 목뼈를 삐걱거리며 고개를 흔들었다.

「어쨌든 지금은 아니에요」

그때 백공의 나이는 스물일곱, 양미는 스물네 살이었다. 중국 땅에 원 제국이 세워진 지 몇 해 지났을 무렵이었다. 더위가 한 풀꺾인 초가을 아침에 그들은 고려로 가는 배에 올랐다. 고려에서 팔 물건을 배에 가득 실었다.

바다 복판에 이르렀을 때, 반대쪽에서 오던 배에서 별안간 여자들이 통곡하는 소리가 들렸다. 모두 발을 구르며 울부짖는 통에 배가 좌우로 심하게 기우뚱댔다. 선원들이 몽둥이로 여자들을 후려치는 게 보였다. 어느 순간에 한 여자가 선원의 팔뚝을 깨물더니 치마폭으로 얼굴을 감싸고 물로 뛰어들었다.

한참 만에 올라온 여자는 배가 태산만했다. 백공이 밧줄로 올가미를 만들어 물에 떠다니는 여자에게 던졌고, 운좋게 여자는 올가미에 발목이 걸려 배로 끌려 올라왔다. 백공이 두 손으로 아랫배를 힘껏 누르자 여자는 물고기 스무 마리와 짠물 한 말을 토하며 되살아났다. 정신을 차리고 앉은 여자에게 백공이 물었다.

「대체 무슨 일인고?」

여자가 눈물을 흘리며 대답했다.

「어떻게 이 은혜를 갚을 수 있을런지요? 제 이름은 비렴입니다. 아버지는 무슨 일로 역적으로 몰려 지난해에 참수형 당하셨습니다. 저는 다른 처녀들과 함께 중국으로 가던 길이었는데요. 얼굴도 모르는 사내와 짝지어 강제로 결혼시킨다기에, 차라리 죽는 게 나을 것 같았습니다」[18]

비렴은 백공의 허벅지를 두 팔로 꼭 끌어안았다. 백공이 중심을 잃고 비틀거리며 비렴의 등덜미를 손바닥으로 찰싹 때렸다.

「놓아라」

놓기는커녕 여자는 한층 세게 허벅지를 감싸안았다.

「아니 되옵니다. 생명의 은혜를 갚기 전까진 절대로 놓을 수 없습니다!」

백공은 밤에 비렴이 지쳐서 잠든 뒤에야 자유의 몸이 될 수 있었다. 살며시 비렴의 팔을 풀어서 허벅지를 빼내고 기둥을 껴안게 했다. 비렴이 이를 악물고 기둥을 힘껏 안으며 잠꼬대했다.

「절대로, 절대로 아니 되옵니다!」

보름 지나서 그들은 예성강 어귀 벽란도[19]에 이르렀다. 양미가

---

18) 이전 날 몽골 군대에 항복한 남송 출신 군인들에게 아냇감을 구해 주고자, 원나라에선 고려에 결혼도감(結婚都監)을 만들어 처녀 일백사십 명을 바칠 것을 명한 일이 있었다. 파산한 집안의 딸인 비렴은 이 일에 관련되어 중국으로 끌려가는 중이었다.

19) 지금의 경기도 개풍군과 황해도 연백군 사이를 흐르는 예성강 하류의 나루터로서, 고려 시대 때 국제 무역항으로 이름이 높았던 곳이다. 원래 이름은 예성항이다. 벽란도는 송나라 사신이 쉬어가던 벽란정에서 이름을 딴 것인데, 고려 말에 송나라와의 국교가 단절되면서 벽란정이 없어졌다. 동시에 예성항은 무역항의 기능을 잃었다.

콧구멍을 열고 크게 뜬 눈으로 주위를 살피며 고개를 흔들었다.

「더 위로 올라가야 해요. 여기는 내가 꿈꾸었던 곳이 아니에요」

배는 다시 바다로 나갔다. 섬과 섬 사이를 지나 장산곶을 돌아서 사흘 밤낮 쉬지 않고 북으로 올라간 뒤에, 「다 왔어요, 바로 저곳이에요!」 하고 양미가 외친 다음에야 뭍으로 방향을 틀었다.

맨 먼저 배에서 내린 건 양미였다. 개펄에 발을 내딛으며 고개를 드는데 저 멀리 언덕에 앉아 책을 읽는 사내가 눈에 잡혔다. 백공이 인부들과 함께 배에서 물건을 내리는 동안, 그녀 혼자 숨을 고르며 언덕으로 올라갔다. 바닷바람에 비단 옷자락이 펄럭거렸고 모래 알갱이가 얼굴을 때렸다. 양미는 옷자락을 들어 얼굴을 가렸나.

달산이 언덕을 올라오는 여자를 물끄러미 바라보았다.

〈누구지? 차림새로 봐선 중국 여자 같은데?〉

곧이어 그는 다시 책에 눈을 주었다. 이윽고 가까이 다가와 곁에 선 양미가 그에게 물었다.

「당신은 학자이신가요?」

달산이 책에서 눈을 떼지 않은 채 대꾸했다.

「그만한 됨됨이가 못 되오」

책에 적힌 글씨를 읽고자 양미는 허리를 구부렸다.

「당신이 쓴 시인가요?」

「그렇소」

「한 편 읽어주실 수 있겠어요?」

달산이 고개를 들어 양미를 올려다보았다. 그녀는 여전히 옷자락으로 얼굴을 가리고 있었다. 그래서 달산은 양미를 알아보지 못했으나 눈빛이 왠지 낯익다는 느낌이 들었다. 다시 책으로 눈길을 내려, 감정을 듬뿍 담은 목소리로 운을 넣어 시를 읊었다.

「거듭 세월 흘러도 이룰 수 없는 사랑을 꿈꾸었노라. 그리워 안타까운 내 마음 그대 처음 만난 언덕을 맴도노라. 기약 없는 사랑의 슬픔으로 오늘도 저 구름 덧없이 흘려 보내노라」

양미의 뺨에서 눈물이 흐르기 시작했다. 눈물 한 방울이 시집 위에 툭 떨어져서 진달래 꽃잎으로 변했다. 놀란 얼굴로 달산이 꽃잎을 집어들었다. 양미는 계속하여 눈에서 꽃잎을 뚝뚝뚝 떨어뜨리며 둘러댔다.

「눈에 모래가 들어갔나 봐요. 어서 시를 계속 읽어주세요」

얼마 만에 달산이 시 읽기를 마쳤을 때 양미가 물었다.

「그 여자 이외엔 아무도 사랑한 적이 없나요?」

온몸이 붉은 꽃잎에 덮인 달산은 두 눈을 끔뻑 감았다가 뜨는 걸로 대꾸했다. 양미가 다시 물었다.

「그 여자도 당신만을 사랑했다고 믿나요?」

달산이 주저 없이 고개를 끄덕였다. 그러자 떨리는 입술로 양미가 속삭였다.

「아, 내 사랑」

그녀는 손을 내려서 달산의 뺨에 댔다. 움찔거리면서 달산은 양미를 쳐다보았다. 양볼로 눈물을 주루룩 흘리며 양미는 천천히 손에 쥐었던 옷자락을 놓았다. 바람에 옷자락이 날리는 순간, 그녀의 얼굴이 훤하게 드러났다.

「양미!」

비명을 지르듯이 외치며 달산이 자리에서 벌떡 일어났고, 양미가 앞으로 손을 뻗으며 뒷걸음질쳤다.

「그 동안 잘지내셨나요?」

「대관절 이게 얼마 만이오?」

그가 포옹하려 하자 양미는 손을 들어 바닷가에 닿은 배를 가리켰다. 그곳에선 짐을 다 내린 백공과 비렴이 무슨 일인가 궁금해하는 낯으로 이쪽을 바라보고 있었다.

「우리에겐 앞으로 시간이 바닷가 모래알처럼 많이 남아 있어요. 저기 서 있는 사람은 제 남편 백공이에요. 하지만 그 옛날의 백공은 아니에요. 그는 이미 오래전에 세상을 떴지요. 저 사람은 그의 후손인데 우리 사이를 전혀 몰라요」

백공과 양미, 그리고 이들의 새로운 몸종 비렴은 달산네 옆집을 살림터로 삼았다. 너른 길을 사이에 두고 양쪽으로 상점과 여관 수십 개가 늘어선 번화가여서 해거름까지 수많은 사람이 우글대는 곳이었다.

백공 내외는 중국에서 가져온 물건을 진열하여 곧 가게를 열었다. 그런데 백공은 한 가지 잊은 게 있었다. 이는 집안 대대로 전하는 훈시였다.[20] 고려 땅에 발을 딛던 날 달산과 인사를 나누는 순간, 어디선가 그의 이름을 들어본 것 같은 느낌에 백공은 고개를 갸웃했다. 그러나 달산이 오랜 벗을 만난 듯이 따뜻이 대해 줘서 더는 깊이 생각하지 않았다.

양미와 달산이 매일 지금보다 가까운 거리에서 지낸 적은 없었다. 둘은 하루에도 몇 번씩 얼굴을 마주했으며, 그때마다 몰래

---

20) 「고려 사람 가운데 달산이나 그의 후손 되는 이를 보거든 무조건 피하도록 하라」는, 백공 1세가 세상을 뜨면서 내린 훈시를 말한다.

눈짓과 미소를 주고받았다. 지나치면서 슬쩍 서로 손을 잡았다가 놓을 때도 있었다. 하지만 좀처럼 단둘이 오붓하게 시간을 보낼 기회를 잡지 못했다. 오로지 백공 내외를 돌보고 지키는 일에 일생을 바치기로 마음먹은 비렴 때문이었다.

두 연인이 이야기를 나눌 때면, 비렴이 치맛바람을 일으키며 쌩 하고 달려가서 귀를 쫑긋 세우고 엿들었다. 어느 날 달산은 당나귀처럼 펼쳐진 비렴의 귀를 잡아 손가락으로 귓불을 퉁겼다.

「자네는 자네 일을 보지 그러나?」

비렴은 어떤 날은 오줌을 줄줄 싸며 두 사람의 대화를 귀담아 들었고, 밥그릇을 들고 붙어서서 식사한 날도 있었다. 물 대접을 들고 나타나 고양이 세수를 하고 그 자리에서 옷을 갈아입고 화장하기도 했다. 한밤에도 비렴은 주인 내외를 지키는 일을 멈추지 않았다. 마당 복판에 돗자리를 깔고 앉아 중얼중얼 염불하거나 주문을 외며[21] 뜬눈으로 밤을 지새웠다. 장맛비가 퍼붓는 날엔 비를 그대로 흠뻑 맞았고, 가을날엔 낙엽에 푹 파묻혀 아침 기지개를 켰다.

여러 해가 흘러 여름으로 접어들면서, 언덕으로 오르는 길목에서 모란과 작약이 차례로 푸짐하게 꽃봉오리를 터뜨렸다.[22] 달산

---

21) 비렴이 불교와 무속 신앙에 동시에 심취한 사람임을 보여준다. 종교학자 무기도 박사의 견해를 빌면, 두 가지 이상의 종교를 동시에 믿는 사람은 사후 세계에 대해 확실한 믿음이 없기에 양다리를 걸친 걸로 볼 수 있다. 가령 기독교와 불교를 동시에 믿는 사람은 행여나 천국이 부재할 경우엔 극락으로 갈 수 있고, 반대로 극락이 없을 경우엔 천국으로 갈 수 있도록 여지를 남겨 놓은 사람인 것이다. 오늘날 주식 시장에서 분산 투자를 하는 사람들의 안전 희구 심리와 비슷하다. 본명이 아닌 듯한 무기도(巫基道) 박사의 이름 역시 세 가지 종교를 합한 걸로 여겨진다.

은 직접 물건을 싣고 다니며 도붓장사 일을 하고자 다시 백마를
사들여 길들였다. 백마는 힘이 황소만큼이나 세서 마차를 수월하
게 끌었다. 하지만 달리기 솜씨가 영 시원치 않았고 몹시 뒤뚱거
렸다.

그 즈음에 비렴도 숯처럼 시커먼 말을 한 필 구했다. 말 타기
를 배우던 초기에 그녀는 말 등에 앉아 있는 시간이 드물었다.
땅바닥에 떨어져 길게 드러누운 시간, 궁둥이와 잔허리를 손으로
쓸며 신음하는 시간이 훨씬 많았다. 그런데 밤낮 없이 땀 흘려
익힌 결과, 나날이 말 타는 솜씨가 눈에 띄게 늘었다.

어느 화창한 날 한낮에 백공은 배에서 물건을 내리러 바다로
나섰다. 그 틈을 타시 달산은 양미를 앞에 태우고 백마를 달려
녹음 짙은 들판으로 나갔다. 엉겅퀴와 패랭이꽃으로 덮인 풀밭엔
나비와 벌과 잠자리가 바삐 날아다녔다.

신나게 말을 달리던 달산은 양미의 얼굴을 돌려서 입을 맞추려
했다. 바로 그 순간 무언가 나란히 곁을 달리는 느낌에 돌아보

---

22) 모란과 작약이 생김새가 비슷하여 혼동하기 쉽다는 얘기는 앞에서 했다.
또 하나 재미있는 건 꽃이 피는 순서로서, 모란이 피었다가 진 뒤에야 비로
소 작약꽃이 핀다. 이에 관하여 서양에선 흥미로운 전설이 전한다. 옛날에
파에온이라는 공주가 있었는데 사랑하는 왕자가 먼 나라 전쟁터에 나갔다.
공주는 수많은 세월을 왕자가 돌아오기만 기다리며 살았는데, 어느 날 눈먼
악사가 부르는 노래에서 왕자가 공주 자신을 그리워하다가 죽어 모란꽃이 되
었다는 사실을 알게 된다. 이국 땅으로 가서 모란꽃을 찾아낸 공주는 영원히
모란꽃 옆에서 머물게 해달라고 신께 기도했으며, 그 결과 공주는 작약꽃으
로 변하여 모란 옆에서 지내게 되었다. 이런 사연을 지닌 꽃들이 이 이야기
에서 등장한 건, 가까이 지내면서도 같이 시간을 보내지 못하는 달산과 양미
의 처지를 고려할 때 우연만은 아니다.

니, 비렴이 흑마를 타고 나란히 달리며 그들을 뚫어지게 바라보고 있었다. 두 눈이 앞으로 한 자쯤 튀어나온 비렴이 물었다.

「두 분께선 황급히 어디로 가시는 길인가요?」

「알아서 무엇에 써먹으려 하는고?」

「숨김없이 말씀해 주시는 게 좋을 듯합니다」

달산이 고삐를 힘껏 당겨서 지금껏 달려온 쪽으로 방향을 돌리며 대꾸했다.

「말에 두 사람이 같이 타도 괜찮은지 알아보려고 나왔어. 됐지?」

덩달아 급히 방향을 틀려다가 비렴은 고삐를 놓쳤다. 바닥에 나가떨어진 비렴은 발목이 부러졌고, 이후로 바깥 나들이가 어려워졌다. 이는 달산과 양미가 감시자 없이 밀애를 나눌 수 있는 기회를 잡았음을 뜻했다. 하지만 하늘은 냉정하고 쌀쌀맞게 그들을 못 본 척했다. 다음날 중국에 다녀올 일이 생긴 백공이 양미를 데리고 배에 올랐던 것이다.

황금 들녘에서 추수가 한창일 때 이들은 일을 마치고 돌아왔고, 비렴은 다리를 절뚝거리며 다시 밖으로 나왔다. 발걸음이 느려서 더욱 오감을 곤두세웠더니 갈수록 귀가 몇 곱으로 밝아졌다. 한밤에 모든 사람이 잠자리에 들면 그녀는 어슬렁어슬렁 동네를 돌았다. 벽 너머 방에서 남녀가 몸을 합하며 내는 소리를 귀가 닳도록 들었다.

오슬오슬한 달밤에 마당에 앉아서 스스로에게 물었다.

〈사람이 사람을 사랑한다는 건 어떤 걸까? 남자와 몸을 섞을 때 과연 어떤 느낌일까?〉

밤이 깊어가면서 비렴은 고독과 외로움에 깊이 잠겼다. 바깥어른 백공의 얼굴이 자꾸만 어른거렸고, 담 위로 달이 떠오를 땐 느닷없이 그에게 색다른 감정이 느껴졌다.

〈나를 좀더 따뜻하게 대해 주면 좋겠어. 그러면 가슴속 이야기를 보다 많이 나눌 수 있을 텐데.〉

낯이 달아오르고 가슴이 사납게 뛰면서 의문이 스쳤다.

〈어쩌면 이런 게 사랑이 아닐까?〉

하루하루 백공에게 마음을 빼앗기면서, 비렴은 먼발치에서 그를 보거나 목소리만 들어도 가슴이 콩닥대고 오금과 허벅지가 저릿해졌다. 밤중에 그녀는 가끔 마당 돗자리에서 마루 오른쪽 안방을 바라보고 귀를 기울였다. 비렴이 보기에 백공 내외는 여느 부부와 달리 잠자리를 같이하는 날이 매우 드물었다. 두어 달에 한 번이면 많이 한 경우에 들었으며, 이런 날도 보채는 쪽은 늘 백공이었다. 어느 날은 밤새도록 밀고 당기고 안고 떠미는 실랑이가 이어졌다.

「합시다」

「아, 제발」

백공은 억지로 그녀의 단속곳과 고쟁이와 속속곳을 벗기고 다리속곳을 잡아채서 속살이 드러나게 만들었다.[23] 그러자 양미가 매섭게 눈을 흘기며 그의 손등을 손바닥으로 내리쳤다.

「피곤하다고 했잖아요. 그만 잡시다」

결국 백공은 풀죽은 낯으로 등을 보이고 돌아누웠다. 아내가 잠든 뒤에 방문을 열고 마루로 나와서, 마당에 비렴이 있다는 걸 잊고 중얼거렸다.

「중국에서 살 때는 저 사람이 먼저 요구할 때가 월등히 많았는데 이제는 정반대가 되었어. 가뭄에 콩 나듯이 살을 섞을 때도 도무지 열의가 없고 말이야」

급기야 잠자리에서 티격태격하다가 양미가 손톱으로 남편의 얼굴을 길게 긁는 일이 벌어졌다. 백공은 손톱 자국을 손바닥으로 덮고 다시 마루로 나왔고, 윗니로 입술을 깨물며 목에 힘을 주었다.

「저 사람이 여전히 나를 사랑한다는 사실을 확인하기 전엔 결코 늙거나 눈을 감지 않겠어」

비렴 또한 스무 살 나이에 머물렀다. 그녀는 자신이 행여 늙어 병들었다간 바깥어른에게서 심각한 일이 벌어질 게 틀림없다고 여겼다. 가령 양미가 달산과 짜고 백공을 독살할지 몰랐다. 백공이 마당에 고꾸라져 피를 토하는 장면을 떠올린 순간, 비렴은 주위 사람들이 깜짝 놀랄 정도로 크게 소리쳤다.

「안 돼! 주인님한테 그런 일이 벌어지는 걸 결코 용납할 수 없어!」

---

23) 양미가 온갖 속옷을 다 입은 건 백공이 자신의 옷을 다 벗기는 데 어려움을 겪게 만들기 위해서이다. 영화 감독 김진하의 데뷔작 작업 후일담을 보면, 여주인공을 맡은 이보이가 베드신 촬영 날이면 집에 있는 속옷이란 속옷은 다 입고 나오는 바람에 옷을 벗게 만드는 데 여간 애먹지 않았다는 대목이 나온다. 그 여배우는 양미와 비슷한 이유에서 그런 전략을 세운 걸로 여겨진다. 참고로 우리나라 옛 여성의 아래옷 입는 순서를 옮겨보면, 먼저 치마끈에 기저귀를 달아서 샅을 가리게 한 다리속곳을 입고 그 위에 속속곳과 고쟁이, 단속곳, 너른바지, 대슘치마, 무지기, 다홍치마의 순으로 옷을 입었다고 한다. 밑에만 무려 여덟 가지 옷을 입었던 것이니 요즘 여자들은 복이 터졌다.

동시에 생명의 은인에게 음탕한 마음을 품는 건 옳지 않다는 생각에 고통받았다. 저도 모르게 백공한테 욕정이 일면 사정없이 허벅지를 꼬집어 비틀었다. 과도로 허벅다리를 푹 찌르는 바람에 피를 너무 많이 흘려 죽을 뻔한 적도 있었다.

먹구름이 낮게 내려온 날 아침나절에, 백공은 마당에서 웃통 맨살을 드러내고 낯을 씻었다. 부엌을 나서다가 그를 본 비렴은 흥분하여 얼빠진 얼굴이 되었다. 다른 사내에게 눈을 돌려 욕정을 달래기로 마음먹고, 곧 대문을 나서 옆집으로 달려들어갔다. 그때 달산은 침상에 반듯이 누워 천장을 올려다보며 오랜만에 시를 짓고 있었다.

「어서 내게로 오라. 와서 이 성난 불길을 잠재워다오」

비렴이 문을 열어젖히고 방으로 성큼 들어서서 옷고름을 풀며 외쳤다.

「잠깐만 기다리세요! 금방 불길을 잡아드릴게요!」

벌떡 일어난 달산이 비렴의 손을 잡았다.

「여보게, 이게 무슨 짓인가?」

비렴은 몸을 비틀며 옷고름을 마저 풀려 했고, 달산은 옷고름을 도로 묶으려고 쩔쩔맸다. 얼굴과 목에서 비렴은 땀을 벌벌 흘렸다. 잠을 못 자서 가뜩이나 빨간 눈동자가 더욱 새빨갛게 변했고, 신음 소리는 발정한 고양이 울음 같았다. 마침내 힘이 빠진 비렴은 바닥에 주저앉으며 눈물을 쏟았다.

달산이 머리를 쓰다듬으며 그녀를 달랬다.

「착하지? 울지 마. 다시는 이러지 마」

비렴은 부끄러움을 못 이기고 밖으로 뛰쳐나갔다. 상점 거리를 벗어나 들판을 헤매는데 멀리 풀숲에 누운 어떤 사내가 보였다. 사내는 마른 억새를 질겅질겅 씹으며 헛소리를 지껄이고 있었다.

「너 나빠. 미워. 사랑해. 아이 좋아라. 갈아 마셔도 시원치 않을 년. 오매 좋은 거!」

아내가 다른 남자와 눈이 맞아 달아난 뒤에 가게를 닫고 고주망태 주정뱅이가 된 사내였다. 비렴이 그의 팔을 잡아당겨 강제로 일으켜 세웠다. 사내는 비렴을 자기 아내로 착각했다. 그녀의 손을 꼭 쥐면서, 눈동자를 굴려 겹겹으로 어지러운 동그라미를 만들며 몹시 반가워했다.

「여보, 당신 언제 돌아왔어? 다시는 도망쳐서 아무하고나 붙어먹는 일 없을 거지?」

비렴이 사내의 코를 잡아 비틀었다.

「사람이 왜 이렇게 꼬질꼬질해요? 온몸에서 밴댕이젓하고 조기젓이 푹푹 썩는 냄새가 나잖아」

비렴은 그를 끌고 강으로 갔다. 모래로 박박 문질러 몸을 씻기는 중에, 주정뱅이는 추워서 시퍼래진 입술로 덜덜 떨었다. 얼마 뒤에 그들은 웃자란 갈대밭으로 들어갔고, 그곳에서 비렴은 하늘을 떠가는 새털구름을 바라보고 누워서 처녀를 버렸다.

이삼 년 남짓한 동안에, 백공과 달산을 빼고 상점 거리에 사는 사내 거개가 비렴을 품에 안는 경험을 공유하게 되었다. 비렴은 달산에게서 모두 스무 차례에 걸쳐 동침을 거부당했다. 자존심이 상할 대로 상하여 속을 끓이고 지내던 어느 날, 홧김에 백공에게 달산을 모함하는 얘기를 연거푸 늘어놓았다.

「마님한테 신경 좀 쓰세요. 달산하고 같이 계실 땐 깔깔거리며 얼마나 즐거워하시는지 몰라요」

「요즘은 달산이 무슨 일로 바쁜지 놀아주지 않아서 마님께서 많이 심심하신가 봐요. 언제 함께 들놀이 다녀오세요」

「마님께서 어젠 혼자말로 이렇게 중얼거리셨어요. 두 눈 꾹 감고 달산하고 일을 저질러버려?」

백공은 잠자코 비렴의 얘기를 귀담아들었다. 비렴이 무언가 잘못 생각한 듯하지만, 한편으로 아내가 잠자리에서 자신을 계속 뿌리치는 건 다 그만한 까닭이 있다는 느낌이 들었다. 양미의 얼굴에서 유난히 화장기가 짙어진 봄날부터 백공은 서서히 그녀를 의심하기 시작했다. 일단 의혹이 생기자 모든 몸짓이며 말투가 수상쩍어 보였다.

담마다 산들바람에 개나리꽃이 물결치는 날, 꽃향기를 맡으며 골목을 거닐던 백공은 우연히 다른 집 아낙네들의 대화를 엿들었다. 그들은 비렴이 동네 사내들과 놀아나는 것에 대해 얘기를 주고받고 있었다.

「무슨 여자가 그 모양으로 추접지근해? 아무 앞에서나 훌훌 옷을 벗어붙인다면서? 걸레가 따로 없다니깐」

「걸레도 이만저만한 걸레가 아닌 것 같아요. 무슨 수를 내든가 해야지 더 놔두었다간 일 나겠어요」

백공은 그들이 아내 얘기를 하는 줄 알았다. 저녁때 꽃놀이 갔다가 돌아온 아내를 사랑채로 데리고 가서 애처로운 얼굴로 사정했다.

「제발 다시는 그러지 말아요」

「무슨 얘기에요?」

「이번 일은 모르는 척하고 넘어갈 터이니 구석구석 잘 씻어요. 나는 당신 몸에서 걸레 냄새 나는 건 정말 못 참아요」

곧바로 집을 나선 백공은 노을 빛 속에서 자신을 보고 질겁하여 산수유나무 뒤로 숨는 사내를 보았다. 백공은 그자가 아내를 건드린 게 틀림없다는 생각에 다짜고짜 달려들어 멱살을 틀어쥐고 흔들었다.

「왜 그랬던 거야!」

비렴과 놀아난 일을 탓하는 걸로 오해한 사내가 질겁하여 두 손을 맞비볐다.

「제발 목숨만. 앞으로는 절대로」

순간 백공은 짐작했던 대로 아내가 서방질하고 다니는 게 분명하다는 느낌을 받았다. 발로 아랫배를 걷어차서 그자를 쫓아버린 뒤에, 왠지 낯빛이 불안해 보이는 사내를 하나 더 잡아 멱을 움켜쥐고 같은 얘기를 건넸다.

「왜왜왜왜왜! 왜 그랬던 거야! 엉?」

그 사내도 무릎을 꿇고 온몸을 떨었다.

「제발 목숨만」

한 달 안쪽에 일대의 사내 대부분이 백공에게 멱이 잡히는 수모를 당했다. 한결같이 낯이 하얗게 질려 용서를 빌었으나 한 사내만은 조금도 당황하는 기색이 없었다. 자신의 멱을 쥔 백공의 손을 풀며 매우 안타까운 표정을 지었다.

「백공, 심신이 많이 지치신 것 같군요. 쉬엄쉬엄 일하도록 하세요」

달산에게 고개 숙여 사과하고 집으로 들어간 백공은 머리 속이

어지러워졌다.

〈저 친구마저 아내를 건드리는 일이 벌어진다면 그때는 모든 게 끝이야. 더는 하루도 세상을 살아갈 수 없을 거야.〉

백공은 일손을 놓고 끼니를 거르며 궁리한 끝에, 이곳에서 지내는 시간을 최대한 줄이는 쪽으로 결론을 내렸다. 다시 중국으로 건너가서 그곳에 지점을 열었으며, 한 해에 세 계절 넘게 양미와 더불어 항저우에서 지냈다. 젖을 덜 먹은 아이가 칭얼대며 엄마를 쫓아다니듯이 늘 아내의 꽁무니를 졸졸 따라다녔다.

물론 고려 땅에서 지낼 때도 그녀를 곁에서 떼어놓지 않았다. 그네뛰기와 널뛰기, 놋다리밟기,[24] 꽃달임[25] 같은 여자들만의 놀이에도 체면이고 뭐고 없이 무턱대고 끼여들려 했다.

「남자는 안 돼요. 치마 입고 머리에 쪽을 찌고 오시거나, 그게 싫으면 다른 데 가서 노세요」

여자들이 두 팔을 벌리며 막아섰다. 하지만 백공은 입을 꾹 다문 얼굴로 양미의 옷자락을 꼭 쥐고 악착같이 버텼다. 그래서 아

---

24) 여자들이 차례로 허리를 굽히고 앞사람의 허리를 꼭 끌어안아서 다리를 만들면 그 위를 어린애가 밟고 건너가는 놀이로서, 경상북도 안동에서 전해져 내려온다. 유래는 이러하다. 고려 말 공민왕 때(1361년) 홍건적(紅巾賊) 십만 명이 재차 쳐들어왔을 때, 왕은 왕후인 노국공주와 함께 남쪽으로 피난길에 올랐다. 안동에 이르러서 소야천(所夜川) 앞에 서서 머뭇거리자, 여자들이 나서서 허리를 구부려 다리를 놓아 왕후가 이를 밟고 냇물을 건너게 했다고 한다. 안동에서 천리 이상 떨어진 곳에 살았던 양미와 다른 아낙네들이 생긴 지 얼마 안 되는 이 놀이를 즐기게 된 전후 사정은 알 수 없으나, 양미가 놀이의 내용에 마음이 끌린 건 분명해 보인다.

25) 꽃을 달여서 빨대로 쪽쪽 빨아먹는 놀이를 뜻한다고 주장하는 이들이 있으나, 실은 진달래꽃이나 국화꽃을 따서 떡에 넣거나 전을 부쳐 여럿이 모여 나눠먹는 놀이를 말한다.

내의 치마 속을 못 벗어나는 덜떨어진 사내로 놀림 당했으나 개의치 않았다.

세월이 흐르고 또 흘러, 조선조에 들어설 즈음부터 12대 백공은 이전 날의 백공 1세로 돌아가기 시작했다. 생김새는 처음부터 집안의 시조와 매우 흡사했다. 그런데 이제는 말과 행동뿐 아니라 생각하는 것마저 그를 닮아갔다. 그리고 하루하루 자신이 세상에 태어나기 이전으로 기억이 거슬러 올라갔다.

재회한 이후에 이백 번에 가까운 봄이 흘러갔건만, 양미와 달산은 단둘이 오붓하게 시간을 보낸 적이 없었다. 차라리 서로 떨어져서 어디 사는지 모르고 지내던 때만도 못하다는 느낌이었다. 때는 세종조, 안뜰에서 목련이 시원스럽게 꽃망울을 터뜨린 봄날에 양미는 몸져누웠다. 달산을 품에 안고 싶은 춘정과 조바심을 이기지 못한 탓이었다.

마침 백공은 중국에 연 상점에 급한 볼일이 생겼다. 그래서 여느 때처럼 아내를 데리고 가려 했으나, 좀처럼 그녀는 병이 나을 낌새가 보이지 않았다. 핼쑥한 낯으로 눈을 감고 누운 양미 곁에 앉아서 이마에 손을 올렸다.

「몸조리 잘하고 있어요. 석 달쯤 걸릴 거요. 그 동안 비렴이 당신을 돌봐줄 거예요」

백공이 방에서 나오자 비렴이 섬돌에 신을 가지런히 놓으며 물었다.

「어디 다녀오시게요?」

「항저우에 갔다올 터이니 마님을 잘 보살펴드리게. 병이 다 나은 뒤에도 꼭 붙어 지내야 하네」

그가 배를 타러 바닷가로 떠난 뒤에 비렴이 안방에 들었다.

「마님, 제가 어르신을 모시고 다녀올게요. 주인님께선 저더러 이곳에 남아 있으라고 하시지만 그건 안 될 말이지요. 곁에서 돌봐 드리지 않으면 아무 일도 못하는 분이라는 거 잘 아시지요?」

비렴마저 집을 나선 직후에 양미는 언제 그랬냐는 듯이 기운을 차리고 일어났다. 창을 열고 멀리 언덕을 넘어 비렴이 사라지는 걸 지켜보았다. 옆집으로 건너간 양미는 두 팔을 벌리며 달산의 품에 안겼다.

「둘 다 중국으로 건너갔어요!」

잠시라도 방심했다간 동네 사람들한테 들킬지 몰랐기에 장소를 옮겨 사랑을 나누기로 했다. 점심때 달산이 먼저 말을 타고 동네를 벗어났다. 양미는 서경에 며칠 다녀올 일이 있다고 말하고 맞은쪽 상점 주인에게 가게 일을 맡겼다. 총총걸음으로 마을을 벗어나서 마차를 빌려 타고 달산의 뒤를 쫓았다.

두 사람은 대동강 건너 고조선 때 유적인 낙랑 고분에서 다시 만났고, 곧장 같은 말을 타고 한성 유람을 떠났다. 양미는 달산처럼 무명 바지에 창옷을 입었다. 방갓까지 쓴 모습은 누가 보아도 남자였다.[26] 이들은 밤이면 길가 풀숲에서 자고 낮엔 말을 탄 채 졸면서 이틀 만에 한성에 이르렀다.

성균관 뒤쪽으로 길을 물어 찾아가니 쌍계동 마을이 나왔다. 두 군데 샘에서 나온 물이 시내를 이루어 계곡을 흘러가고 있었다. 복숭아꽃이 만발하였고, 둔덕에선 민들레와 제비꽃과 은방울꽃이 화사한 노란색과 보랏빛과 흰색을 뽐내고 있었다. 그 위로는 진달래와 개나리가 흐드러지게 꽃을 피웠다. 황적색 살구나무

꽃도 많이 보였으며, 바위조팝나무 꽃은 구름처럼 부드럽게 엉겨
녹음 속을 흐르고 있었다. 양미가 코를 킁킁거려 대기를 빨아들
이며 외쳤다.

「바로 여기가 무릉도원인가 봐요!」

그들은 길이 좁아지는 곳에서 말을 나무에 묶어놓고 느긋하게
계곡을 거닐었다. 얕은 언덕을 돌아 약간 숨이 찰 만큼 올라갔을
때, 저만치 언덕 위에서 그들에게 손짓하는 이가 있었다. 갓을
쓰지 않은 상투 머리에 간편하게 무명 홑옷을 걸친 노인이었다. 흰
수염을 가슴까지 멋지게 기른 노인은 비탈을 조심조심 내려왔다.

「나는 오래전에 관직을 떠난 안성공이라고 합니다. 어디서 오
는 객들이신가요?」

달산이 대꾸했다.

「서경 서쪽 바닷가에서 왔지요. 저는 글쟁이이고 이 친구는 장
사치랍니다」

안성공이 활짝 웃으며 반가워했다.

「오늘밤 나하고 술을 마시며 시를 나누는 게 어떻겠소?」

소나무 숲 속에 네댓 칸 방을 낸 아담한 기와집이 둥지를 틀고

---

26) 창옷은 소창(小氅)옷의 준말로, 옷자락이 무릎까지 내려와서 두루마기와
　　비슷하나 소매가 좁고 겨드랑이 밑으로 양 옆구리까지 길게 튼 일반인의 나
　　들이용 웃옷을 말한다. 소매가 넓고 뒷솔기가 갈라져서 뒤트기라고 부르는
　　벼슬아치들의 창의(氅衣)하고는 다르다. 그리고 방갓은 테두리를 네 장의 꽃
　　잎 모양으로 하여, 대오리를 엮어 겉을 만들고 왕골속으로 안을 받친 갓이
　　다. 백제 때부터 일반인들이나 지체 낮은 이들이 써왔으며, 조선 중기 이후
　　로는 상주(喪主)들의 전용으로 변하였다. 흔히 방립(方笠)이라고 부르는 갓
　　이다. 양미와 달산이 다른 사람들의 눈에 잘 뜨이지 않는 평범한 차림새를
　　했음을 알 수 있다.

있었다. 달산과 양미는 주인을 따라 그 집 사랑채로 발을 들였다. 장지[27] 앞 문갑 위에 놓인 나리난초 화분에서 은은한 향이 흘러나왔고, 벼루와 묵을 넣은 네모난 연상에선 먹 향과 낡은 책 냄새가 풍겼다. 마당쪽 방문을 활짝 열자 석양빛이 눈부시게 날아 들어왔다. 아담하게 가꾼 마당 꽃밭도 온통 노란색으로 빛났다.

안성공이 방침에 한쪽 팔꿈치를 대고 자줏빛 보료에 앉았다. 달산과 양미는 나비와 나팔꽃을 수놓은 방석을 하나씩 차지하고, 주인과 직각을 이루어 벽에 등을 기대고 앉았다. 안성공은 이들에게 차를 한 잔씩 타주었다. 찻물에 무언가 노랗고 흰 조각이 떠 있었는데, 물에 풀린 뒤에 보니 잘 말린 국화꽃이었다.

한 모금 차를 마신 양미가 남자 목소리를 냈다.

「허허허허. 맛이나 향이 여간 맑고 부드럽지 않네요」

달산은 손으로 입을 가리고 웃음을 참느라 쩔쩔맸다. 그러는 사이에 여종이 상을 봐서 들였다. 뒤뜰에서 안성공이 몸소 가꾸었다는 채소, 푹 삶아서 두툼하게 썬 돼지고기 목살이 푸짐하게 놓여 있었다. 참기름을 고루 잘 발라 양념장을 얹어 석쇠에서 구운 산더덕[28]도 보였다. 안성공이 두 손님의 잔에 두견주를 따랐다.

「자, 즐겁게 먹고 마셔봅시다」

양미와 달산은 몹시 시장했던 터라 부지런히 음식을 들었다. 숭늉을 마시고 나서 양미는 잇달아 여러 번 하품하는 시늉을 했

---

27) 장자(障子)에서 나온 말로, 방과 방 사이나 방과 마루 사이에 칸을 막아서 끼운 문을 뜻한다. 미닫이와 비슷하지만 운두가 높고 문지방이 낮다. 요즘 음식점에서 흔히 볼 수 있는 문이니, 잘난 척하면서 불친절한 종업원에게 한 번 써먹어보기 바란다. 「장지 좀 잘 닫고 다니시오. 장지가 뭔지 몰라요? 허, 이것 참」 하고 말이다.

다. 같이 오래 어울렸다간 남장 여인이라는 게 들통날 수도 있어서 먼저 자리를 뜨려는 것이었다. 낌새를 알아챈 달산이 주인에게 말했다.

「이 친구는 중국에 다녀온 지 얼마 안 되었지요. 그래서 아직 여독이 풀리지 않은 듯합니다」

안성공이 아쉬운 표정을 지었다. 방을 나선 양미는 하인을 쫓아서 마당을 건넜다. 매화나무를 끼고 뒤뜰로 사라지기 전에, 슬쩍 달산을 돌아보고 소리 없이 입술을 움직였다.

〈천천히 노시다가 건너오세요.〉

사랑채에서 방문을 조금 열어놓고 안성공과 달산은 봄밤의 정취를 즐겼다. 소반에 개나리꽃을 수북이 꺾어다 놓고, 한 수 시를 읊고 술잔을 비울 때마다 꽃가지를 하나씩 집어 마당으로 던졌다. 소반에서 꽃가지가 다 없어지자 안성공은 종을 불러 복사꽃을 한 아름 꺾어오게 했다.

밤이 이슥하여 달이 뜰 즈음에 그들은 두견주 술동이를 다 비

---

28) 더덕은 초롱꽃과에 속하는 다년생 덩굴식물이다. 달산과 양미가 한성을 유람할 무렵에 나온 『향약집성방』을 보면 더덕이 가덕(加德)으로 나와 있는데 이는 더덕의 이두식 표기이다. 더할 가(加)자는 〈더〉로 읽어야 하고, 덕은 덕(德)자이므로 그대로 읽으면 된다. 원래 더덕은 우리나라에서만 먹었던 향미 식품이며 오늘날에도 전세계적으로 거의 먹지 않는다. 최근에 와서 항암 성분이 들어 있으며 당뇨병과 간장 질환에도 좋다는 게 알려지면서 일본의 의사와 환자들의 세계에서 붐이 일기 시작했다. 모조리 수출되기 전에 고깃집 같은 데서 접하는 대로 부지런히 먹어두는 게 좋다. 여름에 캐서 햇볕에 말린 더덕은 사삼(沙蔘)이라 하며 해열과 거담, 진해 등에 효과가 뛰어나다. 재배한 더덕보다 맛과 향이 월등하면서 귀한 산더덕을 안성공이 내놓은 건 달산과 양미에게 특별 대접을 하고 있다는 걸 의미한다.

웠다. 곧바로 상 옆에 새로 머루주 술동이가 놓였다. 안성공이 한 구절 읊으면 달산이 운을 맞추어 시구를 읊었는데, 안성공은 주로 이별에 관한 시를 지었다. 〈사랑하는 이와 헤어지니 가슴이 찢어지는 것 같다〉는 구절이 꽤 많았으며, 중간 중간에 〈아으아 으〉, 〈으악으악〉 같은 탄식을 넣었다.

달산은 서로 떨어져 지내던 시절에 양미를 그리며 지었던 시를 읊었다. 안성공이 손바닥으로 자신과 달산의 무릎을 번갈아 내리 쳤다.

「기막히게 슬프고도 아름다운 시로군요. 시에 등장하는 양미는 실제로 살아 있는 여인인가요?」

「그러합니다」

「어떤 여인인지 만나보고 싶구려. 지금은 어디 있는지요? 」

「멀리 있기도 하고 가까이 있기도 하지요. 마음속에선 잠시도 멀리 떠나간 적이 없답니다」

달산은 양미가 방에서 편히 잘 쉬는지 궁금했다. 그녀가 자리 에 누워 뒤척이는 소리, 풀먹인 이불이 구겨지는 소리가 귀에 잡 히는 듯했다. 몇 번 궁둥짝을 들며 달산은 그만 양미가 쉬는 방 으로 건너가고자 했다. 그러나 안성공은 끝까지 소매를 잡고 놔 주지 않았다. 소매에서 실밥 뜯어지는 소리가 났다.

「시 짓는 솜씨가 보통이 아니외다. 내 나이 칠순이 내일 모레 여서 언제 다시 그대를 만날 수 있을지 모르겠소. 조금만 더 놀 아봅시다」

샛별이 돋은 뒤에야 달산은 안성공의 손에서 풀려났다. 하품하 며 마당을 건너가는데, 언제 따라왔는지 안성공이 뒤에서 다시 소매를 당겼다.

「비좁게 같은 방에 들어 이불 다툼을 할 이유가 없지요. 별채에 가서 주무세요」

아침나절을 푹 쉬고, 한낮에 또 한 상 잘 받아서 먹고 달산과 양미는 그 집을 나섰다. 집 앞 골짜기까지 따라나온 안성공은 못내 아쉬워하는 얼굴이었다. 달산에게 풋감을 짠 즙으로 물들인 황갈색 주머니를 내밀었다. 모란꽃을 본떠 만든 어린애 주먹만한 주머니였다.

「그 동안 여간 적적하지 않았는데 간밤은 아주 즐거웠소. 나중에 양미라는 여인을 만나거든 이걸 전해 주기 바라오. 향기가 오래가는 당귀와 천궁 뿌리를 넣은 향낭[29]이에요. 모란꽃은 부귀를 뜻하지요」

그와 헤어져 집채만한 바위를 돌아가자마자 달산은 양미에게 향낭을 건넸다. 그녀는 마냥 행복한 얼굴로 향낭을 창옷 겨드랑이 속으로 넣어 허리춤에 찼다.

다시 길을 떠난 두 사람은 말을 타고 삼청동과 인왕동과 백운동 골짜기를 두루 돌았다. 곳곳에서 기생을 끼고 꽃놀이를 즐기는 한량들을 볼 수 있었다. 노랫소리와 가야금 소리가 바람결에

---

29) 우리나라에서 향낭(香囊)의 역사는 신라 시대까지 거슬러 올라간다. 대개 몸에 지니고 다녔고 부피를 크게 하여 베개로 사용하기도 했다. 우선 좋은 향기를 내니 좋고, 뱀이나 벌레들을 쫓는 효력을 지니고 있으며 위급할 땐 구급약으로 쓸 수도 있다. 사향(麝香) 향낭의 경우엔 옛날 귀부인들이 사내를 유혹하기 위해 지니고 다녔다 한다. 천궁(川芎)과 당귀(當歸)를 넣은 향낭은 피로 회복과 스트레스를 물리치는 데 효과가 크며, 화장실의 악취를 깨끗이 제거해 준다. 강원도 정선에 들를 일이 있으면 임계면에서 만드는 〈정선 아라리 자연향〉이라는 이름의 이 향낭을 꼭 몇 개 사둘 일이다.

골짜기를 울리며 떠다녔다. 선비 하나가 고개를 뒤로 젖히고 웃으며 떠벌렸다.

「사헌부에서 주상께 글을 올려, 여염집 여자들이 집을 나설 때 반드시 얼굴을 가리게 만든 조치 말이야. 진작 그렇게 했어야지. 여자가 얼굴을 내놓고 다니는 건, 〈어서 날 잡아잡수시오〉 하고 애걸하는 거나 다름없으니까」

사간원에선 유부녀들이 친정 부모를 만나는 것 이외의 일로는 나다니지 못하게 할 것을 임금에게 간했다고 했다. 그 얘기를 듣고 달산과 양미는 살며시 말에서 내려 나무 그늘에 몸을 숨겼다. 어떤 한량이 정자에서 내려와 물가에 앉으며 기생이 집어주는 고기전을 입을 쩍 벌리고 받아먹는 게 보였다. 치마 속으로 손을 넣어 기생의 허벅살을 만지며 한량이 우쭐댔다.

「네가 기생이 아니었다면 이런 대낮에 버젓이 꽃놀이를 즐길 수 있었겠느냐? 모두 너의 타고난 복이로다. 부녀자로서 절에 오르거나 골짜기에서 떠들썩하게 놀거나, 하다 못해 야제를 올리거나 서낭당에서 사묘제를 지내더라도 곤장 백대를 맞는다는 걸 잘 알고 있으렷다」[30]

바닥에 엉덩이를 붙일 겨를도 없이 양미와 달산은 소나무에 말을 묶어놓고 다시 산길을 올라갔다. 누가 볼까 두려워 손을 잡는 것마저 뜻대로 할 수 없었다.

계림제 뒷산으로 들어가 계곡을 거닐던 중에, 무엇에 홀린 듯

---

30) 야제(野祭)는 집 밖에서 지내는 일반적인 제사를 말한다. 사묘제(四廟祭)는 고조, 증조, 조부, 부의 제사를 뜻하는데, 여자로서 집 안이 아니라 외부의 서낭당에서 이 제사를 지낼 경우에 문제가 되었던 것이다.

이 그들은 길을 잃어버렸다. 밑에서 보기보다 꽤나 깊은 골짜기여서 일찍 해가 넘어가자 곧 눈앞이 어둑해졌다. 그들은 쉴 만한 곳을 찾아 밤을 보내고 아침에 말을 찾아가기로 했다. 어둠 속에서 엉금엉금 기어 널찍하고 반반한 바위 위로 올라갔다.

아침저녁으로 아직 서늘한 계절이었는데, 다행히 그날따라 늦도록 훈훈한 기운이 감돌았다. 둘은 바짝 붙어앉아 별이 돋아나는 하늘을 올려다보았다. 검푸른 하늘 빛 아래로 소나무와 참나무 숲 테두리가 눈에 잡히기 시작했다. 어느 순간부터 하늘 저편이 빠르게 훤해지더니 별안간 휘영청 밝은 보름달이 떠올랐다. 양미가 달처럼 둥그레진 낯으로 감탄했다.

「해가 지자마자 보름달이 뜰 때가 다 있네요. 아마도 저 달이 우리를 축복해 주려나 봐요」

달산은 오른손으로 그녀의 어깨를 감아서 안고 천천히 왼손을 들어 저고리 앞섶 사이로 넣었다. 따뜻하고 말랑한 양미의 젖가슴 맨살이 손끝에 와닿았다. 달산은 풍만한 가슴을 손바닥으로 덮으며 숨을 고른 뒤에, 어깨에 올렸던 손을 내려 그녀의 저고리를 벗겼다. 그 옛날 백공 1세가 양미를 데리고 중국으로 가기 전의 일이었으니, 대체 얼마 만의 잠자리인지 쉬이 셈하기 어려웠다.

두 연인은 달빛 속에서 숨죽이고 몸을 움직였다. 저 아래서 끝없이 물 흐르는 소리가 들려왔다. 이따금 뒤쪽 숲에선 쪽쪽쪽쪽쪽 하고 엄마가 아기와 입을 맞추는 듯한 새 울음이 들렸다. 양미가 바위에 바로 드러누웠고, 달산은 얼굴을 내려 양쪽 젖을 차례로 입에 물었다. 숨을 몰아쉬며 허리를 높이 들었다 내리면서 양미는 그의 손을 잡아 밑으로 가져갔다.

곧이어 달산의 손은 그녀의 속속곳을 거쳐 다리속곳 속으로 들어갔다. 거웃이 흠뻑 젖은 두덩 주위엔 습하면서 뜨거운 기운이 가득했다. 스스로 허리띠를 푼 양미는 엉덩이를 들어 바지를 벗었다. 둘 다 가슴 맨살을 드러내고 아래옷을 모조리 벗었을 때, 어디선가 낙엽을 밟는 바스락 소리가 났다. 딸꾹질 소리도 들린 듯했다. 그들은 동시에 동작을 멈추고 귀를 기울였다. 풀벌레 울음이 고조될 뿐, 더 이상 다른 소리는 들리지 않았다.

다시 서로를 애무하기 시작한 두 사람은 온몸이 불덩이가 되었고, 얼굴과 어깻죽지와 아랫배와 허벅지가 땀에 흠뻑 젖었다. 아랫배끼리 붙었다가 떨어질 때마다 쩍 하는 소리가 났다. 달산이 손으로 샅을 쓰다듬으려 하자 양미는 두 손으로 그의 허리를 잡아 자기 몸쪽으로 당겼다. 질끈 눈을 감은 달산은 딱 소리가 날만큼 불두덩뼈를 세게 맞부딪치며 그녀의 몸 속으로 들어갔다.

같은 대장장이가 만든 칼집과 칼이 만나듯이, 극도로 흥분했는데도 두 사람의 동작은 더없이 부드럽고 매끄러웠다. 이쪽이 늦추면 즉시 저쪽도 늦추었고, 저쪽이 서두르면 이쪽도 보조를 맞추어 움직임에 속도를 더했다.

「달산, 잠깐만요」

온몸을 뒤틀며 길게 신음을 토해낸 양미는 손으로 그를 밀어내며 윗몸을 일으켰다. 무릎걸음으로 몸을 돌리더니 보름달보다 둥근 엉덩이를 그에게 보여주었다. 달산은 그녀의 엉덩이 뒤에 코를 대고 두 손으로 궁둥이를 한쪽씩 움켜쥐어 좌우로 벌렸다. 푸른빛을 띤 곱슬곱슬한 거웃이 두덩을 덮은 양미의 샅에선 눈부신 황금빛이 터져 나왔다.

달산은 거웃에 입을 맞춘 뒤에, 영지버섯 갓으로 그녀의 가랑이 구멍을 막았다. 등뒤에서 팔을 뻗어 젖가슴을 감싸쥐면서, 이번에도 한번에 정확하게 양미의 몸 속으로 깊이 들어갔다. 순간 그녀의 샅 근육이 단단히 조여졌고, 달산은 자신의 버섯 자루가 그대로 잘려나갈 듯한 느낌을 받았다. 너른 바위가 온통 그들의 몸에서 흘러나온 물에 젖어 반짝였다. 젖빛 물줄기는 바위를 타고 밑으로 내려가서 시내와 합쳐져 세찬 물줄기를 만들었다.

그들이 교접하는 동안, 짐승과 식물뿐 아니라 무생물들까지 덩달아 기뻐하며 밝은 빛을 뿜었다. 몸을 합하고 떨어지고 또 합하고 떨어지면서, 밤새도록 두 연인은 오랜 세월 억눌렸던 욕구를 마음껏 발산했다. 그리고 또 한 사람, 양미처럼 남장하고 바위 뒤에 엎드려 찬란한 달밤의 정사를 지켜보던 여인도 줄곧 가쁜 숨을 몰아쉬었다.

흥분으로 몸을 꼬면서 여인은 속으로 쉴새없이 탄식했다.

〈몸을 쓰는 걸 보니 보통 사이가 아니야! 내 진작에 이런 일이 벌어질 줄 알았어!〉

다음날 아침에 달산과 양미는 종로로 갔다. 둘이 동대문 앞에서 상인과 행인이 뒤섞여 시끌벅적한 장터 구경을 하는 중에, 백공의 영원한 몸종 비렴은 종이를 구해 편지를 한 통 썼다. 그날 중국으로 떠나는 사신을 어렵게 찾아내 편지를 맡겼고, 돈을 죄다 털어 편지를 전하는 삯을 치렀다.

종루를 지나 죄인을 처형하던 장소인 혜정교를 건너서 서대문을 나선 두 연인은 홍제원으로 갔다. 한때 중국 사신이 옷을 갈아입었다는 정자는 기둥을 박았던 흔적만 남아 있었다. 빽빽이 자라는 밤나무 숲 너머로 시원스레 잘 닦은 활터가 보였다.

두 연인은 말에서 내려 얕은 언덕에 선 미루나무 아래로 들어가 나란히 앉았다. 과녁 십여 개가 놓인 곳 뒤쪽에서 비탈을 올라오는 사람이 있었다. 삿갓을 쓰고 흰색 도포를 걸친 이였는데, 그자는 과녁을 막고 서서 손가락을 편 손을 윗눈썹에 대고 두리번거렸다. 막 시위를 당겨 화살을 날리려던 사내가 눈살을 찌푸리며 활을 내렸다. 그는 한성부 판부사[31]였다.

「도대체 뭐 하는 자야?」

다음 순간 삿갓은 어디론가 사라졌다. 판부사가 다시 활을 들어 숨을 멈추고 과녁을 겨누었다. 그때 또 삿갓이 불쑥 나타나서 주먹으로 과녁을 툭툭 두드렸다. 판부사는 머리끝까지 화가 치솟았다.

「냉큼 저자를 잡아오너라!」

말에 오른 무사들이 삿갓을 향해 달려갔다. 그때서야 그곳이 활터라는 걸 알아챈 삿갓은 땅에 발바닥이 붙은 채 쩔쩔맸다. 곧 무사들에게 잡혀 올가미에 목이 걸린 모습으로 가까이 끌려왔다. 무릎을 꿇고 앉은 삿갓에게 판부사가 외쳤다.

「어디서 굴러온 놈이냐? 어서 삿갓을 벗지 못할꼬!」

상대가 머뭇거리자 판부사는 칼을 빼서 칼끝으로 삿갓을 벗겼다. 코밑이 거뭇거뭇했고 귓불 앞으로 자라다 만 듯한 구레나룻

---

31) 판부사(判府事)는 당시 조선 시대 수도의 최고 책임자로 정2품 벼슬이었다. 고려 시대 말까지 부윤으로 불리다가 공민왕 때 판부사로 바뀌었으며 세조 때 다시 부윤으로 불렸다. 이후에 예종 때 판윤으로 개칭되어 한말까지 그대로 쓰였다. 오늘날의 서울 시장이다.

자국이 보였다. 그런데 얼굴이 자그마하고 귀에서 턱으로 돌아가는 선이 여간 부드럽지 않아서 언뜻 보기엔 남자인지 여자인지 알 수 없었다.

「저고리를 벗겨봐라」

무사들이 달려들어 옷을 벗겼고, 순간 도톰한 젖가슴이 튀어나왔다. 주위에 모인 모든 이가 일제히 탄성을 질렀다. 판부사는 부릅뜬 눈으로 절레절레 고개를 흔들었다.

「망측한지고! 너는 본래 여자인데 숯으로 수염 자국을 내고 남자 옷을 입고 돌아다니는구나. 잠자리에서 같은 여자와 노는 이가 있다는 얘기는 들어봤으나 실제로 눈앞에서 보기는 처음이다. 너를 끌고 가서 묻고 따져 벌을 내려야겠다. 일 없이 나다니며 남자들의 일을 엿본 죄, 남장을 하고 다닌 죄로 곤장 백대를 맞을 것이며, 밴대질[32]했다는 게 밝혀지면 죽음을 면치 못하리라!」

달산과 양미는 비로소 그 여인이 비렴임을 알아챘다. 젖가슴을 드러내고 앉아 덜덜 떠는 건 이리 보고 저리 보아도 비렴이 틀림없었다. 백공과 같이 중국에 가 있어야 할 사람이 이곳에 나타나다니 까무러칠 일이었다. 온몸에 오싹 소름이 돋은 양미가 달산을 돌아보았다.

「저 아이 말을 곧이곧대로 믿는 게 아니었어요. 줄곧 우리 뒤를 쫓아왔던 거예요. 그나저나 이 일을 어쩌죠? 필경 비렴은 혜정교에서 목이 잘릴 거예요」

---

32) 음모가 나지 않은 성년 여성의 성기를 밴대라 하며, 밴대질은 여자끼리 성교를 흉내내는 짓을 말한다. 남자끼리의 성교 행위인 비역질에 강력하게 대응하는 말이다.

달산이 지체 없이 일어나며 말을 받았다.

「쌍계동 뒷산을 찾아갈 수 있겠지요? 성으로 들어가자마자 내려줄 터이니 그제 묵었던 안성공 집으로 가요. 지금으로선 그곳이 가장 안전할 것 같소. 염치없는 일 같지만 하룻밤만 더 신세 지자고 부탁해 봐요」

병졸들이 비렴을 밧줄로 꽁꽁 묶어서 머리에 검은 천을 씌워 말에 태웠다. 이들은 그녀를 끌고 숲을 나서 서대문으로 들어갔다.

양미와 헤어진 뒤에 달산은 고개를 흔들며 뉘우쳤다. 서둘러 비렴을 구해낼 걸 잘못했다는 생각에서였다. 지금 길가에선 사람들이 벌떼같이 몰려들어 목까지 두건을 덮어쓰고 끌려가는 죄인을 바라보고 있었다. 비렴은 다시 저고리를 걸쳤지만 제대로 옷고름을 매지 않아서 젖이 절반쯤 드러난 모습이었다. 땀에 흠뻑 젖은 가슴엔 쇠파리가 달라붙어 피를 빨고 있었다. 어린애들이 비렴에게 마구 돌멩이를 던졌으나 아무도 나무라는 이가 없었다.

종루 곁에 자리한 의금부[33)가 가까이 다가왔을 때, 입 속이 바짝 타들어간 달산은 깊이 숨을 들이쉬었다. 고삐를 단단히 쥐며 말의 귀에 대고 속삭였다.

「나는 한때 번개처럼 달리는 말을 길렀는데 대단한 명마였지. 돼지같이 뚱뚱한 데다가, 게을러터지기로 따지자면 봄볕 고양이가 형님으로 모실 너 같은 말로선 감히 넘보기 힘든 말이었어. 네 놈은 달리기 솜씨나 장애물 뛰어넘는 솜씨는 아예 없다고 말

---

33) 의금부(義禁府)는 왕명을 받들어 죄인을 신문하는 일을 맡던 사법 기관으로, 일반 범죄자뿐 아니라 정치범이나 삼강오륜을 어겨 사회 질서를 어지럽힌 중죄인을 다스렸다.

해도 무방하지. 안 그래?」

말이 고개를 돌려 달산의 얼굴을 보려 애쓰며 네 발로 땅을 쿵쿵 딛었다. 몹시 자존심을 다친 듯했다. 정면을 바라보고 윗몸을 꼿꼿이 세운 달산은 양 발뒤꿈치로 말 옆구리를 힘껏 찍었다. 그러자 눈동자가 빨개지고 목이 뻣뻣해진 말은 앞발을 높이 쳐들었고, 성난 울음을 토하더니 힘차게 달려나갔다.

꽤 먼 거리였는데 일순간에 말은 비렴의 앞에 이르렀다. 비렴을 태운 말 고삐를 잡고 앞서 걷던 병졸과 뒤따르던 병졸들이 놀란 낯으로 백마를 쳐다보았다.

「어어어어어, 저거 미친 말 아니야?」

달산은 말을 탄 채 발을 쭉 뻗어 병졸들을 냅다 걷어찼고, 밧줄에 묶인 비렴을 번쩍 들어 자신의 앞에 앉혔다. 고삐를 당겨 방향을 바꾸며 큰소리로 말을 추어올렸다.

「수고했어! 조금만 더 잘하면 되겠구나!」

한껏 기세가 오른 말이 요란하게 울음소리를 냈다. 창을 겨누고 절뚝거리며 달려드는 병졸들을 날렵하게 따돌리고 바람처럼 현장을 벗어났다. 그런데 얼마 만에 말은 기껏 달려온 쪽으로 갑자기 몸을 틀었다. 비렴을 구해낸 곳으로 돌아가선 사람 목소리로 「개자식들, 까불고 있어!」 하고 외쳤다. 이단 옆차기로 병졸들의 가슴팍을 골고루 걷어찬 뒤에야 다시 달아나기 시작했다.

한성부와 형조와 의금부 등 관련된 모든 관청에서 비상이 걸리면서 성 안이 벌집 쑤신 듯이 소란스러워졌다. 달산과 비렴은 말을 타고 큰길을 벗어나 조심스레 산길을 이동했다. 다음날 해가 뜬 뒤에야 쌍계동 골짜기에 이를 수 있었다.

뜻밖에 양미는 집에 들지 못하고 어느 매화나무 곁에 웅크리고 앉아 있었다. 온몸이 이슬에 흠뻑 젖은 모습으로 기침 소리를 냈다.

「양미, 어떻게 된 일이오? 밤새 이 자리에 있었던 거요?」

말에서 내리는 달산과 비렴을 반기며 양미는 고개를 갸웃댔다.

「참 이상하네요. 안성공네 집이 어디로 갔는지 안 보여요」

곁에 선 매화나무는 안성공네 마당에 있던 나무가 분명해 보였다. 그러나 집이 있던 흔적을 찾을 수 없었다. 산비탈 저편에 주저앉은 움집 하나가 눈에 들어올 뿐이었다. 한 사람이 겨우 들어가서 무릎을 세우고 누울 만한 크기였다. 그때 어깨에 걸망을 멘 노파가 대숲에서 나타났고, 달산이 노파를 불러 물었다.

「이곳에 기와집 한 채 서 있는 거 못 보았소?」

「기와집은 모르겠고, 저기 움집 보이지요? 몇 해 전까지 저 움집에서 사람이 살았어요」

「무얼 하는 사람이었소?」

「안성공이라고 그러던가요? 한때 꽤 높은 벼슬을 한 분이라고 하데요」

노파가 들려준 얘기는 이러했다. 안성공은 한성부 예조에서 참판 벼슬을 했는데, 어떤 유부녀와 눈이 맞아 서로 정을 통하다가 들통났다. 집을 떠나 달아난 여인은 발길 닿는 대로 헤매다가 이 골짜기에 들어와 나무에 목을 매고 죽었다. 안성공은 귀양살이를 한 뒤에 충청도 어느 현에서 관직에 복귀했고, 나중에 가서야 여인이 자살했다는 소식을 듣고 스스로 관복을 벗었다. 이후에 이곳으로 와서 여인이 죽은 자리 옆에 움집을 지었으며, 이십 년을 한결같이 여인을 그리며 살다가 작년 가을에 죽었다는 것이다.

「우연히 이곳을 지나다가 그분이 임종하는 걸 보았는데요. 뼈와 살이 들러붙었고 두 눈이 멀었고 무릎뼈가 곪아서 진물이 줄줄 흐르더군요. 숨이 넘어간 다음에도 오래도록 뺨으로 눈물이 흘러내렸지요. 그 뒤로 바람 한 점 안 부는데도 나무들이 모두 사납게 흔들리며 사람 울음소리를 냈답니다. 쌍계동 사람들이 무당을 불러 굿을 했더니 겨우 그 소리가 가라앉았지요」

양미는 달산에게 안성공이 선물로 준 향낭을 건넸다. 향낭에선 여전히 짙은 당귀와 천궁 향이 새어나오고 있었다. 두 여인을 매화나무 곁에 놔두고 달산 혼자 움집 앞으로 올라갔다. 깊이 시커멓게 썩은 움집은 노린재가 들끓었고 퀴퀴한 냄새가 났다. 그러나 금방이라도 안성공이 양팔을 벌리고 웃으며 걸어나올 것 같았다. 달산은 안성공에게서 자신의 앞날을 엿본 듯한 느낌에 기분이 착잡해졌다. 움집 속에 향낭을 내려놓고 안성공의 명복을 빌었다.

그가 다시 밑으로 내려갔을 때, 양미는 비렴과 마주앉아 이것저것 캐묻고 있었다.

「어젯밤에 너도 계림제 뒷산에 있었니?」

비렴이 양미의 눈길을 피하며 고개를 끄덕였다.

「그럼 다 봤겠구나?」

붉게 달아오른 얼굴로 비렴은 다시 고개를 까닥였고, 손등으로 눈을 훔치며 훌쩍거렸다. 마을 쪽에서 웅성대는 소리가 들려온 건 그때였다. 무슨 일인지 여남은 사내가 삽과 쇠스랑을 쳐들고 올라오는 게 보였다. 달산이 앞서 걷고 양미와 비렴은 나란히 말에 탄 채 부랴부랴 그 자리를 벗어났다.

집으로 돌아가는 길에 비렴은 잠시도 울음을 그치지 않았다. 그녀는 자신이 이번엔 달산에게서 생명의 은혜를 입었음을 잘 알고 있었다. 그런데 이미 간밤의 일을 적은 편지를 백공에게 보낸 뒤였다.

〈한꺼번에 두 주인을 섬기게 된 내 신세, 두 주인이 맞서 칼부림할지도 모르는 상황을 만든 내 처지가 너무나도 슬프구나!〉

그녀가 세상을 뜬 건 바닷가 상점 거리가 눈에 들어올 즈음이었다. 누군가 쓱싹 소리를 내며 숫돌에 칼을 가는 모습이 머릿속에 떠올랐고, 순간 비렴은 온몸을 떨며 신음 소리를 내더니 맥없이 말에서 거꾸로 떨어졌다. 그녀의 얼굴은 일곱 개 구멍 모두에서 보랏빛 피가 줄줄 흘러나왔다. 몸을 빠져나간 그녀의 넋은 한 자락 붉은 연기로 변하여 하늘로 훨훨 날아올랐다. 비렴의 나이와 같은 숫자인 이백여덟 마리 갈매기들이 커다란 원을 그리고 허공을 돌며 울어댔다.

편지는 바다 건너 항저우에 이르기까지 한 달 반이 걸렸다. 그래서 지금 계절은 초여름이었다. 백공은 며칠내 머리가 뽀개질 듯이 아팠다. 어느 날 아침엔 더는 견디기 힘들 정도가 되어 방바닥에서 데굴데굴 굴렀다. 그러던 중에 갑자기 말끔히 통증이 가시면서 맑고 쾌적한 기분이 되었고, 직후에 그는 몸과 영혼 모두 백공 1세로 완전히 돌아갔다.

창을 열어 방안의 공기를 갈며 백공은 머나먼 옛날을 돌이켰다. 양미를 처음 만난 날이 또렷이 떠올랐다. 손바닥을 맞부딪치며 새삼스레 탄복했다.

〈그 시절에 그녀는 얼마나 풋풋하고 아름답고 사랑스러웠던가!〉

그때부터 지금껏 그는 그녀만을 사랑해 왔으며, 잠깐도 다른 여자한테 마음을 준 적이 없었다. 아침 햇살이 날아와 백공의 낯을 간질였다. 날씨는 더없이 맑고 화사하건만, 서서히 그의 얼굴에 그늘이 드리워졌다. 아직 이른 시각이라 오가는 사람이 뜸한 골목을 내다보며 중얼거렸다.

「나에게 양미는 목숨과도 같은 존재였지. 하지만 그 사람은 옛 애인 달산에게 늘 마음이 가 있었어. 잠자면서 숱하게 달산의 이름을 외쳐 불렀고, 틈날 때마다 바람 속에서 그자의 냄새를 맡으려 애썼지」

옛 기억이 고스란히 되살아난 오늘, 백공은 오랜 나날 자신을 괴롭힌 달산이 지금 어디에서 살고 있는지 알아챘다. 별안간 눈에서 불똥이 튀었고, 두 주먹에선 우두둑 뼈마디 꺾이는 소리가 났다.

「이럴 수가! 조선 땅의 옆집 사내가 그 옛날의 달산이었던 거야! 그 동안 둘이 감쪽같이 나를 속였구나! 둘 사이가 수상하다는 비렴 얘기가 옳았어! 병이 깊어 보였지만 들것에 싣거나 업고서라도 아내를 데려왔어야 했어!」

지금 상황은 고양이에게 생선을 맡긴 꼴이었다. 그나마 불행 중 다행인 건 비렴이 여전히 그들을 감시하고 있다는 사실이었다. 「비렴마저 없었다면」 하고 묻는 순간, 아찔한 느낌에 현기증이 인 백공은 제자리에 주저앉았다.

조선 사신이 보낸 심부름꾼이 두루마리를 들고 나타난 건 그가 방을 나서 가게로 나갔을 때였다. 두루마리를 묶은 띠엔 편지를 보낸 이의 이름이 적혀 있었다.

〈죄인 비렴 올림.〉

다시 집으로 들어간 백공은 찬물을 벌컥벌컥 마시고 두루마리를 펼쳤다. 첫 문장을 읽는 순간부터 머리끝이 쭈뼛해지면서 이마에 송송 땀방울이 맺혔다. 백공은 눈을 똑바로 뜨고 떨리는 목소리로, 아내와 달산이 어느 달밤에 벌인 적나라한 정사 장면을 낱낱이 옮긴 편지를 한 자 한 자 읽어 내려갔다.

다섯번째 이야기
별거(別居) 시대

　통킹 만을 벗어나서 대양으로 나가 조선으로 가는 길에, 황만
은 뱃머리에 앉아서 도포 자락을 날리며 이를 부드득 갈았다.[1]
흰자위에 잔뜩 핏발이 섰고, 어금니 가루가 섞인 끈끈한 침이 입
에서 줄줄 흘렀다.
　두 눈에선 피눈물이 흘러 양볼에 세로로 길게 시뻘건 자국을

---

1) 황만은 조선의 외교 통상 업무를 다루는 관리이다. 교역선을 타고 동남아
　를 여행하던 중에 뒤늦게 그곳에 온 절친한 친구를 만났다. 친구는 황만에게
　조심스레 털어놓았다. 「자네 아내가 옆집 사내 안몽환이라는 자와 정을 통하
　고 있다는 소문이 나돌고 있어」 황만이 그럴 리가 없다며 손사래치자 친구가
　덧붙였다. 「어느 날 자네 집을 지나던 길에 혹시 자네가 돌아왔나 해서 들어
　가 보았지. 그런데 자네 아내가 안방에서 그자와 알몸으로 껴안고 자고 있더
　라구」 황만은 즉시 남은 일정을 취소하고 서둘러 귀국 길에 올랐다. 통킹 만
　은 지금의 베트남 북동쪽 앞바다로, 황만이 마지막으로 머물렀던 곳은 베트
　남임을 말해 준다. 이 이야기 도입부의 시점은 베트남이 중국 명나라에 정복
　되었다가 끈질긴 저항 끝에 이십 년 만에 명나라인들을 몰아낸 직후이다.

냈다. 피눈물은 턱을 타고 떨어져 저고리를 붉게 물들였으며, 몇 방울은 세찬 바람결에 바다로 날아갔다. 피 냄새를 맡고 나타난 청새리상어[2] 떼가 몸을 뒤틀며 닥치는 대로 아무 물고기나 물어 뜯어 동강냈다.

같은 배엔 황만이 고용한 칼잡이 셋이 타고 있었다. 모두 사람 죽이는 일에서 둘째가라면 서러워 통곡할 자들이었다. 제각각 현역 시절에 전투에서 백명 넘게 멱을 딴 경험을 갖고 있었다. 어떤 이는 목에서 뿜어 나오는 피를 먹어보았고, 또 어떤 이는 귀청을 찢는 비명을 무시하고 아직 살아 있는 사람의 뺨과 팔뚝과 허벅살을 씹은 적이 있었다. 생살 맛이 너무 비려 불에 구워먹은 이도 있었는데, 이 사내는 툭하면 황만 곁으로 다가와 입술에 침을 바르고 쩝쩝 입맛을 다시며 물었다.

「살이 부드러워 보이는 자인가요? 목욕은 자주 하나요? 털은 뽑고 먹어야 하니, 주위에서 금방 끓는 물을 구할 수 있겠지요?」

황만이 집을 비운 몇 달 동안, 안몽환과 장희련은 매일 집을 바꿔가며 함께 밤을 보냈다. 도란도란 이야기를 나누던 어느 날 새벽에, 몽환이 두 손으로 희련의 양쪽 젖가슴을 한데 모아 얼굴을 파묻고 코맹맹이 소리를 냈다.

「나하고 멀리 달아납시다. 숨이 막혀서 더는 이런 식으로 살 수 없어요」

---

2) 흉상어과에 속하는 상어로 귀상어와 크기가 비슷하며, 귀상어 못지않게 사람의 궁둥이와 허벅살을 물어뜯는 걸 즐기고 특히 썩은 고기를 보면 환장해서 죽으려 한다. 뽀얀 빛깔의 복부와 심청색을 띤 몸통 빛깔이 멋진 대조를 이룬다. 길고 가는 가슴지느러미를 갖고 있어서 동작이 매우 빠르다.

희련이 가슴에서 그의 얼굴을 떼어냈다.

「그러고 있으니 숨이 막힐 수밖에요」

두 뺨을 꼬집어 잡고 눈을 들여다보며 덧붙였다.

「그이는 나를 누구보다 사랑해요. 그이가 나에 대한 사랑을 저 버리는 일이 생긴다면 몰라도, 그 전에 내 쪽에서 그를 버릴 순 없어요」

차츰 창 밖이 훤해지면서 일찍 잠깬 제비들이 우는 소리가 들려왔다. 희련은 알몸에 고쟁이 하나만 입은 채, 침대를 떠나 창 가로 걸어가서 새벽 공기를 깊이 들이마셨다. 몽환은 어느 결에 세상 모르고 깊이 잠들었다.

바닷말 냄새가 짙은 바람을 호흡하던 희련은 남편이 퍼뜩 떠올랐다. 세수하듯이 거푸 손으로 낯을 비볐는데도 배신감과 살의로 뒤범벅된 황만의 얼굴이 계속 눈앞에 어른거렸다. 그가 몸을 부르르 떨며 중얼거리는 소리도 들렸다.

「몽환! 네 놈을 반드시 내 손으로 갈가리 찢어 죽이겠어!」

황급히 돌아선 희련은 침대로 달려가서 몽환을 잡아 흔들었다.

「어서 일어나세요! 빨리 달아나지 않으면 죽음을 면치 못할 거예요! 그이가 바다를 건너 이리로 오고 있어요!」

몽환이 힘겹게 눈꺼풀을 올리며 물었다.

「여러 달 더 지나야 돌아올 거라고 하지 않았소?」

희련이 얼굴을 바짝 들이댔다. 두 사람의 눈동자가 잠깐 서로 닿았다가 떨어졌다.

「누군가 그이에게 우리의 일을 알린 거예요. 일단 한성으로 가서 남산 근처에서 지내고 계세요. 빠른 시일 안에 당신을 만나러 가겠어요」

 몽환은 건성으로 고개를 끄덕이며 일어났다. 잠에 취해 비틀거리는 걸음으로 자기 집으로 건너갔는데, 아무리 생각해도 희련이 과민한 것 같았다. 절반쯤 봇짐을 꾸리던 몽환은 자신이 쓸데없는 짓을 하고 있다는 느낌에 짐을 도로 풀었고, 뒷산 골짜기로 아침해가 떠오를 때 졸음을 못 이기고 방바닥에 엎드렸다.

 주섬주섬 옷을 입고 다시 창가에 붙어선 희련은 가늘게 뜬 눈으로 서녘 하늘을 바라보았다. 막 배에서 내린 남편이 숨을 몰아쉬며 칼잡이들을 이끌고 성큼성큼 다가오는 게 구름에 비쳤다. 희련은 안절부절못하고 방을 질러 왔다갔다하다가 옆집으로 건너갔다. 몽환은 코를 골며 곤히 자고 있었다. 겨드랑이를 간질여 보고 옆구리를 호되게 꼬집었지만 아무 소용이 없었다.

 하는 수 없이 희련은 모시 천으로 그의 몸을 둘둘 감았고, 허겁지겁 밖으로 나가 수레꾼을 불렀다.

 「한성으로 가는 짐이에요. 지금 당장 떠나세요!」

 과연 희련이 예견했던 대로, 몽환을 실은 수레가 골목을 돌아가자마자 남편이 큰 걸음으로 마을로 들어섰다. 눈에 쌍심지를 켜고 몽환의 집으로 달려간 황만은 칼잡이들과 함께 문짝을 부수고 방으로 뛰어들었다. 그러나 몽환은 어디로 갔는지 보이지 않았다.

 입으로 식식 소리를 내면서 황만은 곧바로 자기 집으로 갔다. 희련이 몹시 반가워하는 얼굴로 그를 맞았다.

 「언제 오셨어요? 미리 연락 주시지 않고선. 그 동안 고생 많았지요?」

황만이 주위를 빠르게 둘러보았다.

「안몽환 그놈을 어디에 숨겼지?」

그가 아내 앞에서 거칠게 반말을 쓰기는 처음 있는 일이었다. 희련은 남편의 얼굴을 뚫어지게 쳐다보았다. 동작이 여간 난폭하지 않았고 온몸에서 피비린내를 풍겼다. 낯빛이 굳어진 희련이 그의 매서운 눈길을 피하며 둘러댔다.

「그 사람은 자기 집에 있겠지요. 그걸 나한테 물으면 어떻게 해요?」

주먹을 불끈 쥐고 아내를 노려보던 황만은 갈퀴처럼 열 손가락을 펴고 달려들었다. 한 손으로 그녀의 뒷덜미를 감아서 쥐고 주먹으로 얼굴을 쥐어박는 시늉을 했다. 무사들을 밖으로 내보낸 뒤에 방문을 닫아서 걸었다. 아내를 끌고 침실로 들어가서 다시 피눈물을 흘리며 몸부림쳤다.

「내가 그렇게 우습게 보였나? 나를 갖고 노는 게 그렇게 재미있었나? 내가 너한테 뭘 잘못했기에, 너는 나를 이처럼 치욕스럽고 비참한 지경으로 몰아넣은 거지?」

그는 아내의 멱살을 틀어쥐고 마구 흔들었다. 눈에서 떨어진 눈물이 희련의 저고리를 붉게 물들였다.

「오랜 세월 내가 집을 비울 때마다 둘이 놀아났다는 사실을 다 알고 왔어. 먼저 그놈을 잡아 눈알을 파내고 팔다리를 잘라서 죽일 거야. 그 다음은 네 차례야. 너희 연놈들이 그 동안 나한테 저지른 악행은 고스란히 대가를 치르게 될 거야」

어금니를 악물며 황만은 희련의 핏빛 저고리 앞섶을 잡았다. 희련이 신음하며 뿌리치려 했으나 광기에 사로잡힌 그의 팔힘을 당할 수 없었다. 순식간에 알몸뚱이가 된 아내에게 달려든 황만은 온몸을 훑고 깨물었다. 급기야 자기 옷을 다 벗었는데 버섯이 일어서지 않았다. 검지손가락과 버섯 줄기를 끈으로 한데 묶어 아내의 몸 속으로 억지로 밀어넣었다.

아내를 방에 가둔 상태에서 황만은 칼잡이들을 데리고 전국을 돌았다. 몽환과 비슷하게 생겼다는 이유에서 수많은 사내가 목숨을 잃었다. 대부분 마지막 순간에 비슷한 대화가 오갔다.

「네 이놈, 안몽환이 맞으렷다!」

「안몽환이 누군데요? 저는 안몽환이 아닙니다요」

「어쨌든 넌 그놈을 닮았어. 그놈의 후손일 가능성이 있다는 얘기니까 넌 죽어야 해!」

희련은 덧창을 닫고 밖에서 못질하는 바람에 볕이 전혀 안 드는 방에서 지냈다. 두 눈 모두 장님 버금가게 나빠졌고, 한겨울 나뭇가지처럼 몸이 바짝 말랐다. 문 밑에 난 작은 구멍으로 하루 한 끼씩 소금과 보리쌀만으로 만든 주먹밥이 들어왔으나 먹지 않았다. 구멍을 들락거리는 쥐들이 그 밥을 먹고 통통하게 살이 올랐다.

두어 달에 한 번꼴로 황만이 방에 들렀다. 그는 매번 한 가지를 확인하고자 했다.

「이봐, 어서 말해 봐! 다시는 그놈을 생각하지 않겠노라고! 오로지 나만을 사랑하겠노라고!」

희련이 대꾸하지 않자 그는 그녀의 양 어깨를 흔들었다. 어떤 날은 손바닥으로 희련의 뺨을 쓰다듬다가 버럭 성을 내더니, 천장에 머리를 부딪히며 펄쩍펄쩍 날뛰었다.

스스로 관직에서 은퇴한 황만은 사병 유지비를 대고자 장사 일에 뛰어들었다. 한창 장사가 잘될 땐 서경과 개경 일대에서 모두 다섯 개 상점을 꾸렸다. 이른바 안몽환 제거단은 병사 숫자가 늘 오십에서 육십 사이를 오갔다.[3] 이들은 보통때 상점 일꾼으로 위장하여 짐 나르는 일을 했는데, 술버릇이 개한테 줘도 안 먹을 정도였고 걸핏하면 칼을 휘둘렀기에 아무도 상대하지 않았다.

자칫 조정으로부터 의혹을 살 수도 있었다. 그래서 나라에 위기가 다칠 때면, 황만은 서슴없이 몽환 제거단을 조정과 나라의 적들에 맞서 싸우는 일에 동원했다. 성종조에 쌀값이 크게 오르면서 전국에서 빈민들이 폭동을 일으켰을 때,[4] 몽환 제거단은 일년 내내 눈을 부라리며 빈민 부락을 돌았다. 당시에 이들이 목을 벤 거지와 하층민은 천여 명에 이르렀다.

살벌한 살육 소식을 들은 희련이 벽을 두드리며 울부짖었다.

「차라리 나를 죽여요! 불쌍한 자들을 그냥 내버려둬요!」

중종조에 들어 삼포왜란[5]이 벌어지자 황만은 몸소 사병을 이끌고 멀리 남해안까지 원정을 나섰다. 이들은 삼포에서 오바리시가 이끄는 왜군과 싸웠다. 육박전으로 일관한 전투에서 몽환 제거단

---

3) 대규모의 사병 숫자는 반드시 몽환을 붙잡고자 하는 황만의 집념을 말해 주는 동시에, 몽환이 얼마나 재빠르고 능란하게 황만의 추적권 밖으로 달아나고 있는지 보여준다.

4) 성종 25년, 연산군이 즉위하기 1년 전의 일이다.

5) 조선이 왜국에 부산포와 내이포(지금의 창원), 염포(울산) 등 삼포를 개항한 건 세종 8년의 일인데, 오륙십 년 사이에 일천여 호로 늘어난 왜인 거류민들은 매우 난폭하여 곧잘 법규를 어겼다. 중종 집권 후에 왜인의 농경지에 세를 부과하고 통제를 강화하자 이들은 가래침을 뱉으며 웃통을 벗어붙이고 반란을 일으켰다.

원 가운데 열 명이 죽었지만, 용맹스러운 황형 장군의 군대를 도
와 왜군을 물리치는 데 톡톡히 한몫을 했다.

또한 이들은 뻔찔나게 국경을 넘나드는 여진족과 오랜 세월에
걸쳐 전투를 치렀다. 임진왜란 땐 회령에서 왕자 순화군을 보호
하는 일을 맡았다. 이때가 몽환 제거단이 맞닥뜨린 가장 큰 위기
였다. 골짜기에서 왜군에게 협공당하는 바람에 절반이 넘는 병력
이 까마귀밥이 되었다.

그러나 오십 년 뒤에 황만은 처음의 병력을 회복했으며, 모든
병사가 창검을 버리고 조총으로 무장케 함으로써 최상의 군사력
을 갖추었다. 이들은 효종조에 나선정벌[6]에 참여하여 멀리 흑룡
강 너머까지 올라갔고, 중국어와 러시아어 욕을 잔뜩 배워 아무
짝에도 쓸모가 없는 걸레가 된 입으로 돌아왔다.

황만은 몽환이 끈질기게 목숨을 이어가며 나라 안에 머무르고
있음을 거듭 확인했다. 몽환 제거단장의 보고에 따르면, 황만이
동남아에서 칼잡이들을 데리고 집으로 돌아오던 날 그는 한성으
로 떠났다.

백운동 골짜기로 들어가서 칡뿌리와 나무 열매와 짐승 날고기
를 먹으며 여러 해 굴에 숨어 지냈다. 제거단이 한성을 뒤지기
시작할 때 몽환은 토굴을 나섰고, 수십 개의 산을 넘고 강을 건

---

6) 나선(羅禪)은 러시아인을 뜻한다. 자원이 풍부한 흑룡강 일대를 노리고 러
시아가 자주 국경선을 침범하자, 청나라는 이들을 치기 위해서 조선에 조총
으로 무장한 군대의 파병을 요구했다. 그 결과 나선정벌(羅禪征伐)이 두 차
례에 걸쳐서 행해졌는데 모두 승리를 거두었다. 임진왜란 때 왜국의 조총 부
대에 무참하게 당한 뒤에 눈물을 삼키며 대오 각성하여 키운 부대를 엉뚱한
용도에 쓴 셈이다.

너 동해 울진으로 갔다. 그곳에서 백여 년 가까이 어부로 지냈으며, 태백산 광산에서 석탄을 캔 적도 있었다.

몽환이 바닷가를 떠나 내륙으로 들어온 건 후금이 국경선을 넘어 쳐들어온 정묘호란 때였다. 오랜만에 다시 말에 오른 몽환은 기마병을 이끌고 후금의 군대에 대항하여 싸웠다. 그가 단칼에 목을 날린 적군 병사는 제대로 숫자를 헤아리기 힘들었다. 나라에서 무관 벼슬을 내리려 했지만, 몽환은 신분이 드러날 것을 우러하여 벼슬을 마다하며 다른 이유를 댔다.

「정식으로 과거 시험을 봐서 관직에 나가는 게 오랜 꿈입니다」

한동안 몽환은 종2품 벼슬에 해당하는 개성부 유수의 집에 식객으로 머물며 그 십 자녀들에게 말 타는 기술을 가르쳤다. 기리가 멀지 않았기 때문에 황만한테 들킬 위험이 큰데도 개성에 발을 들인 건, 행여나 장희련 소식을 들을 수 있을까 해서였다.

얼마 뒤에 몽환은 개성을 떠나 다시 한성으로 들어갔고, 그곳에서 지내던 중에 판의금부사 내외의 눈에 들었다. 판의금부사라하면 의금부의 수장으로서 영의정이 겸했던 직책이었다. 영의정의 아내는 외모뿐 아니라 말 타는 솜씨와 난을 치는 솜씨에 반하여 매일 몽환을 방으로 불러들였다.

「한 수 읊어줘. 진하고 화끈한 걸로. 연애시 말이야, 연애시」

어느 날 그녀는 시를 읊는 몽환에게 바짝 다가앉아서, 슬며시 손을 들어 뺨과 귓불을 쓰다듬었다. 몽환이 궁둥이를 움직여 옆으로 비켜앉았다.

「왜 이러세요? 간지럽잖아요」

부인은 치마를 바짝 당겨 올려 허벅살을 보여주었고, 동공이 풀린 얼굴로 몽환의 무릎 위에 윗몸을 무너뜨리며 가슴팍을 꼬집었다.

「잘 알면서 능청맞게 굴긴? 오늘 나 외로워. 그 양반은 오늘 밤늦게나 돌아올 거야. 아, 나를 어떻게 좀 해줘. 오늘은 말 대신 나를 타는 게 어때?」

비로소 그녀가 자신한테 마음을 두고 있음을 알아챈 몽환은 서둘러 자리를 떴다. 다음날부터 그녀의 호출을 못 들은 척했는데, 누가 퍼뜨렸는지 두 사람이 보통 사이가 아니라는 소문이 나돌기 시작했다. 몽환은 허공을 날아다니는 소문을 걷어내려고 두 팔을 휘저으며 바삐 뛰어다녔다.

어느 날 성을 나선 몽환은 장의사 앞 계곡[7]에서 시냇물에 발을 담그고 쉬고 있었다. 평소에 잘 알고 지내던 장의사 주지 정명 스님과 이런저런 이야기를 나누던 중에, 갈참나무 잎사귀 한 장이 물위에 떨어졌다. 정명 스님이 나뭇잎을 집어들고 가까이 들여다보았다. 콩알만한 빨간색 진드기가 잔뜩 달라붙어 매미 소리를 내며 울고 있었다.

몽환을 돌아보며 스님이 절레절레 고개를 흔들었다.

「내 귀엔 자네를 잡으러 달려오는 말발굽 소리가 들리네. 다시

---

7) 성종 때 예조판서를 지낸 성현(成俔)이 쓴 글에, 한성 밖에서 놀 만한 곳으로 장의사(藏義寺) 앞 계곡만한 데가 없다고 나온다. 삼각산의 여러 골짜기에서 시냇물이 흘러 내려오고, 절 앞에 쌓아놓은 돌이 수십 길이나 되며, 그 옆으론 바위가 절벽을 이루어 시냇물을 베고 있는 모습이 마치 신선의 세계와 같아서 그곳에 와서 노는 선비들이 그치지 않는다는 것이다. 많은 이들이 오가는 곳이라면 몽환처럼 쫓기는 이의 입장에선 안전한 곳일 리 없다. 몽환이 적잖이 긴장이 풀어진 채 지내고 있음을 엿보게 해준다.

는 재상의 아내를 넘보지 말게」

스님이 일러주는 대로 몽환은 샛길을 돌아서 달아났다. 대숲으로 들어가 숨을 돌리는데, 절을 향해 말을 몰고 달려 올라가는 무사들이 보였다. 뒤늦게 아내의 염문 소문을 들은 영의정이 보낸 무사들이었다.

장희련의 감금 생활은 그 뒤로도 오랜 세월 이어졌다. 임진왜란이 끝난 게 언제인데, 돌아가지 않고 남아 노략질을 일삼던 왜구가 마을을 친 적이 있었다. 황만은 얼떨결에 집에 아내를 놔두고 달아났다. 마침 몽환 제거단은 개성에 몽환이 나타났다는 첩보를 접하고 그리로 달려간 뒤였다.

가슴 졸이며 산속에 숨어 있던 황만은 왜구가 물러간 다음에야 내려왔다. 다른 집은 다 탔으나 그들의 집만 멀쩡했다. 집 주위에 불에 타서 죽은 쥐들이 뒹굴고 있었는데 축축이 젖은 쥐가 적지 않았다. 희련의 음식을 대신 먹고 살아온 쥐들이 몸에 물을 적셔 불속으로 뛰어들어 은혜를 갚았던 것이다.

숙종조에 장길산[8]이 이끄는 무리가 상점 거리를 덮쳤을 때, 희련이 벽에 대고 목이 터져라 외쳤다.

「우리집도 털어주세요! 이 문 좀 열어줘요!」

누군가 헛웃음 켜며 중얼거리는 소리가 들렸다.

---

8) 광대 출신으로서 봉산 탈춤을 만든 자라고 전한다. 1697년 1월에 관리들의 수탈과 조정의 조세 및 구휼 정책에 항의하여 일어난 농민군을 지휘하였으며, 주로 평안도와 함경도와 황해도 일대에서 맹활약했다. 관군은 당대의 걸출한 칼잡이 최형기까지 끌어들여 저인망으로 훑고 다녔지만 끝내 그를 잡는 데 실패하였다고 하니, 그물을 빠져나가는 솜씨 하나는 장길산과 안몽환이 당대의 최고수 자리를 겨룰 만하다.

「자기 집을 털라니 실성한 여자가 틀림없어」

방에서 탈출할 절호의 기회를 놓친 희련은 온몸을 덮치는 절망감을 못 이기고 혀를 깨물었다. 순간 갑자기 혀가 돌멩이처럼 딱딱해져서, 위아래 앞니에 한껏 힘주었는데도 좀처럼 혀를 끊지 못했다.

을씨년스럽게 추적추적 비 내리던 날이면 황만은 일찍 상점 문을 닫았다. 방에 들러 희련에게 재차 사랑을 확인하려다가 아무 얘기도 못 듣고 돌아 나가서, 기생들을 불러 고기를 굽고 전을 부쳐 술판을 벌였다. 저녁 내내 만취한 황만이 여자들과 시시덕대는 소리가 들렸다. 여자들이 모두 돌아간 뒤엔, 황만 홀로 웃는 건지 우는 건지 알 수 없는 소리를 냈다.

어느 날 희련은 벽에 귀를 바짝 댔다. 옆방에서 황만이 몽환제거단 우두머리와 수군대고 있었다.

「뭐라고? 또 놓쳤다고?」

「죄송합니다. 다음엔 무슨 일이 있어도 반드시 팔딱팔딱 뛰는 염통을 갖다 바치겠습니다」

몽환이 아직 이 세상에 살아 있다는 얘기였다. 벅찬 위안을 맛본 희련은 몸에서 저절로 기운이 솟았다. 쥐구멍으로 매화꽃 향기가 솔솔 날아들던 날부터, 벽에 붙어 앉아서 대부분의 시간을 보냈다. 세로로 길게 잘라서 잇댄 참나무 널빤지로 만든 벽 너머는 시장 뒷골목이었다. 이따금 오가는 이들이 벽에 대고 오줌을 누었다.

희련은 지린내를 견디며 힘껏 어깨로 벽을 밀었다. 이백 년 동안 매일 같은 일을 되풀이했더니, 조선 말엽으로 접어들면서 나

무 판자가 조금씩 휘기 시작했다. 어느 가을날, 그녀는 잠에서
깨어나자마자 다시 두 손바닥과 어깨로 벽을 떠밀었다. 일순 「쩌
어억 쩍!」 하는 소리가 나면서, 널빤지 두 개가 중간에서 부러져
골목 쪽으로 떨어져 나갔다.

　푸르스름한 새벽빛과 서늘하면서 상큼한 공기가 방으로 쏟아져
들어왔다. 희련은 조심스레 벽 틈새로 몸을 빼내 어둠의 집을 벗
어났다. 절반은 기고 나머지는 걸어 뒷산으로 올라가서 심호흡을
한 뒤에, 나무 껍질을 씹고 풀잎 이슬을 훑아먹으며 남으로 내려
갔다. 노루와 비둘기들이 앞다투어 노래를 불러서 시력이 엉망이
된 희련에게 길을 안내했다.

　한번은 비루먹은 늙은 말이 나타나서 희련의 손등을 핥았다.
희련은 그 말을 타고 한나절에 봉우리 다섯 개를 넘어 임진강에
이르렀다. 앞으로 강물이 흐르는 걸 모르고 희련은 발을 내딛었
는데, 그때 물가의 미루나무가 스스로 뿌리를 드러내며 쓰러져서
그녀를 태워주었다. 미루나무는 쉬지 않고 물결을 타고 흘러, 보
구곶을 돌아 왼쪽으로 섬을 끼고 바다로 나갔다.[9]

　구름 한 점 없이 맑은 날씨였지만 바다에선 세찬 바람이 불고
있었다. 파도에 휩쓸려 떠다니던 나무는 이틀 만에 외딴 섬에 가
닿았다.

　「이런! 어쩌다가 이 꼴이 되었소?」

　앙상하게 뼈만 남은 장님 여인을 불쌍히 여긴 섬주의 도움으

---

9) 보구곶은 지금의 김포시 북서쪽 한강 하구에 위치하고 있으며 오른쪽엔 개
　성시 개풍군이 건너다보이는 애기봉 전망대가 서 있다. 보구곶을 막 지나친
　지점의 섬은 강화도이다.

로, 희련은 섬에서 빨래와 부엌일을 하며 지내게 되었다. 시력이 되살아나고 깡말랐던 몸에 살이 붙기까지 다시 십수 년 세월이 흘렀다.

뭍으로 나간 희련은 남의집살이와 보따리 행상 일을 반복하며 몽환을 찾았다. 그는 너무나도 움직이는 속도가 빨랐다. 몽환 비슷한 자가 산다는 얘기를 듣고 부랴부랴 달려가 보면, 어느 틈에 다른 곳으로 떠나가고 없었다. 일부러 희련을 피해 달아나는 것처럼 여겨질 정도였다. 어떤 날은 그녀가 나타나기 반나절 전에 자취를 감추었다.

황만은 끝없이 희련과 몽환을 쫓았고, 희련은 황만에게 쫓기면서 몽환을 쫓았다. 몽환은 황만이 고용한 청부 살인업자들에게 쫓기다가, 용케 그들을 따돌릴 때면 방향을 틀어 희련의 행적을 쫓았다. 서로 쫓고 쫓기던 중에 이들은 어린애들이 숨바꼭질하는 현장에 자주 휩쓸렸다. 가위바위보를 해서 지는 바람에 술래가 될 때도 있었고, 둔덕이나 볏가리 뒤에 숨고자 코흘리개들과 논밭을 달리다가 넘어져 바닥에 코를 찧은 적도 있었다.

어른들이 그 광경을 지켜보며 혀를 찼다.

「덩치만 컸지, 아기야, 아기. 그렇게 할일이 없나?」

그들 세 사람은 때때로 헷갈린 나머지 자기 처지를 착각했다. 일제 시대 때 만세 운동이 있던 해의 한겨울날, 몽환은 길을 걸으며 줄곧 눈밭에 찍힌 발자국과 부러진 나뭇가지를 살폈다. 일순간 자신이 황만의 뒤를 밟고 있음을 알아채고 깜짝 놀랐다. 재빨리 돌아서서, 술 먹고 춤추듯이 휘청대며 싸락눈이 내리는 얼음판을 앞만 보고 달렸다.

또 언젠가는 황만에게서 착각이 빚어졌다. 그는 별안간 몽환이 나타나서 목에 식칼을 들이대며 「요놈, 피맛에 굶주리던 차에 잘 만났다!」 하고 외치는 꿈을 꾸고 잠에서 깨어났다. 진땀을 흘리며 바삐 짐을 꾸리다가 퍼뜩 제정신이 돌아왔다.

「어서 이 연놈들을 잡아서 목을 따야지, 더 오래 끌었다간 내 쪽에서 머리가 돌아 먼저 세상을 뜨겠어!」

오래전에 황만은 빈털터리가 되었고 몽환 제거단도 해체되었다. 희련이 남쪽으로 달아났다는 정보를 들었을 때, 황만은 서경을 떠나 한양으로 집을 옮겼으며, 얼마 뒤엔 한때 그녀와 살았던 충청도 지방을 뒤졌다. 만주 사변 이후의 삼십 년대 중반에 경주에 터를 잡아서, 고고학자로 가장한 일본인 도굴꾼들을 도와 밤마다 무덤 파는 일로 입에 풀칠한 적도 있었다.

동란 뒤에 강원도 속초로 간 황만은 손바닥만한 낡은 배를 구했다. 고기잡이 일을 하여 돈을 좀 모으면 물귀신이나 독사, 천리안, 만리향 같은 별명을 지닌 킬러들을 고용해 몽환과 희련을 찾게 했다.[10] 어느 시기를 넘어서면서 좀처럼 그들에 대한 정보는 입수되지 않았다.

〈이미 세상을 뜬 걸까? 혹시 북쪽에 사는 건 아닐까?〉

중복이 지난 여름날 황만은 고성군 통일 전망대에 올랐다. 땀

---

10) 다른 킬러들의 이름은 그런 대로 봐줄 만하나 만리향(萬里香)의 경우는 문제가 있어 보인다. 만리까지 향기가 날아가는 꽃을 뜻하는 이름이라고 할 때, 쫓기는 자의 입장에서 이자가 만리 밖에 나타나기만 해도 냄새를 통해 알아챌 수 있다는 얘기가 된다. 물론 얼마나 빠르게 바람이 부느냐가 변수이긴 하다. 만리는 삼천구백여 킬로미터로서, 서울에서 부산까지의 거리의 아홉 배쯤 된다.

을 뻘뻘 흘리면서 투입구에 줄기차게 동전을 넣으며 망원경으로 북쪽을 살폈다. 해금강, 금강산의 주봉인 비로봉, 세존봉, 옥녀봉 같은 아름다운 절경이 눈에 들어올 뿐, 몽환과 희련은 그림자도 비치지 않았다.

무슨 일로 공주에 들렀을 때 황만은 그대로 나자빠질 뻔했다. 옛날에 희련이 입었던 것과 똑같은 옷이 박물관에 진열돼 있었다. 암녹색 풀물을 들인 저고리였는데, 아무리 보아도 그녀가 즐겨 입던 옷이 분명했다. 호롱불에 탄 소매 부위를 녹색 천을 대고 남색 실로 기운 것까지 똑같았다. 황만은 곧장 박물관장을 찾아갔다.

「제 아내가 옛날에 입던 옷인데 돌려주셨으면 합니다. 당시에 빨랫줄에 널어놓은 걸 누가 훔쳐갔다가 큰맘 먹고 기증한 모양입니다」

관장이 안경을 콧잔등 위로 내리며 황만을 유심히 쳐다보았다.

「선생은 무슨 일을 하는 분이신가요?」

「수백 년 전에 벌어진 일을 해결하고자 바삐 돌아다니고 있지요」

관장은 저고리를 돌려줄 생각은 하지 않고 책장 선반에서 병을 집어들었다. 분홍색 알약 몇 알을 꺼내 황만의 손에 쥐어주었다.

「향토 사학자이신가 보구먼? 나도 이 일을 오래 했더니 과거와 현재를 혼동할 때가 많아요. 그럴 땐 신경을 누그러뜨리는 약만한 게 없지요」

부산 자갈치 시장에서 경매 일을 하던 시절에 황만은 딱 한 번 희련을 보았다. 생선 궤짝에 걸터앉아서 소주병을 들고 쥐포를 씹으며 티브이 뉴스를 보던 중이었다. 화면에 수많은 사람이 얽히고 설커 오가는 대전 거리가 나왔다. 말처럼 얼굴이 길쭉하고 윗니 두 개가 툭 튀어나온 기자가 마이크를 들고 나타났다. 목소리 또한 콧소리가 많이 섞여서 말 울음 같았다.[11]

「정육점과 식당에서 말고기가 쇠고기로 둔갑하여 나돈다는 소문이 사실로 드러나면서 경찰이 팔을 걷고 수사에 나섰습니다. 관련자들의 증언에 따르면, 현재 말고기 수만 근이 쇠고기의 탈을 쓰고 시중에 나도는 걸로 보입니다」

카메라를 바라보고 선 기자의 뒤쪽에서 정육점 냉장실을 물끄러미 들여다보는 젊은 여자가 있었다. 무심코 고개를 돌린 여자는 자신이 카메라에 잡힌 걸 알고 어깨를 크게 떨었다. 순간 황만은 궤짝을 박차고 일어나며 이마로 소주병을 깨뜨렸다. 목에 핏대를 세우고 두 주먹을 불끈 쥐었다.

「다른 사람은 몰라도 내 눈은 절대로 못 속여!」

화면에 비친 희련은 낮빛이 방에 갇혀 지낼 때 잔뜩 겁에 질렸던 얼굴과 똑같았다. 머리를 어깨 너머 등뒤로 길게 길러서 한데 묶었고 연보랏빛 원피스를 입고 있었다.

물 빠진 군복 차림으로 황만은 후닥닥 트럭에 올랐다. 면허 정지를 수십 번 당해도 할말이 없을 만큼 차선과 속도 위반을 반복하며 대전으로 달려갔다. 생선 비린내와 땀내와 고린내를 신나게 뿜으면서, 여섯 달 넘게 번화가와 여관과 뒷골목을 이 잡듯이 뒤

---

11) 요즘 방송국 논설 위원으로서 심야 뉴스 말미에 가끔 뉴스 논평을 하는 정 아무개 씨가 아닌가 여겨진다. 강산이 한 번하고도 절반 가량 바뀌었지만 생김새나 목소리는 예전과 똑같다. 어떤 내용의 논평을 하든 경마장 비리 얘기를 하는 것 같은 착각을 불러일으킨다.

지고 다녔다. 희련과 비슷하게 생긴 여자를 몇 명 보았다. 어떤 여자는 황만에게 느닷없이 따귀를 얻어맞았고, 머리채를 잡혀 「엄마야!」 하고 비명을 지르며 길바닥에 나뒹군 여자도 있었다. 또 어떤 여자는 겨드랑이에서 옆구리 아래로 원피스가 길게 찢어지는 봉변을 당했다.

서기 이천 년대의 여름은 천 년이나 이천 년 전 여름과 크게 다르지 않았다. 장마가 지나간 뒤에 햇살은 온 세상을 녹일 듯했다. 하늘 끝까지 훤하게 트인 대기 속에서 초목들은 나날이 무럭무럭 자랐다.

안몽환은 예전의 한성, 지금의 서울에서 살고 있었다. 동네는 한강 남동쪽 선사 유적지[12]에서 걸어서 십여 분 걸리는 조용한 마을이었다. 강북에서 살다가 그리로 집을 옮긴 건 꼭 십 년 전 일이었다. 서울 안쪽이었지만 소나무와 떡갈나무, 갈참나무가 보기 좋게 어울린 동산과 노는 땅이 많이 남아 있었다.

들녘의 비닐하우스에선 늘 상추와 배추, 쑥갓, 열무가 자랐으며, 여름에서 가을까지 둔덕은 콩잎과 깻잎, 호박잎과 고춧잎으로 덮였다. 거개가 세월이 흐르면서 나라 바깥에서 새로 들여온 채소였다. 멀리 아파트 단지가 있어서, 앞뒤로 좀더 시야를 넓힐

---

12) 현재 강동구 암사동에 위치한 신석기 시대 유적지(사적 제267호)를 뜻한다. 1925년 을축년 대홍수 때 위를 덮고 있던 흙이 쓸려 나가면서 유적이 드러났으며, 본격적인 조사가 이루어지기 시작한 건 1966년에 이르러서이다. 자동차를 이용해 이곳으로 가려면 천호 대교를 막 지나친 지점에서 암사동 표지판을 보고 올림픽 대로를 빠져나가서, 왼쪽 길을 돌아가다가 한번 우회전하여 왼쪽 대각선 쪽으로 고덕 주유소가 보이는 사거리에서 좌회전한 뒤에 삼백 미터쯤 달리면 된다.

땐 서로 다른 시간과 공간이 뒤섞인 느낌을 물씬 풍겼다.

몽환은 집 이십여 채가 둥지를 튼 야트막한 언덕에서 혼자 살았다. 직업은 대학 강사였고 전공은 생물학이었다. 오래전부터 가명을 써왔으며, 《과학은 웃음바다》, 《하나뿐인 지구》, 《대자연은 울고 싶다》 같은 잡지에 자기 이름을 단 고정 집필란을 갖고 있었다. 대학원에서 그는 우리나라 토종 식물의 생태를 살핀 논문으로 박사 학위를 받았다.[13]

틈날 때마다 몽환은 선사 유적지에 들렀다. 어슬렁어슬렁 거닐면서 전시관에서 유물을 보고 또 보며 많은 시간을 보냈다. 선사 유적지 옆으로 옮겨온 뒤로 몽환은 나이를 먹기 시작했다. 건장하고 튼튼한 스물대여섯 살 청년에서 멈춘 채 장구한 세월을 살았지만, 지금 그의 외모는 삼십대 후반으로 접어들고 있었다. 뚜렷하게 각이 졌던 턱선이 한결 부드러워졌고 몸무게도 불었다.

대학원 다닐 때부터 그를 잘 따르던 여자 후배가 있었다. 올초에 보았을 때 그녀는 시무룩한 낯으로 앉아 있다가 훌쩍 자리를 떴고, 두어 달 지나서 결혼했다. 몽환이 그녀를 우연히 다시 만난 건 여름으로 접어들 무렵의 국립 중앙도서관에서였다.

「선배도 이제 짝을 찾으셔야지요?」

몽환이 대꾸 없이 미소짓자 그녀가 물음을 띄웠다.

「혹시 내가 모르는 여자가 있는 거 아니에요?」

---

13) 선사 시대까지 망라하여 다룬 이 논문은 단행본으로 출간되었는데, 학자 이외에도 관심 있는 많은 이의 눈길을 끌었다. 어느 문예지 발행인은 필자의 뛰어난 상상력에 매료되어, 이 글을 소설로 가름하여 올해의 문학상을 줄까 고민했다.

얼마 만에 그는 고개를 끄덕였고, 뜻밖이라는 듯이 여자의 눈이 동그랗게 변했다.

「지금 어디 사는데요?」

「잘 모르겠어. 오백 년 전에 어떤 일로 헤어졌지」

여자가 딱하다는 표정을 지었다.

「꽤 많은 세월이 흐른 것처럼 여겨진다는 얘기로 듣겠어요. 발 벗고 나서서 찾아보지 그러세요? 경찰의 도움을 받거나, 신문에 광고를 내는 길도 있겠고」

나중에 몽환은 그녀의 얘기에 대해 곰곰이 생각했다. 아직 황 만이 이 세상에 살아 있을 경우에, 만일 그가 광고를 본다면 골치 아픈 일이 벌어질 게 뻔했다.

그러나 몽환은 요즘처럼 세월이 흐르는 속도를 온몸으로 느낀 적이 없었다. 더 미적거렸다간 희련을 다시는 못 보고 죽고 말리라는 생각에, 가까스로 용기를 내서 신문사에 전화를 넣었다. 며칠 지나서 신문 아래쪽 구인 광고란에 한 줄짜리 글이 나왔다.

〈장희련, 연락 바라오. 몽환.〉

휴대폰 번호도 함께 실렸다. 그런데 광고가 나가고 한 달이 지날 때까지 희련이나 희련을 아는 사람에게서 걸려온 전화는 없었다.

「혹시 찾는 사람이 장희련이 아니라 장희빈[14] 아닌가요?」

---

14) 희빈 장씨(禧嬪張氏)를 말하는데, 그녀는 장희련 버금가는 비련의 조선 시대 여인이다. 중인 출신으로 어려서 궁녀가 되었으며, 숙종의 총애를 받아 숙원(淑媛 : 종4품)과 소의(昭儀 : 정2품) 등으로 품위가 초고속 승진하면서 왕자 윤(昀 : 이후의 경종)을 낳았다. 윤이 원자를 거쳐 세자로 책봉되자 왕비의 자리까지 올랐으나, 서인과 남인의 당파 싸움 와중에서 다시 희빈으로 밀려났으며 결국 사약을 받고 죽었다.

장난기 섞인 목소리로 그런 물음을 던진 전화가 한 통 걸려왔을 뿐이었다. 낙담한 몽환은 광고를 낸 일을 잊기로 했다.

그러던 어느 날 해거름에 몽환은 한 여자한테서 전화를 받았다. 한강으로 나가 물가에 앉아서 한낮의 열기를 식히며, 이전처럼 멍하니 아차산[15]을 바라보고 추억에 젖어 있던 중이었다. 휴대폰 속에서 낮게 가라앉은 목소리로 여자가 말했다.

「댁을 직접 뵙기 전엔 용건을 말할 수 없어요. 제가 그쪽으로 가지요」

몽환은 그녀가 누구인지 짐작하기 어려웠다. 감이 먼 데다가 여자가 일부러 꾸민 듯한 목소리를 냈기 때문이었다. 몽환이 자신이 사는 동네를 밝히고 덧붙였다.

「내일 정오에 선사 유적지 전시관 안에서 만나기로 하지요」

새벽까지 밀린 원고를 쓰고 잠자리에 든 몽환은 아침 늦게 일어났다. 찬밥을 물에 말아 먹고, 청바지에 감색 티셔츠를 걸친 가벼운 차림새로 차를 몰고 집을 나섰다.

어제처럼 햇살이 여간 뜨겁지 않았다. 큰길로 나가서 자동차 수리점에 들렀다. 몇 번 달리던 중에 엔진이 꺼진 차를 손보기

---

15) 아차산(阿且山)은 현재 워커힐이 위치하고 있는 산으로 백제가 수도 방어를 위해서 산성을 세운 곳이다. 『삼국사기』에 의하면 고구려의 침략에 대비하여 아단성(阿旦城)을 축조하였다고 하는데, 한자가 유사한 걸로 보아 아단성은 아차산성으로 여겨진다. 이곳에선 한강 상류와 하류 쪽에서 접근하는 선박의 움직임을 쉽게 포착할 수 있어서, 즉시 봉홧불이나 깃발을 통해 강 건너 백제 왕성(하남 위례성)으로 연락을 보낼 수 있었다. 475년에 고구려 장수왕의 공격을 받아 백제 왕성이 함락되었을 때 개로왕이 붙잡혀 죽은 곳이 바로 이 산성 밑이다. 안몽환이 자주 강가에 앉아 이 산을 바라보며 추억에 잠긴 건, 산성에 얽힌 이런 긴박감 넘치는 역사와 연관이 있다.

위해서였다. 차를 맡겨놓고 근처 사진관으로 가서 가을 학기에 강의하기로 돼 있는 대학에 낼 증명 사진을 찍었다. 문구점에서 펜을 샀고, 아파트 단지 상가 우체국에서 간밤에 쓴 글과 자료를 잡지사에 등기로 부쳤다.

하마터면 몽환은 한 여자와 약속한 일을 잊을 뻔했다. 햇살을 피해 그늘을 옮기며 집으로 돌아가는 길에 약속이 생각났다.

〈이런, 내 정신 좀 보게나. 더위를 먹었나?〉

직각으로 방향을 틀어 아파트 뒤쪽 유적지로 이어지는 길로 발을 들였다. 길가에 늘어선 나무에서 매미들이 시끄럽게 울어댔다. 아직 팔월 초순인데 하늘엔 가을날처럼 새털구름이 높이 떠가고 있었다.

유적지 앞에 이르렀을 때, 시간은 막 열두시를 넘어서고 있었다. 비둘기 떼가 바닥에 내려앉아 팝콘을 쪼아먹는 게 보였다. 몽환은 꾸벅꾸벅 조는 아이스크림 행상을 지나쳐서 고인돌을 본뜬 유적지 정문으로 들어섰다. 평일인 데다가 날이 무더워서인지 유적지 안엔 오가는 사람이 보이지 않았다. 몽환은 손등으로 이마에 흥건한 땀을 훔치며, 굵은 모래를 깔아 잘 다진 오솔길을 걸어갔다. 한가롭게 풀숲에서 놀던 참새와 멧새들이 일제히 날아올랐다.

왼쪽으로 이엉을 엮어 얹은 움집 여러 채가 보였다. 그 가운데 하나는 언제던가 몽환이 몰래 들어가서 두어 시간을 보낸 움집이었다. 어둑한 한복판 화덕 곁에서 문으로 밖을 내다보며 잠자코 앉아 있었는데, 한껏 마음이 풀어지면서 그렇게 기분이 느긋해질 수 없었다. 가능하다면 세를 내고 빌려서 앉은뱅이 책상을 갖다

놓고 쓰고 싶었다.

오솔길을 돌아 전시관 앞에 이른 몽환은 숨을 깊이 들이쉬었다. 천천히 계단을 올라가서 전시관으로 들어갔다. 전시관은 바깥과 달리 제법 시원한 기운이 감돌았고 오래 묵은 흙 냄새가 짙었다. 전시관 한가운데엔 둥글고 모난 움집터 여남은 개와 저장고를 되살려놓았다. 모두 우묵하게 팬 구덩이 형태였다. 작은 움집은 서너 명, 큰 건 대여섯 명이 누울 만한 너비였다. 불탄 움집 기둥, 돌멩이를 둘러 만든 화덕, 토기를 꽂아서 세우고자 판 구멍도 보였다.

몽환은 처음엔 그곳에 아무도 없는 줄 알았다. 맞은쪽에서 등을 돌리고 서서, 원시인들의 생활상을 그린 벽화를 감상하는 여자가 뒤늦게 눈으로 빨려들어왔다. 어깨를 찰랑찰랑하게 덮은 파마 머리에 깨끗한 미색 원피스를 입은 여자였다. 팔뚝에 왕골로 짠 핸드백을 걸었고 굽 낮은 샌들을 신었다. 허벅살이 드러날 듯 말 듯한 다리가 퍽 길어 보였다. 겨드랑이에서 잔허리를 돌아 내려가는 선이 활처럼 크게 휘었고, 원피스 치마 부위에서 궁둥이가 도드라졌다.

움집터를 안에 가두고 네모나게 둘러친 난간으로 다가서며 몽환은 고개를 갸웃거렸다.

〈어제 전화를 걸어온 여자인가?〉

이윽고 여자가 게걸음으로 움직이기 시작했다. 이따금 손수건을 들어 이마와 목덜미를 톡톡 두드렸다. 얼마 만에 벽화의 맨 왼쪽 끝에 이르러, 발치를 내려다보며 무슨 생각에 잠겼다. 일순 무슨 소리를 들었는지 여자는 고개를 옆으로 조금 기울였다. 손바닥으로 이마에 흘러내린 머리칼을 쓸어 어깨 뒤로 넘기며, 한쪽 다리를 축으로 삼아 빙그르르 몸을 돌렸다. 곧이어 여자는 몽환이 서 있는 쪽으로 앞모습을 드러냈다.

 이십 미터 남짓한 거리에서 여자와 눈길이 마주친 순간 몽환은 숨을 멈추었다. 여자가 크게 뜬 눈으로 자신을 뚫어지게 바라보며 두어 발짝 앞으로 다가서는 게 보였다. 몽환처럼 두 손을 난간 위에 올려놓을 때 그녀의 눈밑이 파르르 떨린 듯했다. 여자가 입술을 달싹였으나 아무 소리도 들리지 않았다.

 왼쪽으로 난간을 돌아가며 몽환은 줄곧 여자를 응시했다. 두 사람은 한번도 눈을 깜박이지 않았다. 눈에 뜨이지 않을 만큼 조금씩 발걸음을 옮겨서, 그가 여자에게 다가서기까지 여러 날 흘러갈 것처럼 여겨졌다. 마치 시간이 멈춘 듯한 분위기 속에서 주위에선 아무 소리도 들리지 않았다. 마침내 몽환은 여자와 코앞에서 마주섰고, 그녀의 뺨이 눈물에 흠뻑 젖은 걸 보았다. 둥근 눈과 짙은 눈썹, 도톰한 볼, 귀밑 잔털이 제각각 따로 떨어져 눈으로 들어왔다. 이윽고 그 모든 것이 하나로 합쳐지면서, 몽환은 장희련이 아니라면 어느 누구일 수 없는 한 여자의 얼굴을 보았다.

 굼뜨게 흐르던 시간이 제 속도를 찾은 건 그때였다. 옆쪽 움집터에서 사람 목소리가 들려왔다. 길게 펼쳐진 벽화에서도 소리가 들렸다. 물결치는 소리, 강바람 소리, 여자들이 갈돌로 도토리 껍질을 벗기는 소리, 강물에서 작살로 물고기를 잡는 사내들의 외침, 토기를 굽는 불에서 따다다닥 하고 나뭇가지 타는 소리가 났다. 어린이들이 까르르 웃는 소리도 섞였다.

 그릇에 도토리를 담던 아낙네가 고개를 돌려 두 사람을 바라보았다. 손으로 입을 가리며 옆의 여자에게 속삭였다.

「저기 좀 봐. 오랜만에 만난 연인들 같지 않아?」

몽환과 희련은 장구한 세월을 건너뛰어 말쑥하고 산뜻한 차림의 현대인이 되어 다시 만났다. 둘 다 동시에 서로 두 팔을 벌려 뜨겁게 포옹했다. 맥박과 심장 고동만이 요란하게 울릴 뿐, 그들은 부둥켜안은 채 오래도록 말이 없었다. 세월이 그들에게서 일시에 말을 모조리 빼앗아간 탓이었다.[16]

관광객인 듯한 열댓 명의 무리가 인솔자를 앞세우고 웅성거리며 입구로 들어설 때 그들은 전시관을 벗어났다. 풀밭으로 들어가 앉은 뒤에도, 둘 다 움집과 나무와 하늘을 우두커니 바라보고 여러 시간을 보냈다. 제각각 고개를 갸웃대며 머릿속으로 같은 소리를 뇌었다.

〈갑자기 내가 벙어리가 된 걸까?〉

무언가 입을 막고 있는 느낌에 각자 슬하게 얼굴 앞에서 손을 휘저었다. 그러나 살랑살랑 잔 바람이 일 따름이었다. 저만치 무성한 버드나무 잎사귀 속으로 태양이 잠겨 들어가는 게 보였다. 그들은 유적지를 나서 큰길가 찻집으로 자리를 옮겼고, 그곳에서도 말없이 서로 눈을 바라보았다.

---

16) 둘 다 충격 때문에 실어증에 걸린 것인데, 이 병은 질환이 생긴 뇌 부위와 범위에 따라서 증상이 다르다. 주로 단어를 듣고 이해할 수는 있지만 스스로 단어를 구사하여 말하는 능력을 부분적으로 또는 완전히 상실한 상태를 뜻하지만, 연관된 장애까지 포괄하여 실어증이라는 용어를 사용하기도 한다. 글 쓰는 능력과 읽는 능력을 상실한 실서증(失書症)과 실독증(失讀症)이 그런 경우이다. 몽환과 희련은 이 모든 증상이 그날 밤에 정사를 나누고 잠들 때까지 지속된다.

얼음을 띄운 사과 주스를 마시고 찻집을 나설 즈음에, 비로소 그들의 얼굴에서 잔잔하게 미소가 번지기 시작했다. 둘은 나란히 손을 잡고 재래 시장으로 들어갔고, 손짓 발짓으로 잘 익은 포도와 복숭아를 고르고 고등어를 샀다. 생선 가게 아줌마가 웃으며 농을 던졌다.

「누가 부부 아니랄까 봐 이 더위에 손을 꼭 쥐고 있네? 말은 못해도 금슬은 그만이야」

어느덧 날이 기울어 석양빛이 비스듬히 날아왔다. 그들은 햇살에 노랗게 물든 모습으로 길을 돌아 언덕 동네로 올라갔다. 몽환은 팔로 희련의 어깨를 감아 안고 걸었고, 그녀는 그의 허리에 손을 둘렀다. 집 마당으로 들어서며 윗몸을 숙인 희련은 화단의 분꽃에 코를 대고 향기를 맡았다. 활짝 웃으며 몽환을 돌아보는 그녀의 얼굴은 분홍빛으로 변해 있었다.

두 사람은 곧 현관을 거쳐 거실로 들어갔다. 에어컨을 켜고 희련을 돌려 세운 몽환이 눈빛으로 물었다.

〈집이 어디에요?〉

희련의 눈빛이 대꾸했다.

〈십 년째 잠실 고층 아파트에서 살고 있어요. 그 전엔 대전에서 삼십 년 넘게 지냈지요. 티브이 카메라에 얼굴이 잡힌 일이 있었는데, 직후에 그곳을 떴어요. 지금 직장은 충무로에 있는데 직업이 무언지 알아요? 웹 디자이너.〉

몽환이 고개를 젖히고 목젖을 내보이며 웃었다. 희련도 덩달아 소리 없이 입을 벌리고 함빡 웃음을 머금었다. 문명 이전의 시대를 살아본 사람들만이 의미를 아는 웃음이었다.

그들은 주방에서 같이 밥을 짓고 생선을 굽고 찌개를 끓여 저녁을 만들어 먹었다. 고달팠던 지난 세월 얘기는 젖혀두고, 눈빛끼리 요즘 서로 하는 일에 대해 주고받았다. 희련은 다정다감한 몽환의 표정에서 그 옛날 남편이 집을 비울 때면 함께 밤마다 이야기 꽃을 피우던 시절을 떠올렸다. 그때가 마치 다른 세상에서의 일처럼 여겨졌다.

희련이 먼저 욕실로 가서 몸을 씻었고, 언젠가 그녀를 만나면 주려고 몽환이 사놓은 잠옷으로 갈아입었다. 머리의 물기를 수건으로 닦으며 거실로 돌아 나가자 그가 물끄러미 쳐다보았다. 그녀도 지난 십 년 사이에 세월이 다시 흐르기 시작했다. 아직 젊음이 남아 있었지만, 지금 그녀는 사십대가 멀지 않은 여인의 외모였다.

얼마 지나서 몽환이 목욕을 마치고 침실로 들어갔을 때, 희련은 침대 앞 바닥에 두 무릎을 세우고 앉아 티브이를 보고 있었다. 어깨와 목덜미, 허벅다리부터 발가락 끝까지 맨살을 고스란히 드러낸 모습이었다. 그는 방을 잘못 찾아온 사람처럼 문간에 서서 머뭇거렸다. 희련이 잠옷을 밑으로 당겨 무릎을 덮으며 어서 들어오라고 손짓했다. 몽환은 곧 침대로 가서 모서리에 걸터앉았고, 자리에서 일어난 희련이 곁으로 옮겨 앉았다.

그들이 눈길을 준 티브이 화면에선 골짜기 풍경이 흘러가고 있었다. 민들레꽃과 은방울꽃, 제비꽃이 핀 걸로 봐서 봄에 찍은 그림인 듯했다. 옛 생각에 젖은 몽환은 희련을 가만히 끌어안았다. 손바닥으로 어깨를 쓰다듬으며 뺨에 입술을 대는 순간, 그녀는 눈을 감고 속눈썹을 떨었다. 방의 불을 끈 몽환은 티브이에서 날아오는 불빛 속에서 그녀의 잠옷을 벗겼다.

앞 단추를 끌러 옷을 등뒤로 벗겨내자 풍만한 젖가슴이 튀어나왔다. 그가 보기에 예전과 크기나 모양새나 탄력이 거의 달라지지 않았다. 희련은 밑에 손바닥보다도 작아 보이는 검정색 팬티를 입고 있었다. 마치 그 옛날 다리속곳 같았다. 몽환은 그녀의 배꼽 밑으로 팬티 끈에 검지손가락을 걸었다. 무너지듯이 뒤로 누우면서 희련은 부끄러움 때문에 입을 오므리고 눈을 끔벅거렸다. 몽환이 팬티를 밑으로 내리는 동안, 그녀는 침대에 바로 누워 궁둥이를 들었다.

자기 옷을 다 벗은 몽환은 그녀의 위로 몸을 실으며 두 손바닥을 한껏 벌려 젖가슴을 덮었다. 희련은 그가 예전보다 몸무게가 많이 늘어난 것 같다는 느낌을 받았다. 숨을 멈추고 몽환의 머리칼을 만지며 눈으로 무어라 물었다. 그러자 몽환이 눈을 깜박여서 대꾸했고,[17] 곧바로 그녀는 두 손으로 그의 가슴을 가볍게 밀었다.

몸을 둥글게 백팔십 도 돌린 희련은 침대 위에 무릎을 꿇으며 몽환에게 엉덩이를 보여주었다. 고개를 숙이고 밑을 바라보는 찰나, 그녀는 티브이 불빛이 자신의 허벅살과 사타구니와 아랫배를 비추고 젖가슴 사이로 날아오는 걸 느꼈다. 금세 그녀의 얼굴이 빨갛게 달아올랐다.

---

17) 직후에 희련이 보인 동작으로 미루어 짐작컨대 두 사람이 눈빛으로 나눈 대화는 이런 것으로 여겨진다. 〈마지막으로 말을 타본 게 언제지요?〉, 〈너무 오래 되어서 기억 나지 않아요〉. 또는 이런 대화였을 수도 있다. 〈뒤로 시작하는 게 좋겠지요?〉, 〈말하나마나〉.

얼마 만의 잠자리인지 헤아리기 어려웠지만, 몽환은 어둠 속에서 둘의 몸이 어떻게 만나는지에 대해 조금도 감각이 무뎌지지 않았다. 손으로 희련의 허리를 감아쥐고 무릎걸음으로 다가앉아서, 그녀의 궁둥이 살에 자신의 양 허벅다리를 바짝 붙였다. 몽환은 어렵지 않게 희련의 몸으로 들어가는 문을 찾아냈고, 이미 자루가 곧게 선 멍게버섯 갓을 문 입구에 댔다. 순간 희련이 가늘게 신음 소리를 냈다.

손가락 두어 마디쯤 버섯 갓이 희련의 몸으로 들어갔을 때, 다시는 결코 놔주지 않겠다는 듯이 그녀의 둥근 근육이 버섯 자루를 단단히 죄었다. 뒤이어 물 흐르듯이 부드러우면서도 빠르고 깊게 몽환은 그녀의 몸 속으로 깊이 진입했다. 퍽 소리를 내며 그녀의 궁둥이와 그의 허벅다리 살이 부딪쳤다.

우주 전체가 자기 몸으로 들어온 느낌에 희련은 열손가락으로 자기 머리칼을 움켜쥐었다. 온몸이 팽팽해져서 자칫 터져버릴 것 같은 불길한 쾌감이었다. 그녀는 자기 몸이 무게를 잃고 허공으로 떠오르는 느낌에 휩싸였다. 밤하늘의 별을 모조리 가슴에 품고, 구름처럼 하늘을 두둥실 떠가는 듯했다.

몸을 합한 자세에서 그들은 움직임을 멈추었다. 몽환의 버섯 자루를 빈틈없이 감싼 희련의 미끌미끌한 살이 툭툭 경련을 일으켰다. 덩달아 따뜻한 몽환의 살도 똑같은 박자로 뛰었다. 곧이어 몽환은 뒤로 절반쯤 몸을 뺐고, 이번엔 더욱 깊고 빠르게 그녀의 몸 속으로 들어갔다. 희련의 머리가 급히 앞쪽으로 나아가며 탁상시계를 건드렸다. 방바닥으로 떨어진 시계는 한참 삐리릭대다가 잠잠해졌고, 흐물흐물 녹아서 한 자락 주황색 연기로 바뀌어 위로 올라가 천장에 붙었다.

　그때부터 과거와 현재, 먼 곳과 가까운 곳을 분명히 구분하기 어려워졌다. 그들이 누운 곳은 소나무 숲 속 너른 바위로 변했다. 수많은 이들이 코 고는 소리가 저 아래 마을에서 날아 올라왔다. 몽환은 희련의 남산만한 볼기에서 물결이 이는 걸 보았다. 물결은 그녀의 잔허리 뒤를 지나 등마루를 타고 뒷덜미로 넘어갔다. 그가 몸을 넣고 빼는 것에 맞추어, 물결은 그녀의 꼭뒤 속살이 드러나게 만들며 밑으로 늘어진 머리칼 쪽으로 계속 흘러갔다.

　이제 몽환과 희련은 숲을 벗어나서, 솜씨 좋은 기수와 명마처럼 한 몸이 되어 풀이 웃자란 들판을 달렸다.[18] 바람소리가 쌩쌩 귓바퀴를 때리며 지나갔다. 어딘가에서 물살이 바위를 철썩철썩 때리는 소리가 들렸다. 돌아보니 들판은 순식간에 바닷가 언덕으로 변했다. 서늘한 바람이 불어와 목덜미를 감쌌고 바닷말 냄새가 대기에 가득 스몄다.

　밤하늘을 날아가며 우는 갈매기 떼가 보였다. 구름 사이로 보름달이 모습을 드러낼 때, 두 사람은 함께 달을 올려다보고 활짝 웃었다. 언덕을 덮은 달맞이꽃이 빗방울 듣듯이 후드드득 소리를 내며 한꺼번에 꽃잎을 펼쳤다.

---

18) 일부 페미니스트들을 자극할 수도 있는 표현이다. 여자를 말 따위에 비유하다니! 이 대목에서 저명한 인류학자 마리아 탄나힐의 젊은 시절 회고담 한 단락을 인용할 필요가 있겠다. 〈나는 지금껏 살아오면서 말보다 잘생긴 동물을 본 적이 없다. 크고 맑고 순결한 눈동자, 긴 속눈썹, 조용히 사색에 잠긴 듯한 표정, 날렵한 몸매와 매끈하면서 알맞게 기름진 피부, 부드러운 갈기, 도약할 때의 정열과 힘, 구름처럼 가볍고 자유로운 움직임. 숙부의 목장에서 생전 처음으로 말을 눈앞에서 가까이 대했을 때 나는 심한 질투를 느꼈다.〉

몽환은 허리를 돌려서 희련이 위를 보고 침대에 똑바로 눕게 했다. 아랫배끼리 붙이고 얼굴을 마주한 상태에서 다시 그녀의 몸 속으로 온 우주를 밀어넣었다. 대지와 하나가 되어 화해하는 순간, 그는 흥분을 못 이기고 어깨를 떨며 눈을 감았다. 그의 머릿속으로 지난 일들이 스쳐 지나갔다.

신경을 집중하고 두 팔로 그를 힘껏 끌어안아서, 희련은 그가 지금 어떤 일들을 돌이키는지 알아냈다. 시대를 달리하여 수많은 전쟁터에서 싸웠던 일, 판의금부사의 아내한테서 유혹당한 일, 황만이 보낸 칼잡이의 칼에 어깨 뒤 주걱뼈를 찍혀서 피를 흘리며 겨울산을 헤맨 일을 몽환은 떠올렸다.

동네 어귀 느티나무 밑에서 쉬는 노인들에게 다가가선 괜히 트집 잡아 눈알을 부라리며, 「빠가야로! 칙구쇼!」[19] 하고 욕을 퍼붓는 일경도 그의 머릿속을 스쳤다. 당시에 몽환은 그자의 뒷덜미를 잡아채 돌려세워서 나무랐다.

「그래, 너네 족속은 짐승보다 나으냐?」

상대는 버둥대며 몽환의 얼굴에 침을 뱉었다. 몽환은 그자의 바지를 벗겨서, 나뭇가지를 꺾어 들고 볼기짝을 사정없이 때려

---

19) 빠가야로를 한자로 쓰면 〈마록(馬鹿)〉이다. 진(秦)나라 호해(胡亥)왕 때 무소불위의 권세를 휘두르던 조고(趙高)라는 환관이 있었다. 어느 날 왕은 환관과 신하들을 데리고 사냥을 나갔다. 마침 저만치 사슴 한 마리가 달려가는 게 보였다. 「하아, 저기 말이 달리는구나!」 하고 조고가 외치자, 그를 두려워하는 다른 신하들도 덩달아 「그러네요. 말이 정말 신나게 달리네요!」 하고 응수했다. 사슴을 보고 말이라고 했으니 신하들 모두 바보 같은 행동을 했던 것이다. 이 얘기가 일본으로 건너가서 마록이 바보들을 칭하는 욕이 되었다. 칙구쇼는 〈축생(畜生)〉의 일본어 음으로 역시 바보를 이르는 욕이다.

개울에 처박았다. 그 일로 몽환은 한 달 넘게 중대 병력의 일경들한테 쫓기다가 발을 헛딛고 벼랑에서 떨어졌다. 가까스로 목숨을 건지긴 했으나 머리를 심하게 다치는 바람에 다섯 해 넘게 엉망이 된 정신으로 지냈다. 짙은 안개 속을 거닐듯이 늘 눈앞이 흐릿했다.

몽환은 특히 동란 때 위기를 많이 겪었다. 오로지 희련을 찾기 위하여 눈앞에서 벌어지는 모든 전투에 뛰어들었다. 북쪽을 떠돌 땐 인민군 모자를 썼고, 남쪽을 헤맬 땐 남한 군복을 입었다. 지금 그의 몸엔 흉터가 열대여섯 군데 남아 있었다. 압록강과 금화와 철원, 낙동강 전투에서 소나기처럼 퍼붓는 총알과 포탄 파편에 맞아 생긴 흉터였다.

몽환의 지난날을 엿본 희련은 그의 몸을 애무할 때 주로 흉터를 핥고 쓰다듬었다. 그러자 그 자리에서 곧 새살이 돋았고, 마른 물고기 비늘처럼 흉터가 떨어져 나왔다. 흉터는 모조리 자줏빛 금낭화 꽃잎으로 바뀌어 침실을 그윽한 향으로 채웠다.

그렇게 두 사람은 자정이 넘을 때까지 살을 섞었다. 온몸이 땀에 젖어서 둘 다 더운물을 뒤집어쓴 듯했다. 살 냄새와 머리카락과 비듬과 거웃이 방안에 가득했으며, 옷이나 베개나 책 할 것 없이 모든 물건이 처음 놓였던 자리에서 멀찍이 떨어져 뒹굴었다. 티브이에선 연속극과 뉴스와 다큐멘터리가 꼬리를 물고 흘러갔다. 숨을 몰아쉬며 서로에게서 떨어져 나간 두 사람은 티브이를 켜놓은 채 잠들었다.

휴대폰 벨이 울린 건 새벽 세시쯤이었다. 티브이가 내뿜는 희뿌연 불빛 속에서 힘겹게 눈꺼풀을 올린 몽환은 머리맡으로 손을 뻗었다. 휴대폰을 들며 희련을 바라보았다. 그녀는 그의 한쪽 가슴과 팔죽지 사이에 얼굴을 묻고 엎드려 깊이 잠들어 있었다.

「여보세요?」

몽환이 잠에 취한 목소리로 물었지만 전화를 걸어온 이는 아무 말이 없었다. 배경에서 자동차 경적이 들린 듯했다.

〈잘못 걸려온 전화인가?〉

몽환은 전화를 끊고 하품하며 손가락으로 희련의 어깨를 덮은 머리칼을 만졌다. 잠시 뒤에 다시 벨이 울렸다. 그녀를 바로 누여 뒷덜미에 베개를 받혀주고, 윗몸을 세워 앉으며 휴대폰을 들었다.

「누구시죠?」

뜸을 들이던 상대가 헛기침했다. 동굴 속을 울리듯이 어둡고 울림이 많은 목소리가 흘러나왔다.

「너희 연놈을 드디어 찾아냈구나. 이제껏 이 날을 목 빠지게 기다려왔지. 동남아에서 남은 일정을 취소하고 돌아오는 걸 알아채고 네 놈이 비겁하게 내뺀 이후로. 그리고 신문에 광고가 난 날부터 한 달 내내. 버젓이 휴대폰 번호를 밝히다니 대단한 배짱이야. 이럴 때 주소를 알아내는 건 식은 죽 먹기라는 걸 몰랐나?」

일시에 잠이 깨끗이 달아난 몽환은 휴대폰을 들고 거실로 나갔다. 속으로 비명을 지르며 외쳤다.

〈황만, 아직 살아 있었구나!〉

가소롭다는 듯이 후후후 웃으며 황만이 말을 이었다.

「왜 거실로 나왔지? 희련이 엿들을까 봐서? 어차피 곧이어 다 알게 될 텐데 숨길 까닭이 있을까? 내 부하들이 네 놈 집을 에워

싸고 있으니까 달아날 생각은 잘 접어 주머니에 꼭꼭 넣어두라
구. 자, 이제 내가 너희를 손보러 가겠다. 특별히 자비를 베풀어
선택권을 줄 터이니 골라봐. 하나는 불에 타서 죽는 것이고, 다
른 하나는 말발굽에 밟혀 갈비뼈가 으스러져 죽는 거야」

　전화기 속에서 히히히힝 하고 말 울음소리가 들렸다. 말이 앞
발을 높이 쳐드는 모습이 몽환의 머릿속에 잡혔다. 휴대폰을 귀
에 대고 거실 창가로 다가서서 커튼을 손가락 마디만큼 열었다.
마당 저만치 자동차 두어 대가 서 있었다. 자동차 속에 앉은 이
가 태우는 담배 불꽃이 반짝였다.[20]

　「황만, 나하고 따로 만납시다. 어디가 좋겠소? 날이 밝는 대로
가리다」

　그런데 이미 전화가 끊어진 뒤였다. 침실로 들어간 몽환은 희
련의 뺨에 입을 맞추었다. 그녀가 갓난아기처럼 티없이 맑게 웃
으며 앙증맞게 두 주먹을 가슴 앞에서 쥐고 기지개를 켰다. 몽환
이 그녀의 귀에 대고 목소리를 낮추어 말했다.

　「무슨 일인지 나중에 애기해 줄게요. 옷부터 입지요」

　어둠에 묻힌 유적지 앞길을 늘씬한 흑마가 걸어가고 있었다.
말을 탄 사내는 검정색 티셔츠에 검정색 바지를 입었고 허리엔
칼을 차고 있었다. 말이나 사람 모두 검정색이어서 흑백 사진 속
풍경 같았다.

　사내는 휴대폰을 바지 주머니에 넣고 담배를 한 대 불 붙여 물

---

20) 킬러로서의 자격이 전혀 없는 자이거나 자만심이 지나친 자이다. 킬러들의
　　교본엔 임무 수행 중에 절대 삼가야 할 것으로 열 가지가 적혀 있다. 하품, 잡
　　담, 방귀, 오줌, 똥, 전화, 몽상, 음식, 딸꾹질, 그리고 담배.

었다. 복수의 순간이 코앞으로 다가왔다는 사실에 감격하여 온몸
을 가늘게 떨며 숨을 몰아쉬었다. 검지와 중지 사이에 낀 담배도
눈에 띄게 떨었다. 다른 손으로 이마를 툭툭 때리며 혼자말로 투
덜댔다.

「아, 왜 이렇게 떨리는 거지? 경마장에 시합하러 가는 것도 아
니고 말이야」

담배 연기를 깊이 빨며 오른쪽으로 고개를 틀었다. 별빛 아래
로 바깥쪽 길가에서 대추나무가 자라는 기다란 유적지 담이 보였
다. 통나무를 세로로 껍질째 잇대어 붙인 모습이었다. 다시 앞으
로 얼굴을 돌린 황만은 같은 소리를 하염없이 중얼거렸다.

「마침내, 드디어, 결국, 끝내, 급기야, 기어코, 아아아, 드디
어, 기어이, 마침내……」

유적지를 벗어나 옆길로 접어들 때, 황만은 엉겁결에 말 고삐
를 지나치게 세게 잡아챘다. 그러자 흑마는 기분이 상했는지 거
칠게 콧김을 뿜었고, 입술을 떨어 「푸우쓰읍, 푸우쓰읍」 하고 묘
한 소리를 냈다. 저 멀리 언덕에 둥지를 튼 집들이 눈에 잡혔다.
아파트 단지에서 날아간 불빛을 받아 흐릿한 형체를 드러낸 채
모두 고요히 잠들어 있었다.

흑마는 포장 도로를 벗어나서 양쪽으로 밭과 비닐 하우스를 끼
고 흙길을 지나 언덕을 올라갔다. 일순 무언가 잘못 밟은 말이
비틀거렸다. 황만은 등자에 발을 끼운 두 다리를 길게 뻗어 간신
히 몸을 바로 세웠다.

몽환의 집 앞에 이른 황만은 혀를 내둘렀다. 그 집은 담이 없
었다.

〈도무지 겁이 없어. 그러니까 감히 내 여자를 넘본 거겠지만.〉

다시 휴대폰으로 전화를 걸었으나 받지 않았다. 황만은 곧장 마당으로 들어갔다. 이리저리 말을 몰아 분꽃과 해바라기가 자라는 꽃밭을 쑥밭으로 만들었다. 침실로 여겨지는 방의 창문에 대고 속삭였다.

「어서 나와. 둘이 안에서 뒹구는 거 다 알고 있어」

방에서 부스럭거리며 바삐 움직이는 소리가 났다. 유리잔이 바닥에 떨어져 깨지는 소리도 들렸다. 놀란 황만은 어깨를 크게 들었다가 내렸다. 숨을 깊이 들이쉬고 입을 꾹 다물며 침착해지려 애썼다.

〈그래, 내 쪽에서 서두를 까닭이 없지. 저들이 독 안에 든 쥐새끼처럼 오줌을 지리며 떠는 이 순간을 느긋이 즐기는 거야.〉

그러나 시간이 일 분 이 분 흘러가면서 애간장이 타서 입 속이 바짝 말랐다. 자신이 무얼 기다리는 건지 모르겠다는 느낌이 들었다. 그들이 고분고분히 밖으로 나온다고 해도, 같이 말 타고 강바람 쐬러 갈 것도 아니고 달리 할 얘기도 없었다. 그리고 희련을 앞에서 대할 경우에 자신도 모르게 마음이 바뀌는 일이 벌어질 수도 있었다.

〈저들을 찾아서 얼마나 오랜 세월 가산과 정력을 낭비하며 헤매고 다녔던가. 티끌만큼이라도 마음이 약해졌다간 그 동안 꿈꾸어 온 복수는 물거품으로 변해 버리는 거야!〉

황만은 몸이 뜨거워지면서 눈시울이 붉어졌다. 말을 탄 채 다시 앞으로 윗몸을 기울여, 창에 입술을 붙이고 또박또박 힘주어 말했다.

「말발굽에 밟혀 죽는 건 싫다 이거로구먼. 그렇다면 하는 수 없지. 저승에선 다시 만나는 일이 없기 바란다. 우리의 악연은 이승의 일로 마무리짓는 게 좋으니까. 둘 다 잘 가거라」

말에서 내린 황만은 뒤쪽에 선 자동차로 다가갔다. 트렁크를 열고 기름통과 신문지 다발을 꺼냈다. 직접 집 주위를 돌며 석유를 뿌렸고, 기름을 듬뿍 묻힌 신문지를 현관 문 밑에 쑤셔넣고 불을 댕겼다. 훅 하는 소리를 내며 불길이 일자 당황한 킬러들이 자동차를 몰고 현장을 벗어났다.

급기야 불은 집 안으로 옮겨 붙었다. 타닥거리며 나무와 플라스틱이 타는 소리가 요란했다. 불빛을 받아서 황만과 말 모두 온몸이 빨갛게 달아올랐다. 집이 불타는 소리에 깨어난 이웃들이 잠옷 바람으로 달려나왔다. 그들은 양동이에 물을 받아다가 불을 향해 끼얹었고, 어떤 이는 호스를 길게 뽑아서 물을 뿜었다. 하지만 이미 때가 늦었다. 펑 하고 무언가 터지는 소리가 나더니, 거대한 불길이 천장을 뚫고 혀를 날름대며 하늘 높이 솟구쳤다.

황만은 집이 내려다보이는 뒷산 언덕 소나무 숲으로 말을 몰고 올라갔다. 순식간에 천장과 지붕까지 타버린 집은 힘없이 무너지기 시작했다. 집에선 아무도 뛰쳐나오는 이가 없었다. 저 멀리 사이렌을 울리며 달려오는 소방차가 보였다. 굴러 떨어지듯이 말에서 내린 황만은 땅바닥에 쭈그리고 앉았다. 무릎에 두 손과 얼굴을 묻고 동작을 멈추었다.

뜻밖에 엄청난 슬픔과 고통이 밀려왔으며, 조금도 속이 후련하거나 개운한 느낌이 없었다. 일이 크게 잘못되었다는 느낌뿐이었다. 엄지손가락으로 관자놀이를 누르며 고개를 흔들었다.

〈아니야, 내가 진정으로 원한 건 이런 게 아니었어.〉

황만은 아내의 자잘한 버릇과 몸에 난 좁쌀보다 작은 점까지 머릿속으로 또렷하게 되살려냈다. 웃음소리와 발소리, 미소짓는 얼굴, 골났을 때의 표정도 떠올랐다. 어느 것 하나 사랑스럽지 않은 게 없었다.

자신이 온 생애를 바쳐 사랑한 여인이 죽어가고 있다는 생각에 황만은 가슴이 내려앉았다. 불속에서 신음하며 뒹구는 희련의 모습이 어른거렸다. 이 세상 어느 꽃보다 아름답던 얼굴은 콜 타르처럼 녹아 흘러서 허연 머리뼈가 내비쳤다. 불에 타서 살가죽에 구멍이 뚫린 뱃속에서 내장이 지글지글 끓었다. 어깨를 덜덜덜 떨고 이를 맞부딪치며 황만은 도리질했다.

〈여보, 내가 미쳤소. 내 손으로 당신을 죽이다니!〉

고개를 들어 바라보니, 온 세상이 훤히 밝아오는 가운데 소방관들이 불탄 집의 잔해를 뒤지고 있었다. 사람이 살아남을 수 있는 상황이 아니어서 모두 동작이 굼떴다.

이윽고 황만은 어깨를 들썩거리며 울먹이기 시작했다. 머리칼이 빠른 속도로 하얗게 변해 갔고, 이마와 눈가와 손등에서 매순간 주름살이 늘었다. 저절로 빠진 이빨이 입 밖으로 떨어졌으며, 콧수염과 턱수염이 한꺼번에 더부룩이 자랐다. 멀리 약수터 너머에서 해가 떠오를 즈음에 그는 윗니로 입술을 질끈 깨물며 모로 드러누웠다. 상수리나무 가지와 잎 사이로 햇살이 날아와 뺨을 때렸다.

이제 그는 온몸에서 근육이 사라졌다. 살이 축 늘어지면서 뼈가 드러났고, 몸에 난 모든 털이 흰색으로 바뀌었다. 얼굴 앞쪽엔 바닥 여기저기에 이빨이 흩어져 있었다. 눈살을 찌푸리며 손으로 머리를 움켜쥐자 머리칼이 뭉텅뭉텅 뽑혀나갔다. 희련을 처음 만나던 날과 신혼 시절을 떠올리는 순간, 황만의 입가로 짧게 미소가 스쳐갔다. 가쁘게 숨을 몰아쉬며 그는 자신의 임종을 맞았다.

온 세상을 채우고도 남아 넘치는 고독 앞에서, 죽어서 다시는 이 세상에 오는 일이 없기를 간절히 기원했다. 풀을 쥐어뜯으며 말라 터진 입술을 가까스로 벌렸다.

「희련……」

그러나 더는 문장이 이어지지 않았고, 직후에 그는 숨을 거두었다. 몸을 빠져나간 혼령은 하늘로 올라갔다. 도중에 못내 모든 게 아쉽고 안타까운 듯 멈칫하면서, 몇 번이나 맨땅에 누운 자신의 육신과 잿더미가 된 집을 돌아보았다.

몽환과 희련은 승용차를 타고 중부 고속도로를 달리고 있었다. 창으로 날아든 아침 햇살이 그들의 왼쪽 뺨과 어깨를 밝게 물들였다. 몽환이 차를 몰았고, 희련은 기어 레버를 쥔 그의 오른손에 자기 손을 포개고 옆자리에 가만히 앉아 있었다.

집이 불타기 시작할 때, 그들은 지하실에서 뒷골목 하수관으로 이어진 굴을 통해 집을 벗어났다. 몽환이 그 집을 사자마자 만일에 대비하여 방수 철문을 달아 만든 굴이었다. 두 사람은 한껏 몸을 낮추어 큰길로 달려나갔고, 수리점에서 어제 맡겼던 차를 보조 열쇠를 써서 밖으로 끌어냈다.

차가 달리는 중간 중간에 몽환은 고개를 돌려 희련의 옆얼굴을 바라보았다. 하룻밤에 십년 넘게 나이를 더 먹은 것 같았다. 얼

굴에 잔주름과 기미가 가득했고 흰 머리칼이 부쩍 늘었다. 안쓰
러워하는 낯으로 그가 입을 열었다.

「얼굴이 안 좋아 보여요」

희련이 그를 돌아보며 눈웃음지었다.

「그래요, 그 동안 세월이 많이 흘렀지요」

그녀는 눈 시리게 맑은 햇살 속으로 창 밖을 둘러보았다. 나무
와 하늘과 구름과 먼산, 그리고 찻길을 아슬아슬한 높이로 가로
질러 날아가는 새를 향하여 부드러운 미소를 날렸다.

스스로 바라든 바라지 않았든 간에 예전에 그녀는 황만과의 사
이에서 많은 아이를 낳았다. 아이들의 자손이 수백수천의 숫자로
불어나서, 오늘도 세상 곳곳에서 살아가고 있으리라는 데 생각이
미쳤다. 어쩌면 지금 눈앞을 달리는 자동차에도 그녀의 후손이
있을지 몰랐다. 앞 자동차 뒷좌석에 올라선 두어 살짜리 여자애
가 희련을 보고 고사리 손을 흔들고 있었다. 혼자말하듯이 희련
이 중얼거렸다.

「당신과의 사이에서 아이를 낳고 싶었는데, 뜻대로 되질 않았
어요. 오랜 꿈이었거든요. 아이의 오종종한 얼굴 생김새, 재롱부
리는 모습이 또렷이 잡히는데 말이에요」

희련은 그에게 표정을 들키지 않으려고 오른쪽으로 고개를 틀
었다. 어디선가 「엄마, 난 괜찮아. 울지 마」 하고 그녀를 위로하
는 어린애 목소리가 들려왔다. 눈시울이 뜨거워진 희련은 창에
뺨을 댔다.

그때 슬쩍 다시 그녀를 돌아본 몽환은 손을 올려 백 미러를 움
직여서 자기 얼굴을 비췄다. 희련 이상으로 늙어 보여서 환갑이

246

넘었다고 해도 믿을 것 같았다.

「얼마 안 있어서 둘 다 인생이 마저 흘러가버리겠어요」

그가 중얼거리는 순간 자동차는 터널 속으로 들어갔다. 햇살이 밝은 날이어서 터널 속은 유난히 어둡게 느껴졌다. 가슴속이 답답해진 희련이 창을 맨밑까지 내리며 그에게 물었다.

「이제 어디로 가죠? 마지막 남은 시간을 어디에서 보내죠?」

자동차가 막 터널을 빠져나갈 때, 다시 열 살을 더 먹어 칠십 줄 노인으로 변한 몽환이 대꾸했다.

「당신이 좋다면 어느 곳이든 상관없어요」

「바다에 가고 싶어요. 한때 우리가 살았던 바닷가 마을. 하지만 지금은 갈 수 없는 곳이지요. 그곳과 비슷한 데로 데려다줘요」

경부 고속도로로 접어든 자동차는 회덕 분기점에서 호남 쪽으로 길을 바꾸었고, 두어 시간 더 달린 뒤에 고속도로를 벗어났다. 그때부터 자동차는 백마로 변하기 시작했다. 먼저 엔진 덮개가 멋진 갈기를 휘날리는 백마의 머리로 바뀌었다.

차체가 위로 올라가자 시야가 한결 넓어졌다. 앞창과 운전석이 말의 뒷덜미와 등으로 바뀌기 직전에 희련은 재빨리 몽환의 무릎 위로 옮겨 앉았다. 이제 몽환이 말 고삐를 잡고, 희련은 그의 앞에 앉은 자세가 되었다. 백마는 자동차보다 속도가 빨랐다. 누런 빛깔이 섞인 푸른 논밭 사이 국도를 사나운 바람처럼 달렸다.

희련이 윗몸을 뒤로 젖혀 그와 한쪽 뺨끼리 맞대고 물었다.

「나를 만나서 많이 불행했지요?」

잠시 생각에 잠긴 몽환이 대답했다.

「힘들었던 때가 없지 않았지만, 불행하다고 생각한 적은 없어요. 당신이 없었다면, 내 인생은 별 의미 없이 오래전에 마감되었을 거예요」

정오 무렵에 백마는 바다로 들어가는 길목에 이르렀다. 길쭉길쭉하게 위로 뻗은 껑충한 해송들 틈으로 짙푸른 바다가 보였다.[21] 두 사람은 말에서 내려 걷기로 했다. 몽환이 고삐를 당겨 말을 세웠다. 헤어지는 순간에 백마는 눈물을 글썽이며 두 사람의 뺨을 번갈아 혀로 핥았다. 몽환이 말의 목덜미를 끌어안고 갈기를 쓰다듬었다.

「곧 다시 만나게 될 거야. 무슨 말인지 알아들었지? 먼저 가 있거라」

그러자 백마는 고개를 끄덕이며 뒷걸음치다가 땅을 박차고 훌쩍 하늘로 날아올랐다. 태양 속으로 백마가 사라진 뒤에, 등이 꼬부라진 두 남녀는 서로 손잡고 한 호흡에 반 발짝씩 걸어 나갔다. 맞은쪽에서 걸어온 젊은 연인들이 곁을 지나치며 속삭였다.

「참 보기 좋은 노부부셔. 우리도 저 나이에 저처럼 다정할 수 있을까?」

소나무 숲길을 걸어갈 때 희련이 사레들린 듯 갑자기 재채기했다. 입과 코에서 검은 재가 뿜어 나왔다. 바닥에 떨어진 재는 끈끈한 기름이 되어 풀숲으로 스며들었다. 몽환이 희련을 껴안고 손바닥으로 등을 두드리자 재채기가 조금 가라앉았다. 손으로 가슴을 쓸며 숨을 고르는 희련에게 문득 생각났다는 듯이 몽환이

---

21) 자동차와 말이 달린 시간을 고려할 때, 그들이 다다른 곳은 변산 반도 채석강 부근이거나 고창군 해리면 앞바다이다.

물었다.

「죽은 뒤에 다시 이곳에 오게 된다면 무엇이 되고 싶소?」

「소나무도 좋고 잠자리도 좋고 잡풀도 좋고. 사람만 아니라면」

그가 고개를 가로 저었다.

「당신은 좋은 사람이라 꼭 좋은 사람으로 다시 태어날 거예요. 하지만 나는 많은 이들을 고통 속으로 몰아넣었지요. 다시는 이 땅에 오는 일이 없을 거예요」

희련이 손가락으로 그의 옆구리를 쿡 찔렀다. 백발에 얼굴이 주름투성이였으나, 어린 소녀처럼 흰자위를 살짝 드러내며 눈을 흘겼다.

「당신은 아무 잘못 없어요. 나를 만난 게 잘못이라면 잘못이지요」

야트막한 언덕을 돌아서 오르자 너른 바다가 시야 가득 시원하게 펼쳐졌다. 바다가 언덕보다 높은 곳에 위치한 것처럼 보였다. 멀찍이 거리를 두고 드문드문 떠가는 배들이 보였고, 그 배들을 삼킬 듯이 거센 물결이 일고 있었다.

두 사람은 서로 허리를 안고 서서 뒤로 머리칼을 날리며 잠자코 바다를 바라보았다. 언덕 풀밭에 앉을 때도 꼭 껴안은 모습이었다. 그들은 오후로 접어든 뒤까지 꼼짝 하지 않고 말없이 바다를 바라보았다. 속으로 제각각 지나온 세월을 더듬는 그들의 얼굴에서 온갖 표정이 엇갈렸다. 표정 변화만 없다면 한 쌍의 석고상 같은 모습이었다.

이윽고 기력이 다 떨어진 두 사람이 풀밭에 누운 건 석양 무렵이었다. 태양이 막 바다 속으로 잠겨 들어가는 게 보였다. 눈 깜짝할 사이에 태양이 사라지자 붉게 물든 구름과 여름내 뜨겁게 불타던 바다, 그리고 온 세상의 대기는 빠르게 열기를 잃어갔다.

희련과 몽환은 이제 머리가 모조리 하얗게 셌다. 얼굴은 쭈글쭈글한 검은빛이었으며 몸에서 살 한 점 없이 뼈만 남았다. 그들은 주름이 늘어진 차가운 뺨을 맞대고 눈을 감았다. 둘 다 금세 눈밑이 젖었다. 뒤쪽 소나무 숲과 갈대밭에서 몇 마리 찌르레기와 개개비가 「끼우리릿 끼욧끼욧」 하고 슬피 우는 소리가 들려왔다.

둘 다 모든 게 갑작스럽다는 느낌뿐이었다. 계절은 아직 여름인데 소슬한 바람이 불어와 옷깃 속으로 파고들었다. 그들은 짤막하게 마지막 대화를 나누었다.

「추워요?」

「난 괜찮아요. 당신은?」

그게 전부였다. 오랜 방황과 고독이 끝나면서, 두 사람의 영혼은 석양빛을 타고 너울거리며 하늘로 올라갔다. 두 사람의 눈가에 맺힌 눈물도 은빛 비누 방울로 변하여, 낮게 내려온 구름을 배경으로 동동동 떠올랐다.

어디선가 파랗고 노랗고 흰 새들이 날아와 하늘을 덮었다. 새들은 허공에 뜬 희련과 몽환의 넋을 에워싸고 날개를 퍼드덕거렸다. 한바탕 바람이 몰아치면서, 주위의 모든 나무에서 잎이 떨어져 두 사람의 시신을 따뜻하게 덮었다. 회오리바람을 타고 바다 쪽으로 나선형 동그라미를 그리며 날아가는 나뭇잎도 여러 장 있었다.

곧이어 온 바다와 온 땅, 온 하늘은 완벽한 적막에 사로잡혔다. 어느 결에 파도가 잠잠해졌고, 바람소리와 새소리도 들리지 않았다. 시간이 흐르고 있음을 보여주는 건 주위에 아무것도 없었다. 머나먼 옛날 인간이 발을 딛기 이전의 세상 같았다. 더없이 아름답고 고요하면서, 왠지 조금은 스산하게 여겨지는 황혼이었다.

　이 소설은 어느 나른한 봄날 한낮에 침대에 누워 빈둥거리던 중에 갑자기 내게로 왔다. 그때 나는 천장에 되비쳐서 흔들리는 한 자락 햇살을 바라보고 있었다. 불과 일이 분이 넘지 않은 순간에, 소설의 처음부터 끝까지의 얼개가 쏜살같이 내 의식 속으로 달려 들어왔다.

　그 뒤로 숨을 돌리고자 이따금 단편을 끼적거린 걸 제외하고, 대부분의 시간을 그 봄날 내 머릿속으로 들어온 소설을 형상화하는 작업에 몰두했다. 지금껏 살아오면서 일천여 나날을 이처럼 한 가지 일에 쏟아부은 적이 있었던가? 피치 못할 자리에 딱 한번 얼굴을 비친 적이 있을 뿐, 그동안 열 사람 넘게 모인 어떤 자리에도 발을 들이지 않았던 건 오로지 집중력이 흐트러질까 저어하는 마음에서였다. 지난 몇 년 사이에 어느 모임에서 나를 보았노라고 말하는 이가 있다면, 그는 필경 내 유령을 본 것이 분명하다.

　하긴 나도 살아가는 중에 곧잘 유령을 본다. 현실에서건 꿈에서건 유령은 늘 나를 돌연한 흥분으로 몰아넣으면서 온몸에서 혈반이 돋게 만든다. 유령은 과거의 산물인 동시에 현재 속에서 활동하는 기이한 생명체이기 때문이다. 지난 역사를 돌아보거나 고

252

전을 읽을 때, 전설과 신화에 관해 숙고할 때, 나는 그 모든 것들이 지닌 초(超)시간성에서 내 육신의 유한성에 대한 슬픔을 이겨내는 힘을 얻는다.

어젯밤에 나는 시골에 있었다. 술잔을 기울이던 새벽 두시에 창밖에선 눈이 퍼붓기 시작했다. 눈으로 바라보는 것만으론 성에 차지 않아서, 신발을 끌고 나가서 얼굴을 쳐들고 눈을 맞았다. 대자연의 장관 앞에서 나는 오래도록 어쩔 줄 몰라했다. 일순간 눈발에 가려진 어둑한 숲의 나무들 사이로 무언가 스쳐가는 게 보였다. 날개도 없고 다리도 없는 그 무언가가, 내게 작은 두려움을 안기며 숲 앞쪽 허공을 한 바퀴 휘이 돌다가 사라졌다.

수천 년 전 첫눈 내리는 날 밤에 저 숲을 바라본 선조들도 나처럼 기묘한 기운을 느꼈을 것이다. 그들은 나와 다르지 않다! 이런 각성의 끝에서, 나는 눈에 젖은 눈을 가늘게 뜨고 기쁨에 겨워 웃었다.

새천년 첫 겨울

원재길

적들의 사랑 이야기

1판 1쇄 찍음 2001년 1월 15일
1판 1쇄 펴냄 2001년 1월 20일

지은이 · 원재길
펴낸이 · 박맹호
펴낸곳 · (주) 민음사

출판등록 1966. 5. 19. 제 16-490호
서울 강남구 신사동 506번지 강남출판문화센터 5층 (우)135-887
대표전화 515-2000 팩시밀리 515-2007
www.minumsa.com

ⓒ 원재길, 2001. Printed in Seoul, Korea
ISBN 89-374-0356-0 03810